明娜

[丹麦]吉勒鲁普 / 著

吴裕康 / 译

Minna

漓江出版社

·桂林·

出版说明

　　"诺贝尔文学奖作家文集"系我社近年长销经典品种，是对二十世纪八九十年代我社品牌图书，刘硕良主编的"获诺贝尔文学奖作家丛书"的继承与发扬，变之前一人一书阵容为每位作家多卷本。如果说老版"诺贝尔"是启蒙版，那么新版就是深入版，既深入作者的内心，也满足读者的深度需求，看上去是小众趣味，影响的是大众阅读倾向。这就是引领的意义，也是漓江版图书一贯的追求。

漓江出版社中外文学编辑部

［丹麦］卡尔·吉勒鲁普

（Karl Gjellerup, 1857—1919）

诺贝尔奖获奖者纪念邮票
（左：彭托皮丹；右：吉勒鲁普）

吉勒鲁普墓碑

作家·作品

在吉勒鲁普的晚期作品中，对崇高思想的探索越来越明显。他在1884年和1895年写的仿古剧和现代剧给我们展示了具有巨大精神力量的男男女女，即尼采所谓的传奇英雄或超人。在《明娜》（1889）和《磨坊》（1896）这两部长篇小说中，他给读者展示了地地道道的普通人……吉勒鲁普的这两部名著按表现手法衡量是自然主义的，按哲理内容衡量则是理想主义的。吉勒鲁普每次都给情节一个玄学的基础，他所采用的毫不显眼的方式令人赞赏。

——哥本哈根大学丹麦文学教授比勒斯科夫·延森

与其说《明娜》讲述的是一个爱情的故事，还不如说它在剖析一种难以剖析的感情生活，探触着人们存在难免的尴尬和迷误。各人都有各人的道理和情怀，生活充满着阴差阳错，而未来的幸或不幸，乃是事先无法预料的……吉勒鲁普刻画了一部爱情的哀史，宛如一支并无强音震撼的曲子，平缓而又令人惘然。自然，他的细腻刻画给人留下的思味要比故事本身更有意义。"爱而不得其爱"的永恒母题通过他的叙述，表现出独特的形态。

——吴 方

目　录

译本前言

附　录

译本前言

在神意与自然之间

吴　方

　　具有世界性影响的诺贝尔文学奖，自 1901 年开始颁发，迄今已届九十年①了。九十年间有八十多位杰出人士获此殊荣（中间因两次世界大战，颁奖暂停过七次）。其中，有的名字广为人知，喧声赫赫；有的名字则鲜为人道，名望依微，至少还不被中国读者熟悉。一个外国作家能够被中国读者所了解的前提，首先在于其作品的译介，缺了这一码事，就什么都谈不到，对世界文学的充分了解也谈不到。由于历史形成的原因，外国文学译介的取舍，不免有厚有薄有冷有热，譬如北欧文学，实在还是一个较陌生的领域。虽然早在七十年前，鲁迅兄弟曾把挪威的易卜生、丹麦的安徒生介绍给中国人，但对于那么一个遥远地方的文学传统、文学风貌，毕竟还是知其一不知其二，或可能误解为微不足道。如果说北欧作家曾数次获得诺贝尔奖不是偶然的，那么，我们自应了解他们的"葫芦"里卖了些什么药。

　　1917 年，正当第一次世界大战战云未散之际，丹麦的吉勒鲁普与彭托皮丹共同获得了这一年度的诺贝尔文学奖。有人曾分析，由

---

① 此文作于 20 世纪 90 年代，故言。——编注

于大战的原因，欧洲各交战国对于竞争诺贝尔奖兴趣不免冷淡，且因瑞典为中立国，其立场也影响了诺贝尔奖对政治敏感性的回避。于是，桂冠落到了同属中立国的丹麦的两位作家头上。此说不为无据，但也不宜理解为诺贝尔奖做了廉价处理。我们不妨读一读吉勒鲁普的作品。虽然时间已经过去了七十多年，也还不算晚。

一

吉勒鲁普的生活与创作有"半个"的特点：一是他获得半个诺贝尔奖；一是他出生于丹麦，后半生迁居德国，亦可视为半属丹麦半属德国。

1857 年 6 月，卡尔·阿道夫·吉勒鲁普生于丹麦西兰岛一个牧师家庭，三岁丧父，后被母亲的堂兄，一个学识渊博的新教牧师抚养大。1874 年，他受完中学教育后研读神学，同时怀着青春热情，对诗歌产生了浓厚的兴趣。当时欧洲大陆上各种新思想方兴未艾，此起彼伏，从哲学理论到文学运动，从浪漫主义到实证主义，从康德、歌德、席勒到叔本华、尼采，各领风骚。因此，吉氏创作的精神营养可说是多方面的。某些文学史家常喜欢用"主义"来划分和评价作家的创作，这难免有削足适履的情形。实际上，由于作家需要把自己整个的人生体验包括人格素质、情感取向、理性思维投入作品当中去，使自己的观察、理解、表达成为有血肉的塑造和精神酝酿，因此有价值的文学往往不能为某种观念所规范。吉氏的创作生涯横跨十九世纪末二十世纪初，大抵体现了在动荡时代里心灵选择的多线条、多色彩，包含了自我怀疑和自我定位的两重特征，始终关注着对人性的叩问。虽然他的作品疏于描绘广阔、复杂的社会生活，却仍然见出近现代西方人文精神发展的意脉。

1878 年，吉勒鲁普在德国浪漫主义"狂飙突进"运动和黑格尔思想的影响下，出版了《一个理想主义者》。主人公的意识支撑正是建立在理性原则之上。1882 年，小说《日耳曼人的门徒》则表现出对某种确定秩序（包括宗教秩序合理性）的怀疑，向往思想自由，强调面对现实。这时，也正是他在思想和创作方法上受到丹麦文学批评家勃兰兑斯[1]的影响，转向现实主义的时候。勃兰兑斯的思路是由社会文化历史观点照亮的，因此他强调文学与社会生活的关系。他说："我将尽可能深入地探索现实生活，指出在文学中得到表现的情感是怎样在人心中产生出来的。然而人心并不是平静的池塘，并不是牧歌式的林间湖泊。它是一个海洋，里面藏有海底植物和可怕的居民……正如植物学家不得不既要采摘玫瑰，又要采摘荨麻一样，文学研究者也必须习惯于以科学家和医生的大无畏眼光，来观察人性所采取的各种各样而又具有内在联系的形式。"[2]

与之相近，吉勒鲁普将自己的主题系结在人生与人心的种种纠葛上，因此笔墨常常涉及对现实问题的心理学探讨。然而仅仅从历史理性、自然态度去实证地把握处理题材，又易于忽略精神现象及

---

[1]　勃兰兑斯（1842—1927），丹麦文艺评论家、文学史家，又译布兰代斯。（本书脚注若无特别说明均为译注。）
[2]　引自勃兰兑斯著《十九世纪文学主流》第二分册，第 2 页。

价值真实的问题。自然主义倾向的文学正是在这一点上常常留有缺憾。这也决定了吉勒鲁普后来与勃兰兑斯分道扬镳。具体地看，吉勒鲁普并不长于历史与现实的挖掘深度和广度，他的长处是对生活的某些过程、人性的某些方面有精到的剖析，对情感戏剧、理想冲突有敏锐的捕捉与表现。

1882年至1885年间，吉勒鲁普不断在国外旅行，濡染了希腊美学思想和屠格涅夫等俄国写实心理小说流派的风格，瓦格纳的歌剧与叔本华的哲学也给他深刻的印象。他开始更多地关心人的自由意志与道德责任的关系问题，考虑人类存在本身的劫难与痛苦，意识到现代文明的局限。在《布伦希尔德》等诗剧中，他尝试表现人的悲剧性格，表现古代意识与现代意识的矛盾与融合，既受到欢迎，也受到排斥。到1887年，他已在丹麦确立了自己的文学声誉。

小说《明娜》（1889）和《磨坊》（1896）作为他的代表性作品，显示了他在小说写作方面所达到的水平。前者描写了一个纯情而又动人心弦的爱情故事，结局平静而悲怆。后者通过一个小地方家庭生活的波澜，揭示人性中意识与潜意识、生命现象与道德价值的冲突，在一桩血案的故事中寄托了超现实的复杂意味。至于他晚期的小说主题，则更加趋向于纯精神的宗教——拯救与解脱，趋向神秘。

如果说一个作家的创作历程常与他的心路历程有着某种血缘联系的话，吉勒鲁普似乎是一个例证。他的意义当然很有限。他还够不上是骇世惊俗的诗人或博大精深的小说家。他好像只是在欧洲的某个角落里徜徉行吟。但在宁静或波动的表达里，他吐露着人与这个世界的问答，仍能为远隔时空的人们所理解。也是一种机缘，在丹麦文学与德国文学的双重影响下，产生了他的风格。他的创作与德国文学所挖掘的题材、所提出的精神相通，同时赋予它们以独特的形式和清晰的表现。一个浓厚的不可思议的形象，来到亲切温和的自然环境里，凝聚成纤纤仙女，忘却了哈尔茨山，在一个美妙的仲夏夜晚，定居在哥本哈根鹿苑的山丘上。读吉勒鲁普的小说，也许会有这样的感觉。

1917年，由于"他受崇高理想鼓舞而写出了丰富多彩的作品"，吉勒鲁普荣获诺贝尔文学奖。在获奖两年后，1919年，他逝世于德国的德累斯顿。

二

用第一人称"我"来叙述，现代小说常采用这种方式。这使《明娜》一开始便具有回忆、内省的色彩，有如一首抒情的叙事诗，汩汩而来，潺潺而去，抑扬咏叹，余音不绝。在萨克森的拉森小村，在幽静温馨的夏日和雨夜，一个美好而命运难卜的爱情故事在一次邂逅中开始："我"——丹麦人哈拉尔德·芬格，工艺学院的学生，与家庭女教师明娜一见钟情。

像这样的爱情故事，在文学史上可以说缕缕不绝，却又总是不可能写尽。它的不同形态打上了不同时代、地域、种族的文化烙印，折射出熟悉而又陌生、探索不尽的人生，孕育了许多栩栩如生的令人难忘的性格。《明娜》向人们呈示的爱情悲剧如诗如梦，又近于一种对爱情的委婉的探触、摩挲，始终是在主人公们的心理情绪变化中，表现了吸引和挣扎的力量在如何消长，笔触有着纤细而又内在的丰姿。阅读被"我"的叙述吸引着，进入爱情心理分析的内部，同时又感到幸运和顺利的不稳定。因为明娜和芬格越是朝着对方感情的深处走去，彼此就越难保存各自的隐秘，也就越不能容忍爱情中的尘滓。纯净透明是这一爱情的标记，但是在人与人之间，即使在恋人之间，也有不可能完全消除的隔膜。危机在生机中隐藏着，它主要不是源自外部，而是来自明娜的经历本身、性格本身。

纯净是美好的，但纯净又是悲剧性的。

在结识芬格之前，明娜曾爱过一个丹麦画家。画家给了她初恋，却并不许诺婚姻。从感情上来说，这是一个阴影，一个"第三者"。他拥有她的往日以及其中一切有价值的东西。他拥有一种难以解释的对明娜的权力。这注定了追求纯净的优柔女子无法把握住自己的命运。当画家真的凭借这种权力介入这一场爱情游戏的时候，尽管我们倾向于芬格，尽管芬格有他的道理，我们还是能体会到明娜的痛苦抉择并非偶然。感性的力量常常会压倒理性的力量，这正是人的存在的一种不由自主的悲剧性本质。

与其说《明娜》讲述的是一个爱情的故事，还不如说它在剖析一种难以剖析的感情生活，探触着人们存在难免的尴尬和迷误。各人都有各人的道理和情怀，生活充满着阴差阳错，而未来的幸或不幸，乃是事先无法预料的。最终爱情只能成为一曲永恒的记忆与追思。明娜离开了芬格，选择了画家。过了五六年，明娜并没有从画家那里得到幸福，相反，她失去了一切，包括被抑郁损伤的生命，当她和芬格重逢时已不久于人世了。

吉勒鲁普刻画了一部爱情的哀史，宛如一支并无强音震撼的曲子，平缓而又令人惘然。自然，他的细腻刻画给人留下的思味要比故事本身更有意义。"爱而不得其爱"的永恒母题通过他的叙述，表现出独特的形态。

三

小说《磨坊》描写了作者家乡西兰岛上的一个普通磨坊，又像是一种象征——在一个庸琐、循环的现实世界与一个神意世界之间，也许存在着联系。这篇小说的题材是世俗的，旨趣却在于借灵肉冲突所产生的罪恶、受难来超脱世俗。尤为令人不可思议的是，在小说中，现实中发生的事恰恰应了一本历史书上的神话故事，显得生活之难以理喻。

磨坊里的小小格局既微妙又不稳定。在磨坊主克劳森、主妇克丽斯蒂娜、女仆莉泽以及雇工约尔根之间，各自的地位、性格使格局本身骚动不宁。女仆莉泽处在这一出戏的中心，虽然她出身卑贱，却自信靠着青春魅力和有计划的步骤能逐渐改变自己的地位。女主人厌恶莉泽，但已卧病不起，很快就死了。磨坊主受到莉泽的诱惑，却又对亡妻、儿子怀有负罪的惶恐。对于不同的人来说，磨坊可能是家园，可能是坟墓，可能是陷阱，可能是旅舍，可能是十字路口，也可能是地狱或者天堂。在庸琐的人生里充满着疑问。

现实中的超自然事象、感觉给这部小说带来了谜的气氛，显得像是浸泡在神秘里。磨坊主与莉泽有着暧昧关系，似乎影响到女主人的死亡。女主人又凭着神秘的直感预言莉泽会给磨坊带来不幸。女主人死后，磨坊主一直处在道德自律与本能欲望的冲突之中。按照世俗的规定，他本来应该娶护林人之妹汉娜为妻。汉娜是个有教养的、信仰真挚的女人。但鬼使神差，莉泽显然更活生生地抓住了他。他奔向莉泽，本意是想奔向希望的光芒的。

小说的叙述通过一个逆转，完全改变了人物的命运。看起来是一个偶然的情节：磨坊主原拟去办理与莉泽订婚的手续，因事有不巧临时折回，却发现了莉泽与约尔根在调情。一种强烈的嫉妒左右了磨坊主的意识。他身不由己地借助磨坊的机械绞杀了莉泽和约尔根。磨坊变成了谋杀、罪恶的见证人。这个转变的情节是原已在人物的性格和心理上埋伏了动机的，那便是磨坊主一直感到难以把握自己的迷茫感，以及一种魔鬼一样的阴影对他对莉泽所施加的影响。魔鬼利用了人性的弱点，破坏生活的表面和平，召唤出罪恶，使灵魂赤裸裸地流出血来。

磨坊主最终认识到并且承担了自己的不可救赎。他是一个从迷误走向受难的理想化的化身。磨坊在雷雨中被毁，人演完了现世的悲剧。这个悲剧的核心指向人的先天性弱点。吉勒鲁普忽略了必要的社会现实的解释，恐怕意在强调，悲剧之所以为悲剧，既不在于是否有英雄的死亡或者外在的不幸，而在于人生及其因果成败本是人无法明确解释和克服的。然而悲观并不等于颓唐，理想仍然寄托在悲剧之外。重要的是需要了解人性的复杂，需要面对自己的存在并超越存在。

四

吉勒鲁普这两部写于十九世纪的小说，在我们今天读来，已经不再那么新鲜、刺激了。生活中有变的东西，也有不变的东西。然而我们可以感到，在那些平静的叙述里，似乎仍然有着超越历史障隔的声音，有一种交谈的可能。通过交谈的话语，你可以从认知的意义上去了解历史的某些片断，审视人性和个体、群体心理的碎片与标本，也可以从历史分析或道德沉思的角度去体会生命的某种痕迹，体会"命运"二字的分量。但是更重要的，那些波动的过程之所以不曾变得苍白乏味如陈年旧账，乃是因为——正如诺贝尔奖授奖评语所言——它们蕴涵了高超的理想。这种理想不是空洞的福音，而是蕴涵在一种对人的存在的二重矛盾状态的揭示之中，蕴涵在经验世界与超验世界的对立与沟通之中，蕴涵在神意法则与自然法则、心灵法则与现实法则的矛盾之中。得出什么样的结论并不重要，重要的是，人必须有超越此岸世界的情怀。

故事很平凡，人物也很平凡。但小说所描述的事情，人的彷徨与自失、反省与救赎，已非实用理性所能解释。这里面的意义细想并不平淡。吉勒鲁普的创作逐渐向精神宗教皈依，并不一定是消极的。实际上，正如许多重要的欧洲作家一样，他的创作深受基督教思想的影响：在他的叙述后面，可以感到有一种神性的存在正一步步靠近他所叙述的自然生活形态。这样一种神性的存在消解了世俗观念中的善恶对立。在他那里，感情生活洋溢着神性，善与恶显得不再是那么简单可分，而是纠缠于一个过程、一件事或一次经历。

文学进入了生活，又超越了对生活的简单图解。这使人想到，舍勒尔所昭示的基督教人性论也许在吉勒鲁普的创作里得到了回声——"人的本质之一正是不可定义性。人只是一种'介乎其间'，一种过渡，一种生命激流中的'上帝显现'，一种生命对本身的'永恒超越'。"

明　娜

啊，同别人交往，

远不如思念你！

——申斯通[1]

　　我的朋友哈拉尔德·芬格临死前给了我一批英文与德文的古典著作，其中有一本托马斯·穆尔[2]的作品《爱尔兰歌曲集》。我最近翻阅时发现，在前头摘引的这句优美题词下面画了粗黑的铅笔线。我当即想到，为他的这部回忆录冠上这句题词实在是再恰当不过了。他逝世于伦敦前不久，也就是他失去明娜仅仅几年之后，把这些手稿托付给了我。明娜曾在给斯蒂芬森的信中提到芬格的胸部不够强壮，事实也表明这种担心比芬格本人想的更有根据。他的医生对我说，这些手稿所叙述的心灵创伤就像给他的身体病痛火上浇油，终于给他造成了丧失生命的严重后果。

　　　　　　　　　　　　　　　　　　　　　　吉勒鲁普

---

① 申斯通（1714—1763），英国诗人、收藏家。
② 托马斯·穆尔（1779—1852），爱尔兰诗人，拜伦和雪莱的朋友，主要作品是《爱尔兰歌曲集》。

1

这个学期在工艺学院过得相当紧张，德累斯顿开始热得难受了。而且，我住在老城的一条小街上，虽然整洁，却不怎么通风。我常常怀念故乡丹麦海峡。易北河畔的夜晚虽然美好，却少有凉意。晚上九十点钟登上布吕尔台地去呼吸新鲜空气，温度计仍指着列氏 25°—26° [①]。因为天气闷热得令人出汗，所以在小咖啡馆门前享用一份冰淇淋，舒舒服服地坐在廊柱之间欣赏河对岸维也纳公园传来的音乐片断，也就显得合情合理，让人感到慰藉了。

就是在这样一个夜晚，我做出了大胆的决定：到山里去度即将到来的暑假。至少，我自己觉得这决定是相当大胆的，因为我不能不节省，而且也习惯了节省。最吸引我的是"萨克森瑞士" [②]。嘴里的最后一口冰淇淋刚融化，我就已经打定了主意去拉森。这个可爱的地方给我留下了宁静安逸的印象，尽管我像大多数旅游者一样，只是在朦胧的黄昏从棱堡下山时见过那个小村子。

[①] 这是一种温标，法国科学家列奥米尔（1683—1757）发明，冰点为 0°R，沸点为 80°R。此处大约相当于 31℃。
[②] 指德国东部的萨克森地区。

几天以后，将近中午时分，我在小车站下了车，穿过拉森上面的果园走下渡口，对面的岩岸是这个狭长河谷的唯一缺口，拉森就在那里。村子只远远露出它的两家旅店，新的光秃秃，老的爬满了藤萝，分别坐落于小溪的两边，小溪闪烁着波光汇入奔流的大河。左边，耸立着棱堡的陡峭的蓝灰色岩石，岩脚覆盖着针叶林和阔叶林。远处有巨大的砂岩在闪闪发光，美极了，淡黄色的岩壁高达好几百米。它们向另一边延伸，切割开连绵的丘陵。著名的百合岩在起伏的林涛上空宛如一艘巨大的战舰在航行。

渡船斜过河面，就像一只泅水的狗，河水把船往前推；因为渡船连接着一个浮筒，而浮筒漂浮在上游方向一段距离处，所以船工只需不时地拉铁索，铁索则穿过小桅杆上面的一个滑轮。工作虽然不重，但船工还是不停地用衣袖擦拭脸上的汗珠，脸晒得红通通的，比前一天晚上我见到的印第安人更接近我们对于红种人的想象。但在这儿他是主人，没有什么可奇怪的。周围波光粼粼的河水似乎并不使人凉快，而只是散发出赤日的炎热。河岸有许多光秃秃的岩壁，整个河岸向南弯曲，宛如一块凹面镜，其焦点恰好落在拉森那儿。船工跟我的意见一致，说我这次可没选对消暑的地点。不过，此处离那些凉爽的低地不远。再说，我这个人一旦认定了什么，脑筋就不大容易转弯。也可能这次是有命运插手，至少情况已表明这次拉森之行相当重要。顺带说一句，即使日后我后悔当时没有被吓到，那也不是炎热的过错。可是，我到底后悔过没有？直到今天——已经过去了五年——我还是不能回答这个问题。

某个诗人——当然是个很有名气的诗人——曾经说过，再没有什么比在痛苦中回忆幸福的时日更令人伤心了。我当然不能反驳他，因为这话已被广为传诵，差不多传遍了整个世界；可是，据我看，如果没有对幸福的回忆，痛苦便更加令人难以忍受。因此，我愿意尽量努力追忆我在拉森度过的那些日子，以及随后发生的事。

找个住处不容易，这点我马上就看出来了。两家旅店只剩下最差的房间，而且房价相当贵。我东奔西跑，无数次地跨过小溪，攀登窄小的石阶——从一边的鞋匠家赶到另一边的面包师傅家，然后又回来找守夜人，再过去拜访小商贩，房间不是已经租出就是一套两间，对我来说太贵了。最后，只剩下学校成了我最后的希望。学校在村子后面，坐落于松林开始之处。

此时不是上学的时候。因此我满有信心地敲响了老师住处的大门。一个少年开了门。他不知老师是否在家，转身进去了一会儿，然后又擦过我身边跑上楼梯，手里拎着一双靴子折回，随后又不见了，然后拿着一件外衣再折回。接着，老师露面了，穿着刚才提到的衣服、靴子，开朗、和善的脸上带着困倦的笑容。不错，他也有两个房间，但他只同意一起出租，一个月收五十马克。我失望地道歉，白白打扰了他一趟；他却安慰我，说在旁边的新别墅里我肯定能弄到一个单间。

于是我走近那幢别墅。它看上去很雅致，绿色的百叶窗关着，有夹道的树行和爬满藤萝的阳台。它地势较高。我走进花园，花园呈梯地的形状沿山而上，铺了石子的小径在花团锦簇的树丛间蜿蜒。这地方虽然很吸引人，但能吓退一个穷学生。尽管如此，我还是决定不惜代价租下最小的阁楼，只要这幢华美的房子愿意接纳我，因为我四处奔波已经跑烦了。

这时，一群绅士淑女在凉台上出现了，吓了我一跳！一个婢女略带嘲讽和轻蔑地帮我摆脱了困境，使我如释重负。她说，这里没有房间出租，我要找的房子在上面。原来，那房子被这幢漂亮的别墅挡住了。此刻它又在后面出现了，看上去可不怎么吸引人，光秃秃地裸露在蓝天下。附近连一点小树丛都没有，看起来新得令人讨厌，似乎从来就没有住过人。我只好又走下山谷，两次越过小溪，攀登了一百五十英尺的石阶，才爬上那个小山顶。

从近处看，这房子也不怎么舒适：垃圾堆、碎砖和木板四处乱丢，大多数窗子还缺窗框和玻璃。房子里面穿堂风很厉害，门乒乒乓乓乱响。从地窖传来一个女人的粗嗓门，掺杂着大量的粗话，其中有不少鄙俗不堪的德语。显然是第一次有男人走上这石阶，一个少女正在走廊上擦地板，见我来了转过身；我看到一张漂亮而苍白的脸，脸颊上有一块红印。我问房东在哪里，她快步走了，直奔地窖。过了一会儿，她带着一个矮墩墩的妇人回来，刚才显然就是这张宽嘴巴在骂骂咧咧。她在围裙上擦手，我马上疑心那只手曾与姑娘通红的脸颊有过接触。在她那提起的裙子下面，看得见弯曲的光腿和扁平八叉的脚。

"哦，先生要租个房间吗？"她说，"好，来得正是时候，因为只剩下一间了——您若是要单间的话……喏，快点干完，蠢丫头！莫非你也想领先生去看房间？……在上面，三楼，请吧。"

我们走进一间相当宽敞的房间：明亮，尤其是相当通风，因为还没安窗玻璃，窗框也没油漆过。看上去颇为潮湿的墙上蒙了一层灰色的糊墙纸。我还觉得室内虽然通风，却似乎有一股霉味。

不等我发表意见，女房东就开始夸说这房间的优点，介绍先前的房客如何满意——尽管谁都看得出，这房子还没住过人。我询问房租，比我想的高出大约十马克。她发誓说，这已经是非常便宜的价钱了，绝不比别处贵，尽管这上面的条件要好得多：既不像易北河边那样有雾，也不像山谷里那样闷热，可以享受到最纯净的"瑞士空气"，眺望远处的景色比别处都佳，而且这房子还有极好的十分凉快的散步场所，房客若不想走远，可以就近自由自在地漫步。她不断地提到这"散步场所"，同时在空中挥舞着她的脏手，不停地重复着"这边和那边"，以表明其范围是多么宽阔。

结果是我们双方都做了让步，谈妥了。她保证在八天内，即我开始度假时把一切都装修完成。我付给她一个塔勒①做定金，为达到了目的而高高兴兴地走了。

我出门时不得不承认女房东关于视野开阔的话有道理。右边，我望见一道岩石错落的郁郁葱葱的山谷。正前方是一条土路，通往黑鸟幽谷入口处一家僻静的水力锯木厂，幽谷的苍松和灰岩环绕着澄净的水面。左边，易北河沿着砂岩峭壁蜿蜒流过，峭壁在河水中映出倒影，木筏和几只有大帆的黑色驳船缓缓地顺流而下。脚下是一片木板顶的房屋和桁架建筑，大多爬满了藤萝；除了已经提到的两幢别墅外，我又看见另一幢简朴地掩隐在树丛中。青烟从烟囱里冉冉升起，给山谷上空笼罩了一层薄纱。小溪在发亮的柳树丛和深

---

① 塔勒，德国的银币名。

暗的赤杨树冠间闪烁。多么有田园风味和德国特色的风光啊！能在这优美的景色中生活整整一个月，我感到难以言状的幸福，不禁唱起了《早安，美丽的女磨坊主！》这首歌。随后，我又打住了，大口大口地呼吸清新、芬芳的空气，也就是女房东所说的"瑞士空气"。想到她的极好的十分凉快的散步场所，我不禁哈哈大笑，因为这上面只有零星的果树，而山坡那边也只有几棵梨树，低垂的树枝在阳光下晃动着闪闪发亮的小叶子。

我在易北河台地上吃过了午饭，找侍者付账，却发现他正在跟我新相识的小学老师攀谈。老师抽着烟斗，烟斗饰有大穗子和一对鹿角尖，这显然是他的得意之物，绝不会让人感到寒酸。烟草的味道挺好，就像他后来告诉我的，是真正上等的烟草。他喝着慕尼黑啤酒——这是一个趣味高雅和生活习惯良好的男人的显而易见的标志。他向我打招呼，祝贺我找到了住处。在整个"萨克森瑞士"，我恐怕再也找不到比拉森更好的地方了。从这里出发，可以到许多不大为人所知的地方去远足。我只需去找他，他就会把情况告诉我。然后他问我是哪国人，听我说是丹麦人，就十分高兴地说，1864 年他也到过丹麦。一开始，我还以为他是把荷尔斯泰因①跟丹麦搞混了，接着却得知，此公原是普鲁士军人，后来不知怎么流落到了萨克森。他显然无意跟我讲那些不愉快的往事，而只是想在我们之间找到一个共同的话题。他成功了，因为我对科尔丁地区很熟悉，他也曾在那里驻扎过较长的时间。于是他热心地问我，是否还记得这

---

① 荷尔斯泰因在日德兰半岛的南部地区，现属德国。

一家和那一户，这片树林和那些小山——他用烟斗在花台布上标出了那些地点——他急于知道胖子奥勒·拉尔森是否还拥有那个有石砌谷仓和绿色围栏的院落，抑或是已经传给了儿子汉斯，而在弗伦斯堡的野战医院里他曾与汉斯是病友。接着，他开始叙述那次使他负伤的战事。

我利用一个短暂的间隙，打听我先前误闯进去的那幢漂亮别墅是怎么回事。

"那别墅是侍从官采特利茨的。"他说，"每年夏天，当他不在皮尔尼茨随侍国王时，就到这里来住。一个高贵的人家，不大见得着，却给学校捐赠了可观的赞助——一切都合乎礼俗……他们有个年轻的家庭女教师——喏，您自己会亲眼看到她的——是个迷人的姑娘！她跟我是远亲——可惜我跟她不大熟，因为她比较内向；其实，她尽可以随和一些，这不是我见怪！"

这时，从河面上传来了轮船的汽笛声。我向小学老师道别，匆匆向码头赶去。

2

一个星期之后，早上八点钟，我出发了。像往常一样，我是在最后一分钟上船的。等我放好东西，开始向四周张望时，船已经驶过了阿尔贝特桥，城市连同美丽的塔楼在布吕尔台地上显现出轮廓。那边依然碧空清朗，而我们头顶上却已是雾气氤氲，前方更显得阴沉沉的。清风吹来，使人感到湿润润的。我解开方格花呢风衣的带子。我们才驶过三座城堡，城市就几乎看不见了，到洛什维茨时已经下起雨来；其实，也说不上是雨，而是……

"飘毛毛雨了。"一个胖胖的德累斯顿人对他的妻子说。她正疑惑地把头探出舱门外。

船在布拉瑟维茨停靠，新上船的人都立即拥向了船舱，女士们纷纷离开了湿漉漉的甲板，先生们也渐渐溜走了。令人沮丧的事实已无法掩盖：下起大雨来了。

我点起一支烟，走进挤满人的吸烟舱。到处都在谈论天气。一位头发长长的教授喝着酒，正在给一圈凝神静听的听众分析：这个季节，如果在这样的酷热之后下起雨来，那么一直到九月都不会有好天气。这时，雨点已击打在甲板上，击打声又渐渐变成了噼噼啪啪的泼溅声。天色阴沉沉的，使人在不正常的昏暗中感到眼花缭乱。透过被雨打湿的窗子，几乎无法辨出岸上的花园和葡萄园。

我抽完烟，走进大厅。那里已经没有空位子，而且空气憋闷，我实在不愿拿折椅坐下。于是我走进前厅，那里有楼梯通到甲板上。有一位年轻女士带两个小姑娘坐在那儿。我从椅堆上取了一把折椅，裹紧风衣，坐到楼梯对面。

新鲜湿润的清风使我舒畅，尽管它时时吹来蒙蒙细雨，把雨珠挂在风衣上。最上面的几级楼梯湿得发亮。甲板上有一块黑帆布盖住行李，角落里大概已积了一个水洼，因为从那儿不断地淌出一小股流水来。

坐在大厅门口另一边的年轻女士，从衣袋里掏出一本小书，埋头读起来。可是她没能安静多久，因为那个年龄较小的女孩，一个金发的盛装"洋娃娃"，哭起来了。尽管她的哭声在这种场合最自然不过，家庭女教师却不得不哄她。"丽斯贝丝还想听故事。"大一点的女孩说。小不点儿证实了这一猜测，抱怨说："接着讲彼得！接着讲彼得！"

"在生人面前你也不怕害羞，丽斯贝丝！"年轻的姑娘低声说，"你以为人家也想听彼得的故事吗？"

小家伙边抽泣边吮她的食指，用不高兴的大眼睛打量我。孩子的眼神在清楚地说："你干吗不走开？"这使我颇为尴尬。我感到自己在场的确碍事，担心这情况使年轻的女教师更加为难；先前她跟她的娇气学生单独在这儿大概挺快活。因此，我做出要离开她们的姿态，但恰好这时姑娘向我调皮地瞅了一眼——也许她自己并不知道这一眼是多么调皮，但却清楚地表明了有我陪伴使她很愉快，尽管她并不是向我讨好，眼下她实在不希望继续讲"彼得的故事"。我对她那解释性的笑容报以会心的微笑，坐得更直了，满不在乎和泰然自若地忍受着两个小家伙的长久怒视。能这样轻松地为我的漂亮邻居帮个小忙，我很得意。

这时，我才发现她长得很漂亮。她有一张方形脸，很匀称，因为是褐色头发，乍一看颇有南方人的特点。但小巧的鼻子却是地道德国式的，短而且直，很朴实，丝毫不尖。嘴唇引人注意，口红的形状与色泽非常协调。平时常可见到有的人口红涂得不合适，颜色配形状不是过头就是不足，结果不是相得益彰，而是相互妨害。她的下巴和脸蛋几乎是我有生所见最秀美的。她中等身材，体态苗条。衣服并不时髦，但给我很舒服的印象，尤其是她的帽子令我满意。这年头时兴戴又高又尖而且用花点缀的帽子。刚才我还在大厅里惊奇那些帽子所达到的不雅程度。而她戴的是一顶扁平的小草帽，有一条蓝色丝绒帽边和一块银灰色纱巾。在并不时兴的时候披这样一块漂亮的纱巾，往往能显出一位女士的高雅情趣——这是一种可爱的小打扮。我希望我的恋人也能披这么块纱巾，这面生活航程的信号旗可以使我们在拥挤之中远远看到我们将驶向何处，它总是使我们心跳不已，有时也会使我们失望……咳！我已经讲到当时我还根本没想到的热恋上去了。虽然……这种事谁能不想？对于我们来说女人可分为两部分：一种是我们有可能爱上的女人，其余是同男人一样只需淡淡交往的。这次我显然是跟女人做伴了。

等我把这些最初的印象集中起来，我们已经航行了很长一段，因为我显然只能偶尔悄悄朝我的美人儿瞥上几眼。尽管如此，我偷觑她的次数恐怕还是超出了正常的需要。至少我发觉她的脸红了，埋下头去读书，可是那本书的厚度又不足以为她做掩护。那本小厚书开始引起我的好奇，那种在旅途中遇上雨天的真正好奇，对任何东西都会发生兴趣。库柏[①]和沃尔特·司各特[②]作品的德文旧译本差不多就是这种开本，我已经把她的读物归入这类书了。可是书页突然一翻，却显出是更为严肃的一类：一本袖珍字典。这个发现更激起了我对这位小姐的兴趣。我怀着某种感动端详她。我想，大概是

---

① 库柏（1789—1851），美国小说家。
② 沃尔特·司各特（1771—1832），英国诗人、历史小说家。

窘困的经济状况迫使她接受了这样一个不好当的家庭女教师职务。这要求她付出一切可能的精力，甚至更多，因此她只好利用每一刻空闲，以最简捷而又最枯燥的方式丰富她的知识，在这条艰难的道路上，每天拿一定数量的单词当作苦涩的补药来服用。一个如此漂亮的年轻女子有贫穷做背景，只会使她更加光彩照人。如果她是个娇生惯养的小姐，拿一本租来的小说消磨时间，那就远不会这样激起我的兴趣。

虽然这种同情本应是无私的，不该去打扰她，可是说老实话，我却盼望能跟她交谈。说出这一点我很惭愧，但是我的想象力却只是限于两次走上楼梯，一心希望年轻的姑娘问我是否天晴了（实际上根本没晴）。但因为她根本不提这个问题，所以我也就仍和原先一样毫无进展。

我考虑了好几种开头，又全都放弃了。那个最小的女孩直喊冷。可怜的女教师没别的办法，只好解下自己的披巾，把小家伙裹起来。由于我对寒冷十分敏感，我能强烈地体会到没有披巾对于她意味着什么；我看到她抱紧双臂把小小的下巴埋进柔软的衣褶中。我觉得机会到了，便彬彬有礼地提出把我的风衣让给她。不出所料，她十分友好地谢绝了，说我自己要用，不然我一定会感冒。对这点我难以否认，因为伤风正困扰着我，我已经打了好几次猛烈的喷嚏，害得那个小丫头也恐慌起来，而大一点的女孩竭力忍住才没有笑出声。因此，我只好说，我想去吸烟舱，那里用不着风衣。年轻的姑娘表示希望她不至于妨碍我抽烟，可是我坚持不愿让烟雾烦扰她，这样就自然显出了一种我原本不具有的温柔殷勤。我补充道，我本来应当去透透新鲜空气，可是时间一长，又觉得有点太凉。然后，我扭头便走，留下了风衣，就像从前约瑟①留下他的外套一样。

我重又来到潮湿憋闷的小厅，坐在油布面的长椅上，嘴里叼着一支点燃的香烟，面前放着一杯鲜啤酒。用不着掩饰，我的第一个亲近尝试实在不聪明，因为它只是造成了这样彻底分开的局面。一位更大胆的绅士或许会设法共同使用那件很大的风衣。或者，假如这不现实的话，就让小女孩坐到自己身边，给她取暖。总之，我意识到自己的举止像个真正的傻瓜。先前那地方比这里舒服得多，再加上我开始感到头痛，于是就更加懊恼了。

传来了一声撞击——船停了。在我们头顶的甲板上，有人拖着箱子走来走去。皮尔纳到了。我漫不经心地往外望，看见镇上的小房子和许多绿树，看见有塔楼的老教堂那高高的帐篷状屋顶——我抬头望那高高的古堡，望那高高的日光岩，它从前是坚固的城堡，现在是州立精神病院。卡纳莱托②的笔经常描绘这一朴素的画面，不过，光线总比现在好。似乎大自然也希望弥补这一缺憾，此时，有一道阳光照到了城堡高高的山墙上。

现在，我回忆当时的情景，就觉得那道阳光宛如上苍的手指，指点着那座建筑，引起我注意，在我心中唤起一种预感，以便我日后怀着这种情感去仔细观察它——现在，我心中也正是这样想着它，一直到两眼泪水模糊，不得不把笔放下。当时，那景象对于我自然

---

① 约瑟，《圣经》故事人物。
② 卡纳莱托（1697—1768），意大利风景画家。

只是意味着要晴天了。实际上，亮度也确实在增强，并且开始扩展到整个城市的画面。是的，当城堡缓缓地向右移去时，小小的山墙上方闪现出了一片蓝天；当教堂的屋顶消失时，它那陡直的斜面却像铅一样熠熠反光。可是，随后雨水又哗哗地落到了小窗玻璃上。

我们驶入了砂岩地带，雨渐渐小了。在吸烟舱里吞云吐雾的人渐渐少了，都纷纷去甲板上来回溜达。我也上去了。雨点依然相当密，雨珠在乳白色光线中闪闪发亮，也不知这光线是从哪儿来的。采石场的石壁在这一带全是赭红色的，看上去宛如上了漆。在右边丘陵起伏的河岸上，当然是在相当远的地方，有一座淡青色的山峰穿透迷雾闪现出来。有片刻工夫，雨几乎停了，但旋又转密，不过同时光线也变亮了。

我走下楼梯，看见我的旅伴们仍在前厅。女教师不再读书，可是也没有讲故事，因为那磨人的小淘气已经沉入了甜蜜的梦乡。这次我没有等她提问是否天晴，而是径自报告快要晴天了。姑娘粲然一笑，谢谢我让出风衣，并且开始仔细地叠好它。因为风衣大得像一块餐桌布，我不得不帮助她，并且由于笨拙的帮忙引起了她的欢笑。地方就那么宽，刚好把风衣摊开，然后我们以众所周知的方式互相配合，直到我们的手相触。可是，不等我开口说话，她就匆匆道了谢登上楼梯，并且嘱咐那个大一点的女孩叫醒小妹妹。

湿滑发亮的甲板上很快就挤满了旅客。只还有零星的雨滴划过湿热的空气。我们头顶上的天空已经透亮。河谷里尚有薄雾，岩石梯地上的树林也雾气腾腾，看上去好像每个树梢都是一个小烟囱，冒出一股淡淡的青烟，然后才在阳光中消散。河水在我们面前亮得晃眼。在棱堡陡直的岩石脚下已能看见拉森的几幢小房子，后面是一块奇形怪状的巨岩，那是加默里岩，先前我就从窗口见到了。

我动手找我的行李，最后发现它稳妥地藏在帆布底下。这样，我就没能注意我那漂亮的女伴。有人喊："拉森到了，在舵旁下船！"我只好拿着我的东西匆匆向船尾挤。等我挤到船尾，我高兴地看到那块灰纱巾正在行列的最前面飘动。接着，她便带领孩子跨上了栈桥。等我找好搬运工，我已经看不见她们了。

3

在这片砂岩地区的某个地方——但并不是在最重要的风景点上——据说要竖立一座耻辱纪念碑，诅咒那个发明了"萨克森瑞士"这一说法的人。毫无疑问，再也没有哪个名称比它更损害这片奇异的砂岩地区了。每个旅客乍来时都怀着以瑞士为标准的回忆或想象，进行对比和否定，并且自鸣得意地说，他原本以为能欣赏到比这更为出色的风光。其实，这可怜的地方根本就不曾有过这样的奢望。

可是，如果你不带奢望地来到这里，实事求是地看待这个地方，如果你不是走马观花，而是停下来尽情欣赏，那么，你就会领略到十分丰富多彩的自然美景，领略到跟独特的田园景色结合在一起的鲜明对立。你会看到，光秃空荡与丰硕富饶并存，荒凉陡峭的危岩与精耕细作的田野并列或重叠。你可以从明亮炙人的炎热中径直跨入湿润凉爽的林荫中。微风吹过高地，拂过针叶林和岩石山谷，还有哪儿能吸到比这更清新更芬芳的空气呢？

要真正熟悉这些，你就得深入了解这一带独特的自然风光，就会明白这一带并不是山区，而是在一块被洪水割裂、翻掘和掏空的高原上。岩石突出，时而构成深沟大壑的石壁，时而又作为遗迹矗立在沟壑当中。结果岩石主要不是处于凸起的部分，而是构成了地形的凹处。因此，乍看到一块绿油油的农田镶嵌在陡峭岩壁的粗裂表面上，宛如一只大象背上的丝绒鞍子，你会惊讶不止。当你刚刚走过起伏不平的庄稼地，忽然看到脚下是荒凉而参差的岩石，其间有无尽的雉堞、塔楼和上百英尺高的山丘时，你又会赞叹不已。如此鲜明的对立几乎令人恼火，可是，最后却又赢得了人们的喜爱。在这块高原上，下面是岩石地区，然后有一座座山峰高耸入云。主要是这些山峰赋予这一带以特别的地貌，即一种很像乳头的形貌，假如可以使用这么一个不雅比喻的话。因为从若干英里以外远望，这些山岩极像巨大的乳头，不管它们叫国王岩、教皇岩还是叫百合岩。甚至两千英尺高的连绵起伏的施内山，也只是其中一个比较壮观的变种。一个个彼此相连的冬日的山岭，虽然式样各异，但是边缘相接。越深入波希米亚①，山区的景色就越占优势。施内山原本就在波希米亚，但是山岭之间的界限却不像各地咖啡的差别那样分明；因为在第一个波希米亚村落，咖啡的味道之香就好像到了卡尔斯巴德。而在这边最后一个萨克森村庄喝的却是有名的布吕姆欣咖啡②，这名称是因为透过咖啡可以看见杯底的彩绘得来的。

---

① 波希米亚是对捷克地区的旧称。
② 很淡的咖啡，甚至能看清咖啡杯底的小花，可译为"小花朵咖啡"。

刚才，午饭后，我就喝了这种美味的饮料，量不多，不会影响心绪的安宁。前一天，我在普雷毕施托品尝了更浓的波希米亚咖啡，而两天前……总而言之，我已经痛痛快快地游历了一番，暂时还无意进行更长途的远足。天气很热，没有一丝风。轻柔的云朵融入蓝色的天际，泛出一种淡红色的光。阳光照到青草和树叶上并不反光，但显出比平常更深的绿色。岩石之间的阴影让人看不清，岩石的投影也没有清晰的边缘。谷底有一只布谷鸟在不停地鸣啭。它已经啼了好久，这种有规律的啼声更增强了整个大自然的催眠作用。我没有兴致多走路，但又睡不着觉，也不想看书，更别提写信了。

在一筹莫展之中，我忽然想起了那个"凉快的散步场所"。刚才我一直没想到，如果那儿真的比女房东吹嘘的还好，我现在倒挺高兴去看看。这时，我的目光落到一段桦树小径上。小径开始得相当突兀，在大约五十步开外，正对着我的窗户，但它很快就转弯了，隐入斜坡的草丛后面。斜坡陡陡地连着一个小盆地。我原以为这条小径属于邻家的别墅，现在却发现它跟我们这边的菜园和草坪之间并没有篱笆。小径到草坪前终止了，再往前也没有篱笆，直接连着山边的树丛。也就是说，很可能山坡的上部也属于我的女房东。突然中断的小径正在等已经开工的设施完成，以便与房子这边通过去的路连起来。那下面大概就是"凉快的散步场所"吧。我暗自向诚实的女房东表示歉意，当即决定行使房客的崇高权利，到各处去走走。

我没有往那条桦树小径走，而是向榛树和荆棘丛走去。遍开雏菊和石竹花的草地上布满了零零落落的灌木丛间隙，但很快就被一条铺着石子的小路截断了。在小路的另一边，草地向下延伸到长满小松树和小桦树的谷地里。我沿着石子路信步走去，想熟悉一下那里的情况。

我刚走几步，就到了一个小岩洞前面。平时，在小山上只看见草和沙子，但这里岩石突出，并且有点向前倾（就好像山岩的额头撞上了土层，于是用双肩向两边挤似的），自然而然地形成了一个几乎全天都是阴凉的歇处。这里有一张桌子和几张凳子，石壁中央的题词是"索菲憩处"。

我不胜陶醉地站了一会儿，简直不相信女房东竟藏有如此一件惊人之作。然后，我坐到舒适的长凳上，但心里还是不踏实，怀疑我是否真有权利坐在这儿。我正疑惑，忽然看见长凳上有一本小书，拿起来一翻，惊讶地发现竟是一本《德语丹麦语字典》。我没听说这幢"膳宿公寓"里有我的丹麦同胞——因为这幢营房式的建筑虽然自称"膳宿"，其实只管住宿不管吃。到底是谁在德国有如此难得的热情，居然学起丹麦文来了？……另外，这本已经用旧的书我好像在哪儿见过。

石子路上传来了轻快的脚步声。我抬起头，只见一个年轻姑娘站在路上，正是船上那位漂亮的女教师。

我来到这里后忙于游览，因此没有时间回想那次萍水相逢；特别是最近几天，我一直没有想到她。此刻我忽然记起，那位小学教师曾说过，侍从官的漂亮别墅里有个娇小的家庭女教师。

她显然也没有料到会在这儿碰上我，情不自禁地发出了一声喊叫。我自然是一跃而起，结结巴巴地连声道歉：我的女房东说这里有凉快的散步场所，于是我以为……但现在我发觉，自己无意中闯入了别人的地盘。恐怕是吓着她了，这更加使我歉疚。

姑娘尴尬地笑道：

"这是可以理解的，用不着道歉……也不必遗憾。"

她的目光落到那本小书上。我由于慌乱，正把书拿在手里卷来卷去。这时，她脸红了。

"这也许是您的书吧？"

"对，我就是来取书的。"

"那么我再次请您原谅，因为我冒昧地翻动了它。这使我十分惊讶——因为我是丹麦人。"

"我已经晓得了。"她答道，"我从您在船上说的头几句话就听出来了。"

这一声明并不使我受宠若惊，因为我一直以为我的德语说得不错，在萨克森会被人当作德国北方的口音哩。

"那么，您大概常跟丹麦人来往吧？"我问。

"我认识几个丹麦人。"她答，突然严肃起来。

"于是这就促使您下功夫研究这样一种不常用的语言吗？"

"是的。"她略显踌躇地答道，似乎在考虑如何能尽快地中止这场谈话。

"需要我为您效劳吗？"

"不——对不起！原来曾有人建议我去丹麦当家庭女教师，可是我已经放弃了。"

对于跟我毫不相干的事做出这样明确的通报，这使我很惊讶。

我预计她会继续讲下去，可是她却以迟疑的口吻说道：

"把您从这个凉快的地方赶走，我会感到内疚。您别走开。我了解这里的习惯，这时候没有人到花园来。正因为如此，我看见有人在这儿才吓了一跳。我太神经过敏了。再会！"

我很想挽留她，因为我知道不会有人来打扰我们，可是在她那故意避开的目光中我发觉了一种过分湿润的光泽。这光泽配合嘴角的抽动使我确信，她快要哭了。这一发现使得我不知所措。我喃喃地说了几句话感谢她的好意，但我不想为了久留而滥用这种好意，除非是——我大胆地补充道——让我以某种方式……

可是她已经走掉了。

我又坐了片刻，为这次意外的重逢激动不已。我试图在心里记住这年轻姑娘的形象。第二次相遇她给我留下的印象更深。现在我明白了，她是我有生以来见过的最可爱的姑娘。她头戴一顶老式园艺帽，露出她那高高的俊俏的额头。特别是那双眼睛吸引我注意，显得相当深邃。眼睛睁大时，睫毛与眼皮之间几乎没有空隙。眼睛很大，炯炯有神，而且非常灵活，从一处转到另一处。眼珠的底色是褐色，上面闪烁着黄色和淡绿色的光，虹膜给人的印象仿佛在多荫的林谷中看一条小溪，水底闪耀着柔和的阳光。眼睛的表情也在迅速变化，宛如小溪淙淙流动于树叶云影之下。

我再也忘不了这双眼睛。

还有那本丹麦语字典的巧合！我觉得这就像一种天意、一种机缘或者有心的安排。总之，像某种有深刻含义的不容忽视的东西。我不大相信她说要去丹麦当女教师的话，可是，她又何必这么说呢？特别是，她为何莫名其妙地差点哭出来呢？

我思索着这一切，步入深谷，穿过一大片针叶林，一直走到波连茨河谷，在瓦尔特多夫磨坊吃了晚饭。那是个晴朗的下午，闷热已完全消失了。我欣赏了大自然的美景，可是与前几天情况不同，不是怀着单纯欣赏的平静，而是带着一种精神上的亢奋，近乎喝过好酒后产生的快感。这种情况并不讨厌，它使人的理解力更加敏锐，同时又不那么分明。这样就比较容易使萦绕于怀的思念与各种各样的印象结合起来。

我望着急速而平静地流过的波连茨河，泛着金色阳光的水波使我想起了那位年轻姑娘的奇妙眼睛。我发现了一些美丽的花，马上就联想到：要是我跟她的关系亲密到她乐意接受我的一束花，那该多好啊！我躺在一个山坡上，听着松涛飒飒，心想，如果我是诗人，肯定会诗兴大发，写出一首抒发我的感情的诗使她赞叹不已。我甚至已经想好了内容：她是一个谜，我不停地冥思苦索，但"我觉得"——这个转折我感到特别有诗意——假如我找到了谜底，那也就是打开了生活的宝藏。可惜我没能押上韵，也没能使它们符合格律。

就好像有好心的神明为我当抒情诗人失败而安慰我，想给我提供补偿似的，此刻我耳中响起了一段曲子。不过，仅只是一段悲歌末尾的几个音。我很熟悉它们，却不知是怎么熟悉的。我很快就发现，我熟悉那几个音，只是因为我曾经长久而徒劳地寻找它们。它们有时跟我十分亲近，但是随后又迅即消失了。

波连茨河翻卷着旋涡，在岩石间像仙女一般吟唱着这些音。低声飒飒的松树梢仿佛也在努力把这句话告诉我。

我终于听清了，那就是：

自从我初次见到她！

这是那首有关精灵山的古老民歌的副歌。它在归途中一直忠实地陪伴着我。

我回到拉森时天已经黑了。一道狭长的月光在别墅的小山上空幽幽地闪烁。在花园和树林里萤火虫成群。小亮点无声无息地游来游去，上下翻飞，宛如看不见的精灵手持微弱的小灯。"自从我初次见到她"，这声音充满希望，从那轻盈的轮舞中传来。"小灯"也越来越亮，越来越神秘。时而有一只萤火虫照亮了灌木丛的叶子，时而又有另一只飞得很高，宛如一颗掠过的星星。真正的星星却根本见不着，天气又变得闷热无风了。

在前些天晚上，我也欣赏过这种大自然情爱的奇特而飘忽的景象。我感到一种既痛苦又甜蜜的心跳，走上小山，静静伫立着远望山谷，看那儿的小光点杂乱地移动。有的地方亮着一扇枝叶掩映的小窗，周围是十分逼近的山岩，与其说是看到它们，还不如说是感觉到它们。

在我的房门前的石阶上，也有这样一个孤零零的小亮点发出幽光。我划亮一根火柴，发现了灰色的毛茸茸的一小团，火柴一灭它又变成了亮点。顺便说一句，我担心打扰它，因为我对这只萤火虫有一种近乎神秘的感觉。一连三天晚上我都清楚地看见它处于同一位置，就在石阶的角落里，恰好在地窖的一扇窗子旁边；我确信白天它不在那儿。在这只小动物身上究竟发生了什么事，使得它每天晚上都循着一定的路线来幽会呢？也许它每次都失望了，但是仍信心十足地带着它的性爱小灯前来，并不是寻找我这个人，而是寻找一只雌虫，并且就坐在那儿，深信它的炽热爱情定能从这高高的位置唤来它所渴望的对象……也许在我们身上，这样一种宁静的执着的激情只能在比喻的意义上看到"一颗能穿透衣服的炽热的心"。

老实说，我也需要这样一种非凡的力量。因为当我在床上辗转反侧时，我不停地想着这只痴情的小萤火虫，它甚至在我的乱糟糟的梦中也占了一个角色。

但接着我又醒了，躺在那儿久久难以再入睡。透过虚掩的窗子，似乎又有清脆的声音从室外宁静的夜空向我唱道：

自从我初次见到她——

4

第二天早晨出门，我仔细查看了台阶和窗洞，萤火虫已无影无踪。我暗自想，如果它今晚再来，便是一个征兆，表示我跟那位漂亮的女邻居将会建立更亲密的关系。

我径自去拜访那位小学老师。他说过，如果想知道去哪里游玩好，就去找他。要知道，他跟她是远亲。

因为是假期，我在他的菜园里找到了他。他头戴一顶破草帽，正在干活。他显然对我的来访感到又惊又喜。寒暄了一番之后，他问我已经到过哪些地方，很快就发现了一条我还没走过的路线，我一个人是不那么容易去的。他提议，午饭后陪我去，我自然高兴地答应了。

一路上他非常快活。他曾经上过一段时间大学。不过，很可能泡在酒馆里的时间比在学校更多。回忆当年的情景是他一生的骄傲。他唱了一支又一支大学生歌曲。

后来，他又搜肠刮肚地翻出了战争时代的歌曲。我腿脚灵便些，上山时走在他前头。这时，他准确无误地哼出了 1864 年的一首萨克森讽刺诗：

> 且慢慢前行，
> 且慢慢前行，
> 让奥地利的后备军
> 也能跟上来。

要是我落后了，他就唱：

> 你这个哈涅人，
> 快些往前赶，
> 你穿着最大号的靴子。

对 1864 年的回忆，尤其是"哈涅人"这个称呼，叫一个丹麦人听起来可不怎么舒坦。但这位诚实的教师却没有多想。再说，他那么友好，尽管有一点爱国主义冲动，我也不好怪他。

休息时，他喜欢闲谈学生时代或者战争时代的往事，但大都是相当温和的。

"是的，您说得对，这是一种好烟。"他说，吃过晚饭后点起了烟斗，"嘿，我给您讲一个跟这种烟叶有关的奇特故事吧。也就是说，那时候的烟叶可比这几年质量好——这种阿尔施塔特烟叶在整个德国都很出名。当时我正躺在弗伦斯堡的野战医院里，肩膀上中了一枪。伤口渐渐好了，于是许可我抽一斗烟。您一定知道，我生在阿尔施塔特，我母亲仍住在那儿，常给我寄点什么——可以免费邮寄——因此总是有不少这样的好烟。喏，于是我点起了我的烟斗。我旁边是个在杜珀尔被俘的丹麦人，普鲁士刺刀把他刺伤了。我的烟刚一点着，他就抬起头来吸气。我很清楚，烟味并不使他难受，因为他简直是喜形于色。于是，我使劲地抽烟，他也就不停地嗅。'真见鬼！'他说。'怎么啦？'我说，'莫非有硫黄味？''刚好相反，'他用地道的德语说，'这要不是阿尔施塔特烟叶，你就砍掉我的头。''这次你掉不了脑袋。'我说，'你怎么知道这是阿尔施塔特烟叶？''嘿，这我可熟悉，'他说，'我在阿尔施塔特住了两年。那时我到处耍手艺，是个钟表匠。后来我再也没有吸过这种烟，现在我一闻到它，就好像重新又坐在市场的角落里，坐在铁匠街我的好师傅施托希家里！''真的？'我说，险些把烟斗掉到地上。'真的，是这样！'他答。'原来你跟我父亲学过徒！'您想想吧，这有多巧！接着，我们畅叙了一番。我也想起他来了。尽管他添了大胡子，一把真正的哈涅人大胡子……喏，我给了他一纸袋烟叶。要知道，在战场上，说不定我会给他一枪哩。"

他讲完这个故事，我连忙乘机打听他的家庭情况。在听了一大段无聊而又繁杂的家史之后，我终于如愿以偿，听到了明娜·雅格曼的名字："就是侍从官家里那个娇小的女教师。您大概已经见过她了吧？"

他对明娜的介绍一开始就很平常，带着客观的色彩。

明娜是个中学教师的女儿，父亲一年前去世了。母亲靠房租生活。她自己教书挣些钱，主要是给外国人教德文。眼下，她担任家庭女教师，报酬优厚。以前，她跟母亲一起住在德累斯顿的一条小街上。

这一切听起来都十分平常，因为我原来以为她一定有过浪漫的奇遇。

"跟那些外国人是很难打交道的，尤其是这样一个涉世不深的年轻姑娘。"他说，一边按紧烟斗里的灰。

"怎么？"我关切地问，"您这是什么意思？"

"哦，人往往不知道自己是在跟谁打交道，而这很容易导致不应该发生的事情。"

"雅格曼小姐经历过这样的事吗？"

"有过。一个年轻画家——而且是您的同胞，一个轻浮的家伙。他甩了她，这是她不该受到的待遇。"

"原来如此！他们订了婚吗？"

"哦，订婚恐怕没有，不过我也不大清楚。我是从索菲姑妈那里听说的。我已经跟您说过索菲，她不怎么能干……不管怎么说，两个人已经在谈情说爱了。大家都以为他们会结婚，可是他走了，后来就再也没有音信。这丝毫不使我惊奇，因为他到过巴黎，在那儿学过画，而巴黎是地地道道的罪恶之地，绝不像德累斯顿这样……嗯，这您大概也注意到了。但是巴黎，上帝保佑，人们谈起有关那里的一切真是吓人。一个德国人简直没法在那儿待，他们恨极了我们。可是他们要我们的啤酒，因为他们自己不会酿，却很爱喝。最近法国人又在靠近边界处查封了一家大工厂，就因为它属德国人所有。这可不行！您会看到，要不了多久，我们就会重新打过去。您就留心好了——您看过报了吗？俾斯麦新近说什么？"

于是他开始大谈对外政策。

说实话，此刻我更想知道，娇小可爱的德累斯顿姑娘与丹麦画家之间究竟出了什么事，而不想听哪怕是最可靠的消息，到底德国人将在哪一天哪个时辰开进巴黎。我问他是否记得那个画家的名字，可是他答不出。

在归途中我的话很少，新的发现使我陷入一种奇特的不安之中。一方面，我的好奇心得到了满足，并且找到了想找的踪迹，我很高兴；另一方面，我又不喜欢这个故事，虽然它与我毫不相干，毫无关系。可是……我想起了那奇特的情况：一本丹麦语字典似乎成了她的心爱读物，不仅在旅途中而且在散步时都陪伴着她。我猜想，是爱情的使者驾驭着这辆小小的语言之车，车里堆满了最高雅和最常用的词儿。当她熟背画家的丹麦语生字时，仅只是忠实地眷恋那心爱的回忆吗？抑或是她仍在为这种可能性做准备：让丹麦语也成为她的语言？也许，连她自己都不清楚这一点。

我不禁又想起那只萤火虫，忠贞不贰，一夜又一夜，守候在同一地点，在夜色中向它的情侣发光。

当我走近台阶时，它当真又在台阶的角落里欢迎我呢。

5

对于每一个喜欢德国音乐的人来说——又有谁不喜欢德国音乐呢？——这些阴凉而又湿润的"地方"蕴藏着一个只能用音乐来表达的宝库。当山林"傍晚寂静下来后"，舒曼①的男声合唱似乎从高高的松树梢上飘下来；鳟鱼甚多的磨坊清溪也在潺潺地奏出舒伯特②的旋律；韦伯③的林中号角则在荒凉的岩石迷宫中回响，从狼谷一直震荡到鹰峰之上，它们使我们感到是《魔弹射手》的绝妙背景；理查德·瓦格纳④则要求有莱茵河地区的庄严背景。有一天，我伫立在一个小岩洞之前，洞里有一张普通的长凳，是用几根细木棍和一块巴掌那么宽的木板钉成的。在粗糙不平的石壁上刻着几个遒劲的大字：沃坦憩处。

"这些字究竟是天真的崇拜瓦格纳的人写的，还是出自对瓦格

---

① 舒曼（1810—1856），德国作曲家，音乐评论家。
② 舒伯特（1797—1828），奥地利作曲家，著有《鳟鱼五重奏》等作品。
③ 韦伯（1786—1826），德国作曲家。歌剧《魔弹射手》《奥伯龙》等是他的作品。
④ 理查德·瓦格纳（1813—1883），德国作曲家。歌剧《尼伯龙根的指环》是他的名作。

纳怀有敌意的人呢？"

这个问题是我向雅格曼小姐提出的。

她并没有坐在长凳上。那长凳根本不能坐人，顶多只能放一尊用轻质材料做成的神像。年轻的姑娘选了个更结实的座位：一块大石头，在小路的另一边，高临于湍急的小溪之上。石头跟小路隔着一道沟，形成了一个树丛掩映的小岛。我差点没发现她就走过去，而在看"沃坦憩处"那几个字时，我又是背朝她的。

可是她暴露了自己——也不知是故意的还是无意的——她让那年轻活泼的笑声跟我发出的笑声混到了一起。

"没什么不同，"她说，"两种情况都让人好笑！"

她挺直身子坐在草里，一只胳臂撑地，另一只胳臂平放在胸前，手捧一束鲜艳的花，是这一带不难采到的花。她把粉红色晨衣的袖子捋到肘部以上，看来不是图舒服就是图凉快。胸前的那只胳臂白皙极了，另一只胳臂衬着绿油油的青草，呈现出有一层茸茸汗毛的黝黑，在阳光下闪亮。手臂那丰满柔嫩的外形给人以孩子般的印象，但在成年女子身上就显得特别动人。那两个小女孩就坐在她身边，用蒲公英草茎结项链；她们一路上饱尝了覆盆子，果汁弄脏了她们的小脸。雅格曼小姐的嘴唇也染上了微蓝色，笑起来牙齿远不像平时那么白。

"您这么说有点欠考虑，小姐，"我答道，"因为您并不知道我是不是瓦格纳的反对者。"

"即便是这样，您大概也不会介意被一个姑娘笑笑吧。不过，您是从丹麦来的，那儿的人不大了解瓦格纳——这我至少听说过。"

她说这些话时，愉快的表情从脸上消失了。而我相信能猜到此刻她心里正闪过什么念头，是什么想法在她的脸上罩了一层阴影。对她的隐秘的想法我是知情的，而她却不会料到这一点。这在我心中激起了不悦，因此沉默下来。突然，我发觉她正以吃惊的眼神望着我。那眼神相当清楚地表示出："为什么住口了？为什么快快不乐？"与此同时我也感到，我的嘴唇扭成了一种恼怒而带点嘲讽的笑容。我注意到自己的情绪，吓了一跳，尤其是因为我很快就明白了这种情绪只能是出于嫉妒。其实，这真是荒唐，我怎么会为了一个几乎还没有交谈过的年轻姑娘产生嫉妒呢？很可能我永远也不会再有机会去进一步熟识她哩。

　　我一边思索，一边重新找到了话头。我说，我在德累斯顿住了很长时间，很了解瓦格纳晚年的作品。它们对丹麦人甚至有一种特殊的吸引力，因为在歌剧《尼伯龙根的指环》中，这位大师采用了古代北欧英雄史诗的题材。因为话题转到了丹麦文学，我赶紧问她是否已经掌握了丹麦语，是否能读我们的文学作品了。

　　"是的，我读过欧伦施莱厄①的《阿拉丁》，"她答道，"是很吃力地慢慢读完的，因为我只认得一个个生字并懂得一点儿语法。"

　　"那您在阅读时没有得到很大的乐趣吧？"

　　"哦，得到了！我读了好几遍，尤其是一些我觉得非常优美的地方。不过，最后我很生气，因为归根结底，这个流浪儿以及他的巧遇并不感人。"

---

① 欧伦施莱厄（1779—1850），丹麦作家。《阿拉丁》是他的一部童话剧。

我对阿拉丁和浮士德①这两个典型，对丹麦和德国的民族特点，做了一些评论——一部分是我以前在杂志上读到的，一部分是我刚好想到的，也许并没有多大价值。

　　"您刚才说的话对您的丹麦同胞可不算很恭维。"她说。

　　我惊讶地望着她，这点我根本没想过。

　　"是的，不过，"我说，"坦白地说，您真觉得浮士德就那么吸引人吗？我是说，如果实事求是地看待他的行动的话。卖身给恶魔，诱骗没有经验的少女，然后在值得怀疑的决斗中杀死她的哥哥……"

　　"这都是真的，可是……您是新教徒，对吗？"她突然面带得意的笑容问，仿佛她忽然掌握了问题的关键。

　　"嗯——？"

　　"那么，您知道，这些作品并不想救世。"

　　"那当然。但我并不认为浮士德在信仰方面是伟人，虽然他翻译了《圣经》。"

　　"有可能，但是，浮士德毕竟比这位阿拉丁先生更有价值。"她答，显然很高兴在缺乏论据的情况下插入了"先生"这个有嘲讽意味的字眼。其实这根本不必要，因为我跟她的意见基本一致。

　　"正如甘泪卿比古尔娜②更有价值那样。"我说。

　　自然，在说到甘泪卿时我想到的是她——这一点她似乎也感觉到了——尽管她跟这个德意志少女的理想形象并不一样，尤其是不符合留在外国人心目中的那个形象。这时，我想起工艺学院的一个

---

① 浮士德是德国作家歌德（1749—1832）的名著《浮士德》的主人公。
② 甘泪卿和古尔娜分别是《浮士德》和《阿拉丁》的女主人公。

法国同学，忍不住笑了。每当遇见金发姑娘时，他总是碰碰我，说句"甘泪卿"，也不管她是矮胖子还是瘦高个，是轻浮的街头浪女还是雍容华贵的小姐。他总是说："那是甘泪钦！"他对"卿"字的发音不准。

如果说她不像甘泪卿，那么，我就更不像浮士德。这马上便得到了证明，因为我连自告奋勇陪伴她的勇气都没有。她似乎也不想再继续谈下去了。隔着一道沟进行这样一场内容高雅的谈话显然有些滑稽，而邀请我到她那个小小的避风岛去做客，也好像不大合适。这甚至已经不可能了，因为那个小家伙突然叫起来：

"他跟你讲话干吗不过这边来？"

我听了这话别无选择，只好装作已到回家的时间了。

我祝她散步愉快，也祝我自己不久又有这样的好运。

但是这个愿望没能实现。我每天都四处溜达，像猎人一样窥探，也多次到过那个"沃坦憩处"——然而总是失望。我绞尽脑汁想找个借口，找个托词，找个办法，随便找个理由跟她联系，可是都没有办到——简直不可能！我相信，这简直像写一部小说那样难。

6

只要我没有迷路，每天中午一点钟左右，我都到名厨饭店吃饭。它坐落在易北河边风景优美的台地上，是个迷人的地方。剪平的枫树树冠形成绿色的屋顶，光线宜人。可以看到一束束阳光在台布上跳跃，在酒壶的锡盖上闪光。

有一天，我到得稍早了一点，看来所有的位子都占满了。我正在无可奈何地东张西望，忽听见背后有人喊我的名字。一对上年纪的夫妇坐在一张小桌旁，正在向我招手。他们是我在德累斯顿认识的熟人，而且是很要好的熟人。我很高兴能如此顺当地摆脱了窘境，于是坐到这对夫妇旁边，要了一份餐具和一杯啤酒。

一眼就能看出老先生是犹太人。那弯钩鼻子的形状不会让人认错。那稀疏而又直撅撅的白胡子掩不住厚实的双唇，下唇耷拉着，使他说话时既慢并且带咝音。灰白的浓眉遮着眼睛，眼皮下垂，像有褶的袋子。他目光明亮，非常和善。他太太是个高大的老妇人，看上去更像南方人而不像犹太人。那张生动的脸笑眯眯的，就像法兰西第一帝国时代绘画上的笑容。两鬓上的青灰色头发按照老式样拳曲着，看上去硬得就像金属刨丝。

我认识这两位老人是由于他们的儿子。他跟我在工艺学院是好朋友，尽管他比我大几岁。眼下他在莱比锡的一家工厂做事。由于我对老先生的收藏品有真正的兴趣，我马上就得到了老先生的青睐。他是个书籍爱好者，但最大爱好是搜集名人的手稿。从路德①起一直到当代，他收藏了大量手稿。这些手稿分门别类存放在纸夹中，每一件都编了号，研究报告是用鹅毛笔和一种特殊墨水（为了永久保存）写在手工纸上的。其中每一件都列举了证明其真实性的所有材料，以及对传记作品、书信和亲笔记录所做的提示。这个办

①　路德，即马丁·路德（1483—1546），16世纪德国宗教改革运动的领袖。

事认真的人不仅仅满足于搜集，弄到一份手稿后，非得搞清它属于作者一生的哪个时期才罢休。对于信件来说，这个问题大多是一目了然的，于是他就给信中出现的人，信中暗示的情况，所有有据可查的前因后果，加上长长的注释。这种出于对文献的挚爱而产生的嗜好又返回到文献和历史上。它要求不断地掌握广博的知识，同时向各个方面渗透。这种热情有时会蜕变为一种无聊的嗜好，但对于他来说却完全不同。这其实是他的性格的生动体现，既满足了他的精神乐趣，又满足了他那井井有条的职业习惯。

老赫茨在德累斯顿深居简出已有十年以上。他生于柯尼斯堡，身为商人属于商界的上层人士。家乡给他的天性与成长留下了不可磨灭的印记。柯尼斯堡是商业城，其特点是出了一位大思想家。正如埃拉斯穆斯①跟鹿特丹的关系那样，康德②对于柯尼斯堡的意义或许更重要，这一方面是因为他更伟大，一方面也是因为他距离我们的时代并不远。柯尼斯堡如今健在的老一辈人便是他经常出入的那些家庭的孩子。赫茨本人的情况正是如此。大哲学家康德很爱在家乡的商人家庭进进出出，而这些家庭对思想与文学保持着兴趣就像一笔宝贵的遗产那样，这种兴趣是康德灌输给商界的。商界本身就具有自由思想与灵活性，是一支强大的力量，而这支力量又给康德本人提供了有力的支持，去反对虔敬派③一手遮天的沉重压力。因此，康德理所当然地成了赫茨心目中的圣人。我无法断言他钻研康

---

① 埃拉斯穆斯（1466—1536），荷兰文学家、语言学家，生于鹿特丹。
② 康德（1724—1804），德国哲学家，生于柯尼斯堡，著有《纯粹理性批判》《判断力批判》等著作。
③ 虔敬派，17—18世纪德国新教的一个教派。

德的哲学已到了多深的程度，但是，每当他提起这位伟大同乡的名字时，无疑都能在他的声音里听出一种令人感动的虔敬。

他选择德累斯顿安度晚年，一方面是由于亲戚朋友，一方面也是因为儿子要上著名的工艺学院，最后，还因为德累斯顿是德国最美的城市。可是，该城的精神氛围却不合老先生的心意。无论是作为富商还是作为文人，他都瞧不起这个既不科学也不繁华的都市。他常常提起，席勒说德累斯顿是一块精神的荒漠。当时至少还有克尔纳①住在那儿——可是现在呢？因此，这位柯尼斯堡老人生活得很孤独，大多时间跟已经年老体衰的古斯塔夫·屈内来往。屈内是青年德意志派②的一位老人，赫茨跟这一派的大多数名人都熟识。

我对这位古怪的老人大致了解这么多。现在，他就像老朋友一样跟我热情地打招呼。这对夫妇的一个特点是很喜欢年轻人。我还发现，男女青年似乎都情不自禁地敬重他们，而年轻人对老一辈人这么敬重在当今是不多见的。这也许是由于他们的性情极为谦和，有时甚至表现出某种谨小慎微，生怕给别人造成麻烦或不便。

我起先猜想他们是出来远足的，实际不然，他们在易北河边租了一幢小屋，要住一个半月，如今已经住了三天。这几天，我白天外出游览，或是来吃饭的时间不巧，没有能遇见他们。现在，我不得不答应他们，当天就去他们那儿喝咖啡。

"您绝不会因为跟我们老人在一起而感到无聊的。"

----

① 克尔纳（1791—1813），德国作家。
② 青年德意志派是 1830 年法国七月革命后开始写作的一批德国激进青年作家。

"真的，您一点也不会感到无聊。"

"你们怎么这么想呢？"

"不，真的，我们不是光邀您一个人。我们知道，您年轻，腿脚灵便，在这地方对很多别的东西有兴致。不过，还有个年轻女士要来。我们很希望，除了我们自己之外，能再有个年轻人陪她说话。"

"至少我希望，认识她不会使您后悔！"老太太面带戏谑的笑容补充道。

"她是本地人吗？"我脱口而出。

赫茨太太误解了我的问话，笑起来。

"不，您别担心她土气。她不是拉森人。"

"也不是柯尼斯堡人。"

"也许她不大熟悉康德吧？请告诉我，赫茨先生，所有柯尼斯堡的年轻女士当真都阅读《纯粹理性批判》？"

"啊，亲爱的年轻人，她们甚至连起码应该读的《判断力批判》都没有读过。顺便说一句，当初我倒是给一些女士做过这方面的演讲。"

我提出这个有点逗趣的问题，一方面是为了对目前的话题表现出满不在乎，另一方面也是为了争取时间。因为我心中产生了一种希望，但又担心这希望会很快破灭。可是老太太看透了我的心思。

"说实话吧，芬格先生，您现在心急得如坐针毡，是要听那位年轻女士的事，而不是我丈夫的演讲。"

老先生笑了。

"哎呀，您脸红了！是的，我太太很会看别人的心思，是一个真正的拉瓦特①。"

为了掩饰我的狼狈，我把啤酒喝了。

"她漂亮吗？"

"漂亮？亲爱的年轻人，她简直是个美人儿！对，就是说，不是通常所说的美人儿，而是美得多。她是台克拉②，对，您完全懂我的意思，仪态大方，是洛蒂，是布莉昂——尽管这么说并不准确，她不是乡村牧师的女儿——虽然这很有田园风味，是小凯蒂，最像小凯蒂！"

"可是亲爱的，你一定要把整个德国文学都搬来形容么？你这么做难免会造成夸大的印象！"

"正相反，德国文学根本不够用！只有一种东西比德国文学更好——"

"是康德的批判吧？"

"不对，是德国的女人——当她们美丽迷人的时候。别开玩笑啦，她确实是个出众的姑娘。"

"喏，您自己会认识她的！她跟我是远亲，我一定跟您说过，我的娘家是德累斯顿。"

听了这些话我又无所谓了，反正不会是雅格曼小姐。首先，她看起来根本不像犹太人；其次，我从小学老师那儿听说了她的身世，

① 拉瓦特（1741—1801），瑞士的著名相士。
② 台克拉以及下面的洛蒂、布莉昂、小凯蒂，都是文学作品中的美丽女人形象。

知道她不是犹太人。我彬彬有礼地笑着听赫茨太太讲，却已经心不在焉了。

突然，恍如在梦中，我听见她说：

"但我忘了，您可能已经见过她！按照您刚才说的，她想必是您的邻居哩。她现在当家庭女教师……"

一股寒意掠过我的脊背。最初一瞬间，我的感觉与其说是欣喜，还不如说是确信：命该如此！我对情况缺乏全面的了解，于是回答说我不知是否见过她，因为我认为这是最为谨慎的策略。但话刚一出口，我就想到我的谎话会不可避免地露馅儿，使我处于既可笑又可疑的境地。我真想收回我的话，可是又下不了决心。我心慌意乱，结果竟完全误解了赫茨先生向我提的一个问题。

幸亏这时侍者过来结账了。我在慌乱之中给了他五十芬尼小费，侍者于是朝我深深地鞠了一躬。赫茨先生连忙像慈父一样提醒我，今后对侍者可不能太大方。

7

怎么办？难道去向雅格曼小姐恳求，叫她装作根本不认识我？一开始，我觉得这想法完全不可能；但很快就感到它并非那么吓人，最后甚至以为它很有吸引力，以致再也顾不得自己的愚蠢了。

要在路上遇见她并不是难事。我在跟她打招呼的时候说，看来我们俩是奔向同一个地点。她听说我也是去赫茨家，便快活地表示：

"好啊，这回终于有人介绍咱们相识了。"

"是的，"我答道，"正因为如此，我才对您提一个奇怪的请求。我想请您装出不认识我的样子，就是说，好像您从来没见过我。"

"可以呀。不过，这又何必呢？"

我告诉她是怎么回事，她笑了。

"您总是这么心神不定吗？"

"不是。可是因为要跟您见面，我突然慌乱起来。"

她探询地望望我，接着，忽然脸红了，把目光移开。我对这一切很满意。

"再见！我还得上山去取我的钥匙——咱们一起到达可不大好。"

紧靠易北河边的岩石上有三幢小屋，赫茨夫妇租住了中间那一幢。当我攀登那些从河岸通上去的石阶时，望见几个人正围坐在凉亭下面。凉亭像大多数粉刷过的桁架建筑一样爬满了葡萄藤。午后的太阳当空照，但果树把浓荫遮在了凉亭上。白色台布和闪闪发亮的水壶构成了这个小型聚会的光亮中心。明娜正在煮咖啡。

我们以恰如其分的拘谨姿态听凭人家做了正式介绍。但当她随后给我端上一杯咖啡时，那半掩的笑容告诉我，能跟好心的老人开个玩笑，她也像我一样开心。我觉得——或许她也一样——我们之间的这个小秘密比实际意义更大。这使我相信，我们完全能够在别人眼前保守一个更大更甜的秘密，并且有希望将来也做到。

"你不是也懂一些丹麦语么？现在尽可以加紧练习了。"赫茨太太说。

我对这个惊人的消息表示惊奇。

明娜解释道，她本来要给一家丹麦人当教师。可是在她的戏谑中夹杂着一丝尴尬，这更使我疑心情况并非如此，同时也使我相信赫茨太太了解内情。

"那么，小姐或许熟悉我们的文学吧？"

她灵活地回答了这一问题，于是我们又重复了一遍在"沃坦憩处"关于浮士德和阿拉丁的谈话，几乎一句不差。只不过此刻像精心排练好的一场戏那样，表演得更熟练了，并且暗地由年轻人的恶作剧心理推动，不时冒出一些出色的新想法。一方即兴加入的节目马上又鼓励了另一方，也面带胜利的微笑相应地露一手："你对我这样，我也这样对付你。"于是，对话就显得更加完美，尽管其内容无关紧要，只不过是一种卖弄小聪明的方式。我们也确实给两位听众留下了很深的印象。赫茨先生对我说："您使小明娜变得健谈啦！她平时可没有这么伶俐的口才。"后来，明娜也悄悄地告诉我，赫茨太太当时对她说："这回你可找到合适的人跟你闲谈了。"

这些评论似乎表明他们非常满意。我相信，老人们在这次谈话后已经得出了未免操之过急的结论：我们俩很合得来。因为他们疼爱我们，所以毫不奇怪，他们极力巩固我们的友谊，更何况他们认为，明娜需要一种新鲜活泼的情感，以便抹去过去那既甜蜜又痛苦的回忆。当时我就猜到了，后来又进一步证实了这一点。于是，以后我们每星期都在易北河边的小屋里相见几次。傍晚时，明娜不难摆脱她的教师职责，至于我，除了去跟她见面以外，自然也没有什么"更好的打算"。

一个个晚上过去了——除了感情日益亲密以外——情况大致

都跟最初那次一样。炎热有时把我们赶入幽谷，那是最重要的消遣。通常我们都留在河边，这对老人们最方便。阳光照进凉亭，便是出去散步的信号。百合岩的岩壁裹在越来越深的阴影中，边缘像反光一样从阴影中显现出来。河水映出它的伸长的颤动的影像。在采石场的黄色石壁上，所有裂缝和缺口都显出紫色，镶上了紫红色的边，如同一个罕见的楔形文字，报告着工业的成就。河中的影像渐渐清晰和分明了。在这片光泽中间有木排划过，顺着河道左弯右转，像桅杆那么长的木桨在头部和尾部四五个并成一排，亮闪闪地划动。间或有重载的驳船顺流而下，涂了焦油的船身就像巨大的甲虫。它们有时扯起一面大帆。船早就看不见了，帆仍在远远的平野上闪烁。不时又有一艘驳轮呼呼地喘息着逆流而上，后面拖着六条货船，水下的铁链从低矮的船头绞起时发出震耳欲聋的噪声，但从远处听却像悦耳的钟鸣。

夜色降临了，于是木排上亮起了点点灯火。它们就像是在水面上漂游，映出了长胡子的脸孔或者勾勒出强壮的身影。他们前倾着身子，用肩膀抵住船篙。船队则现出一串灯彩，在阴暗的棱堡岩石下面转变方向，宛如一列竖直的大头金杖，由一根红宝石手杖和一根祖母绿宝石手杖打头。河对岸也不清静，一会儿从这边，一会儿从那边，驶过一列火车，在小站上鸣笛刹车。大约九点半钟，驶往布拉格和维也纳的快车宛如一条匆匆的光龙从树间掠过，并不减速。它提醒我们，到回家的时间了。我们需要这样的提醒，因为"幸福的人们往往不记得时辰"。

是的，我们很幸福——不光是我一个人。原先笼罩着她的忧郁面容已渐渐让位给天真开朗的快乐；忧郁仍藏在她的心灵深处，这只能从不时影响她情绪的古怪反应中看出来。我不揣冒昧，把这种变化归结为我的功劳。和蔼可亲的老夫妇对我们的厚爱使她感到愉快。这种厚爱采取了关心和照顾的方式，好似鼓励一个刚刚复原的病人去重新享受生活。这种厚爱甚至使我有点恼火，但明娜却似乎得到了某种安慰。

就这样，我们看着大河以其独特的喧闹从面前流过，正如人在幸福的时刻让生活流逝一样，并不希望它把我们带走或是给我们带来什么。它给我们提供了谈话的资料。明娜给我讲筏工的生活，讲他们每日的工作，尤其是在上游的山区河段中，他们如何不停地与急流做斗争，甚至没有时间吃饭，一直到晚上登岸。另一方面，我给她描述那些大船，描述港口的繁忙喧闹或者海滨渔村的宁静生活。两岸的采石场倒映在河水之中，船载着石料顺流而去。这又使我们谈起德累斯顿欠了易北河谷多少情。我注意到，德累斯顿的高楼大厦所用的石料似乎都符合岩谷生活的天然形态，因此这座洛可可风格①的城市从属于砂岩地区，犹如希腊建筑从属于形态高贵的尖角形大理石山岭，而埃及人的巨大神庙则从属于尼罗河谷的宽广平原和笨重山体。

这样的考察对于明娜来说相当新奇。她在建筑方面的知识相当贫乏，而这门艺术历来都对我很有吸引力。假如当初情况允许的话，我也许早就选了这一行。

---

① 欧洲18世纪的建筑艺术风格，以纤巧、华丽为特征。

8

一天，我们喝过咖啡后坐在凉亭里。明娜递给我一本有空白页的本子，让我把多利亚式柱头和爱奥尼亚式柱头连同附属构架画出来，并且在旁边注上那些她难以记住的名称。在我削铅笔的时候，风把纸页刮得乱翻。我蓦然看见前一页上有一幅画，画的是同一对象，可惜有些拘谨。

"不，不许看。"她面红耳赤地叫道，带着恳求的表情把本子夺了过去，"您会讥笑我的！我自己会检查画得对不对。当然不是这个样子，那些名称我全都想不起了。"

我答应不看她画的图，并且动手画我的图，同时向她保证，若是由建筑艺术家来评定，我画的也不会及格。过了不一会儿，我就觉得没把握了；因为知道什么是柱顶过梁、三陇板和排额固然好，但是要把它们白纸黑字地画出来，那还会有许多不容易解决的具体问题。因此，当赫茨太太叫明娜帮她收拾和洗净杯子时，我相当高兴。她原来坐在我旁边，显然是为了监督我，以为在我画完之前不会有人叫她。她犹豫了一下是不是照办，并且在离开之前似乎想说什么，可是又忍住了。她那忧心忡忡的目光显然在恳求我，不要翻看这个神秘的本子。我发现，在那普通的亚麻布封面上印着古拙的烫金字母，是"诗歌"二字。于是，我笑了笑，请她放心。

我独自坐在那儿，咬着铅笔，拿不准柱顶过梁是不是按照多利亚柱式的顺序排列。这时，穿堂风又翻动书页，而且这次往回翻到写了字的部分，既有诗也有散文。我并不认为是明娜自己在尝试写高雅的诗，因此，很想看看她究竟抄了哪些诗、格言和语录。或许这会有助于了解她的性格和经历。我有好几次都顶住了这种诱惑。可是，这时本子翻到了一篇较长的散文处，使我半违心地瞥到了一句话，而这句话又实在太撩拨我的好奇心了。

我确信没人注意我，就读了如下一段娟秀的花体字：

> 对于一对本性和谐的年轻人来说，再没有比姑娘孜孜好学而小伙子谆谆善教更美好的结合了。由此产生一种既认真又愉快的关系。她把他看作自己的精神生活创造者，他则把她视为一个造物。其完美无瑕不是归功于天然、偶然或单方面的愿望，而是归功于双方的愿望。并且这种影响是如此甜蜜，无论是老的还是新的有情人，都会从两人的交往中产生出最强烈的激情。这既能带来幸福又能导致不幸，是用不着大惊小怪的。

我正在读末尾几句话，忽听楼上有人关门，然后是疾速的脚步声奔下楼梯。我连忙翻回原处，果断地画了一个带三陇板的单体柱顶过梁。可是我忘了画雨珠饰，线也画得不大直，因为我的手直抖。我心里怦怦乱跳，到底是由于读了那段文字还是由于怕被人发现，连我自己也说不清。

明娜手拿针线活坐到我旁边，看见我如此专心地工作似乎很满意。那天一直很闷热，这时忽然乌云密布。我刚画完两幅草图就响起了雷声，石阶很快就滴上了零星的雨点。我帮明娜撤掉台布，然后上楼去见老人。

通常，我们很少在晚饭前到他们的小客厅去。因为那是一间朝西朝南的拐角房间，两边各有一扇窗户，在这炎热的夏季，下午的太阳酷热难当。在两扇窗户之间有一张厚实的小沙发，靠另一面墙放了一张桌子。桌子上方挂着皇帝与皇太子的画像。在画像下面，赫茨先生放了一件珍品，它就像保护神一样处处跟随着他：一幅康德的小像，康德在世时制作的一幅浅色调木刻像。那是哲学家的全身像。他站在一张高脚写字台前，低着头，让人以为是一只看不见的手把他的脸按到了纸上，灰色的假发有一绺搭在咖啡色的衣领上。这幅从各方面看都很老式的画像上有一些霉点，在房间里散发出某种舒适感。房间里除了小窗外，还有一座瓷砖壁炉。它那奇形怪状的黏土构造大约占去了房间的八分之一。

明娜就坐在壁炉旁，背向窗子，不去看那几乎是不停地照亮红褐色河湾的闪电。每当反光太刺眼或者雷声震得屋颤窗响时，她就吃一惊，甚至发出小声的叫喊，尽管她显然在努力克制自己。赫茨太太从沙发里站起来，以慈母般的爱抚安慰她。明娜尽可能勇敢地笑笑，可是恐惧仍印在她那苍白的脸上。赫茨先生充满同情地从报纸中抬起头来，其实，在这昏黄的光线下，他恐怕也读不了多少。

我自己坐在窗边，窗子被雨水像淋浴一样冲刷着。我一直在琢磨刚才从那本诗歌里读到的内容。我不知道它的出处，但觉得很像歌德的表达方式。后来，没过多久，我读了歌德的自传《诗与真》，在他与甘泪卿的小插曲中突然见到了这些熟悉的字句。当时，我的心中真是掀起了一阵感情的狂飙！我读不下去了，但我尽力抑制这种既苦又甜的激动，动手写下了这些回忆。当然，这些回忆只能称得上《诗与真》这个书名的第二部分——"真"。

当时，有关作者的疑问并不像文章的含义那样让我绞尽脑汁。我发现，明娜在闲谈中不时显示出艺术方面的知识。它们既不可能从学校学来，也难以通过自修直接获得。我已明白对其来源该作何设想。那段话到底是她跟丹麦画家交往时写的呢，还是在近几周内写的？下面没有标明年月。其位置跟她让我画图的那一页有相当的间隔，但我又注意到，这段散文的墨迹比前边抄录的诗要新得多，那些诗已注明是几年前写的。这个情况可以说对我有利，但是，谁又能给我证实这一点呢？

将近喝午后茶的时候，雷雨停了。明娜经受了惊吓之后又欢快起来，取了一个灰色瓦罐去提水。我随她同去。这个地方取水是很浪漫的：既不是从井里打水，也不是用唧筒抽水，而是直接从易北河边的一口清泉汲水。在草地终止处，与奔流的河水仅有三四英尺宽的卵石隔开，小池里盛满了清澈的水。水底，在卵石和沙地之间光影不停地闪烁，细沙漂动，就好像水下尽是小生物。我们打趣地称它为"不老泉"。那是一天晚上老赫茨给我们讲童话故事时提到的名字。

迎面吹来清新的风，散发出河堤上泥土的健康气息，混合着湿润的树叶香和草香，夹杂着花儿的芬芳，尤其是忍冬花的芬芳。把这种空气深深地吸入肺中真如同喝了清醇的美酒。云层已散，从这边翻卷而去如浓密、乌黑的烟团，到那边淡化成明朗的蒸汽或者稀薄的雾带。头顶上，天空透出淡紫色，空气穿过云隙呈嫩绿色；西边，沿着地平线射出了金色的光束。在深蓝色或淡红灰色的低云之间，可以见到较高的云层，闪耀着肉色的云峰和玫瑰红的边缘。在百合岩旁边出现了一道宽宽的彩虹，变得越来越耀眼。在这座孤零零的山峰顶上笼罩着一团轻云。它悬在松林上空，宛如吸烟时开玩笑地吹入鬈发的烟雾。在连绵的采石场上，山头沐浴着暗淡的阳光，裂隙纵横的石壁泛着深蓝色的光。河道的转弯处仍是不透明的红棕色，但再往前看，已经又现出了光亮如镜的河面。闪电仍不时地射出幽光，雷声迟疑地鸣响，拖带着群山的重重回声。

"看哪，"明娜叫道，"看这光线！一幅真正的普桑[①]！"

我听到这句话仿佛当胸挨了一拳。上帝啊！有哪个姑娘知道普桑，或是随口说得出他的名字呢？更何况这评论非常贴切！假如她说："这看起来很像画廊里普桑的一幅画。"那也罢了。可是她却说："一幅真正的普桑！"这真叫人发狂！我真想抓住她，冲她喊："是谁教你这么说的？你这话不会出自普通人，而是出自一位画家之口！"可是，她已经径自顺着湿亮的石阶跑下去了。到底是我的脸色暴露了我的情绪，还是她因为借用了别人的话而不好意思，我不得而知，但她显然是因为普桑逃走的。

她并没有马上就打水，而是把瓦罐放在池边的石阶上，转过脸跟几步开外一个十二岁左右的可爱男孩说话。那是房东的儿子。房

[①] 普桑（1594—1665），法国画家。

东是一家大采石场的场主。那些采石场就排列在棱堡的岩石下面。其中最远和最大的一个高耸天际，衬着明亮的天空，高高的岩石一直开裂到最上边。山顶上一列稀疏的饱经风霜的松树似乎触到了低云的古铜色边缘。男孩告诉我们，从近处数第二家采石场便是他父亲的产业。

他正忙于做一种有趣的游戏：在泉水的出口处安装一盘水磨。他用小棍捅穿一个没成熟的小苹果，在苹果外围的一圈切口上装了几片木扇叶。我从上面凉亭和窗门处观察过这有趣的玩意儿，看它如何不停地转动。现在，暴雨冲毁了小拦水坝。男孩正在专心致志地修复，但是还没有把轴安好，它仍然不时地被夹住。

"我希望在爸爸下班回来之前弄好。"他说，热切地抬头望着明娜，"因为爸爸见到我发明这样的东西总是很高兴。我希望他今天晚上心情好，因为我要让他明天许可我去看炸山。"

"明天要放炮吗？"

"是的，要炸掉一堵小石壁哩。"

"我们可以去看吗？"明娜问。

"你得问爸爸。"

"明天正好合适。我的学生要跟妈妈去皮尔纳看姨妈。您也有兴趣去看炸山吗，芬格先生？"

不难想见，我自然不会反对。

小男孩发出一声长长的"啊——"，使我们把脸从采石场方向转了过来。那道彩虹已经成为一道完美的弧，而且除了这道虹以外，又渐渐形成了第二道虹。到现在为止它还只是在基点上很清晰，不过，在上面的云层中也已经依稀可辨了。不一会儿，这道虹也完成了。两道虹构成了一条宽宽的紫色光带的内外光边。这座虹桥下面的天色比上面要暗，上面很快就透出了蓝色。衬着幽暗的背景，正好在这座耀眼的拱门下，高高耸立着那座百合岩。阳光透射到云层下，洒满了整个河谷。百合岩的表面上不停地盘绕着小片的散云，宛如一座烟气腾腾的祭坛。

这景象大概也牵动了男孩的想象。他完全看呆了，说道："这真像我们老师的那本绘图《圣经》，就像诺亚祭神那地方。"

跟这个古老的场景配合得非常协调，明娜此时提起了灰色瓦罐。瓦罐的形状简朴实用，是任何德国古代画家都会毫不犹豫地放到雷蓓卡①手上的。她用另一只手提起蓝裙，虽然裙子上并无装饰，但是说不定仍会引起画家们的某些异议。她俯身到泉水之上，想把那不太听话的瓦罐按进水里。这时她的鞋在湿漉漉的石阶上滑了一下。那双鞋可实在不像游牧人穿的！要不是我拦腰扶住她，她恐怕得洗一次冷水脚了。她松开了瓦罐，罐子在水面上漂浮。水中的倒影使我看到她的脸露出微笑，让人感到那神情并非沮丧，不妨说是调皮。正好这时瓦罐已满，沉入水底，形成一个小小的旋涡，搅乱了水中的影像。这时，明娜已恢复了平衡。但是我实在太关心她了，好像那小池就是万丈深渊，不肯马上就放开她。是的，我甚至觉得，假如地形更有利的话，我本应更好地利用这个难得的机会，不光是犹犹豫豫地轻轻抱住她。不过，几步开外就站着那个小家

————————————

① 雷蓓卡，《圣经》故事人物。

伙，而且窗口也相当近。

"多谢，我没有危险了。"她说，跳到小路上，"啊呀，我忘了提水！"

我从池里提起已经灌满水的瓦罐，跟在她身后……

晚饭后，我们听见房东的说话声，就走过去问他炸山的事。确实是要在第二天放炮，他欢迎我们去参观。小汉斯也幸运地获准同去，并且说好由他带我们去采石场。

月亮此时已升到河对岸林木掩映的山冈上。月亮倒映在水涡之中，闪现在岸边的岩石之间。天空差不多是清澈的，只不过隐隐约约的百合岩后面仍然浓雾弥漫。对岸岩石的轮廓映着泛白的天空，非常分明。此刻，巨石也显出了勃勃生气：岩块突出，裂缝深入，采石场的石壁发出幽光。在名厨台地上，树下亮着许多盏灯。高高的棱堡上更是彩灯缤纷，一支维也纳圆舞曲的声音正断断续续地飘落下来。

美好的夜色很快也把两位老人吸引出来了。因为地湿，他们不想踏进草地。我们便站在屋前的台阶上，跟房东夫妇聊天。漂亮而稍显发福的房东太太抱着她的小宝贝，汉斯坐在台阶上为他的水磨削新扇叶，房东则跨坐在栏杆上抽他的烟斗。他为阵雨和随之而来的清凉感到高兴。真是及时雨啊！因为在采石场上面，午间的烈日竟使背阴处也达到了列氏 42°，更何况还要在烈日下干重活……！老赫茨问起采石场的收益与行情，房东太太则大讲洪水造成的困难，讲到有一年河水差不多涨到了石阶的边沿。

一声汽笛响彻河谷，对岸的树间掠过一道灯光。这是我们起身告辞的信号。我像往常一样送明娜回家。

说实话，整个晚上我都怀着忐忑不安的心情期待着这次短短的月下漫步。我觉得，从泉水边那一刻起，我似乎已有了一些"资本"。可是，兑现这样一笔"存款"的时机显然还没到。尽管有月亮，有山谷，有树丛掩映的小溪与二人偕行，有这些屡试不爽的感情丰富的条件，但明娜却并不动心。至少，她保持静默也好呀！可是不，她以极可爱的方式扯着与爱情毫不沾边的事情。她忽然一下子什么都不懂了：我委婉地暗示那泉水，可是她却只是联想到春天河水漫过水池时，居民们取水将是多么困难。她还深入地探讨其他可以取水的地点，有可能在名厨台地上，但是在玫瑰园老客栈那边也可能另有一眼地势较高的井——啊，是的，肯定有！

总之，我们谈得十分通情达理，并且很有礼貌地保持着距离，就好像既没有"不老泉"，也没有发生过滑脚的事。

9

第二天午后，我们听了许多"当心"之类的嘱咐，然后便出发了。欣喜若狂的小汉斯提着一篮黄油面包给我们带路。

道路沿着易北河向前。不久，我们就在右边看见了布满石块、沙子和碎石的长长斜坡。斜坡好似棱堡，大约五十英尺高，一直通到采石场的高地上。底下有一人高的围墙隔开。每个采石场都有一道木轨把斜坡截断。木轨从高高的作业面陡直地通向河岸，把凿好的石料用滑车运到易北河边。在其中的一个装运点上，停靠着一条平底驳船，已经装了半船石料。几个强壮的工人正在给一架滑车卸货，另一架滑车已在靠近绞车的木轨上端备好待发。

我们走了大约四分之一英里，汉斯在一架靠石墙竖立的梯子前停住了。我们并不费力地爬上了斜坡脚。但是，来到这儿我们踌躇起来了，用疑虑的眼光打量着那条上山的小径：在脏灰色的陡峭石坡上，简直难以辨出那条"之"字形的细线。走近细看，我们才发现阶梯，那是借着突出的石块凿成的，或者只是用铁铲挖了挖，看起来似乎随时都会在我们脚下崩落。汉斯已经领先了一段距离，此刻正惊奇地回过头来望我们。

"您先走吧。"明娜说，脸红了。

"不，雅格曼小姐，那可不行。假如您在这儿滑倒，简直没东西可抓。我在后面保护，要是您跟跄，我可以扶您——您不必担心连我也掉下去，不管怎么说……"

"咳，您倒是走呀！"

"天哪，您就别说这些傻话啦！难道您想摔断脖子吗？真是的。应该有别的路上山才对。这些笨蛋！但如果您按我说的做，就不会有危险。您就别忸忸怩怩啦！"

说这些话时我装作比实际更不耐烦、更恼火，这完全是有意的。装出比她高明的样子对她指指点点，尤其是以轻蔑的口气提到少女表面上的忸忸怩怩，最后干脆以理性的名义教训她，这对于我是一种奇妙的刺激。

"我知道您是好意，因此也就不怪您居然用这么霸道的口气讲话。"她说，严肃地看着我，"您确有几分道理。如果我只是装模作样，那您就完全对。但不幸的是，我心里很紧张，我清楚自己的每个动作都像铁链一样妨碍我，就像以前橱窗里的模特儿那样，在两只靴子之间连着一条铁链。最后，咱们会赛着滚下坡去，那一定非常精彩。可是，如果您先走，让我自己来，姿势难看点也没关系，那么我向您保证，顶糟也不过是把膝盖磨破一点皮而已。如果您觉得我固执，那么请您放心，到了上面我还会同样固执！"

她说这些话时态度很坚决，但是语气平和，使我从自以为优越的高处一个跟头栽了下来，恨不得钻进老鼠洞。可是因为并没有这样的老鼠洞，我只好往坡上爬去，一路上都提心吊胆地生怕我的女伴会出事。这真是我应得的惩罚。

总算万幸，我们俩都安然无恙地到了上面。

白色的采石面矗立在我们面前，一直伸展到被崩开的岩壁处，使我联想起一座被发掘的神殿遗址。磨石排成长列，宛如石柱崩断形成的巨大圆筒。切凿得整整齐齐的石块和石板一块块垒成石墙。成堆的沙子、石渣和石屑堆成一座座小山，把地面切割得七零八落。有几处长满了小树，大多是接骨木，鲜红的浆果闪烁在耀眼的白石堆之间。旁边有个铺了瓦的屋顶，竖着冒烟的烟囱，那是每个采石场都少不了的铁匠铺。

翻过一个小岭，我们来到了采石场紧靠岩壁的后部。场主和几个工人正站在这儿。我们的房东把烟斗从嘴上取下来，掀了掀帽子说，我们来得正是时候，他们刚刚做好了准备工作。一个大汉穿着方格裤和相当干净的衬衫，弯腰背向我们，面向石壁，像是在检查什么。他把蓄着红胡子的脸转向我们，友好地点点头。一个矮个子穿得破破烂烂，长得像侏儒，朝我们怯生生地瞟了一眼，搬走了多余的工具。几步开外，工人们正把铁楔打进一块准备炸开的大石头。更远处也可以听到锹镐声和人说话的声音。

穿方格裤的汉子向后退了几步。我这才看见那儿吊着一根粗索，宛如一只钻进洞里的动物的尾巴。它离地面几米，悬在大约二十英尺高的爆破面上一个突出部位上，一条细长的裂缝已把岩石与其余的岩壁分开了。岩壁裸立着，呈淡黄色，足足有一百英尺高，然后是参差不齐的暗色岩石，表面生长着灌木丛和针叶树。看上去这座山就像一棵巨大的覆满苔藓的树，但下面已被剥去了树皮，裂开了。

场主建议我们登上旁边的石冈，因为它位于爆破方向的侧面。有一个人从铁匠铺钻出，肩上扛着几把丁字镐走来。房东向他挥手，又把手拢在嘴前喊道："当心！"接着，他把烟灰从烟斗里磕出来，猛力吸烟，同时向岩石走去，再把导火索的尾端塞进烟斗一会儿，同时烟斗并不离口。过后，他缓步向我们走来，仍然不停地吸烟，两手插在皮围裙底下。点燃的导火索迸溅出火星，逐渐消失在岩石中。接着，从岩石里冒出一股轻烟。明娜和我面带紧张的笑容互相望望，期待着爆炸的巨响。终于，传出了一声闷响，有石块崩出来，漫起一小股烟尘。可是那巨石依然屹立，只是根基受到了强烈的震撼。采石场主咒骂着。穿方格裤的汉子用镐敲掉了几块松动的石头。在岩石的一道裂口里可以看见火药的黑色痕迹。

"还得再打一次眼。"他朝场主喊。

我们凑过去细看那地方，大家研究在何处打眼最合适。我拿起一把镐，刨一块已被炸松的石头。石头在我的敲击下轻而易举地沿着平整的石面裂开了。突然，我感到被别人拦腰抱住了，一块装卸时使用的树皮箍住了我。哄笑声在我耳边响起，一张红胡子脸俯到我肩上。当然，我也笑了，但是笑得很勉强，表示对这个玩笑不理解。不错，那个快活的"绿林好汉"做了解释，但用的是拖腔的萨克森方言。他大概以为我懂，结果我仍然稀里糊涂。

明娜看见我猝不及防地倒在那个大汉的怀里，也开心地笑了。或许更好笑的是我脸上的古怪表情，那表情一定表现出我想弄清是怎么回事。终于，她止住了这不由得使我冒火的欢笑。

"他要求您拿出赎金来，他有这个权利。"她说，"我们这儿有个古老的习俗：如果有人擅自插手别人的工作，那人就可以抓住他，就像现在抓住您这样。"

这些话是用丹麦语慢慢说的，语音夹生，并且还夹杂着德语。我第一次听明娜说我的母语，这真使我受宠若惊。因为我们丹麦人每当听到外国人用这种少为人知的语言时，总是觉得不可思议。另外，我猜她最近一定特别用功，尽管她并没有说起过。

我痛痛快快地缴了赎金，除了给那个红胡子的"赎身钱"以外，还给了其他人小费——不难想象，明娜在场对我的慷慨大方有一定影响。那个和善的"绿林好汉"放开我，有礼貌地道了谢，把钱收进裤兜，又动手打新炮眼。那个衣衫破烂的矮个子用一把重锤把钢钎打进岩石。

因为看起来活计要拖时间，我们便在采石场转了转，巡视以前炸石的痕迹，赞叹干练的工人们能如此轻松地处理这些易碎的砂岩。后来，我们随便找点事儿打发时间——采集分散生长在岩石间的鲜艳花朵。后来，明娜发现了几块五颜六色的、几乎透明的小石子。她显然更喜欢寻觅这种东西，以至于最后竟兴奋地趴到一块沙地上，以为自己发现了丰富的宝藏。我点起雪茄，坐在她身边的一块石头上，躲到几丛灌木的稀疏阴影里。

"真好看，是吗？"明娜说，递给我一块海蓝色和一块淡紫色的石子，耀眼的光线使得她眯起眼睛看我。

"确实好看。可是，您想要它们做什么用呢？"

"送给小阿玛丽。哦，不——说真的，我宁可自己留着……您大概觉得我有点孩子气吧？我这么做是因为想起了小时候……好像有什么特别的东西值得回味似的。但我确实爱回想。真怪，时间美化了远离我们的一切——这毕竟是一种安慰：到将来再回想时，事情往往是美好的。"

"是的，有道理。此时此刻——将来也许会觉得它既苦又甜，并且责备自己没有能充分珍惜它。但是，这种责备是缺乏根据的，至少对于我来说是这样。"

明娜把头垂得更低了，往手帕里加进新的小石子。

"小时候，我就热衷于收集这种透明的石子。我收集了很多，自以为是骄傲的公主，它们就是我的宝石。我刚才说，想把它们送给小阿玛丽？她可能会感到受委屈哩。她那愚蠢的父亲也许会给她真宝石来安慰她。"

"给娇惯坏了的孩子当老师，任务当然不轻松……我发现您小时候受的教育就比较明智。"

"无功不受禄嘛！"她略带苦涩地说，摆摆头把一绺垂下来的头发从眼睛上甩开，"明智？这跟明智没关系。"

"您的家很单纯吗？"

"如果光是单纯就好了——那可真是既无舒适又无欢乐可言。家境自然不宽裕，但是问题并不全在这里。我到十四岁时才到过洛什维茨，这岂不令人奇怪？当然，我们偶尔也到台地上散散步。父亲有时去普劳恩喝啤酒，要是他带我和哥哥一起去，那对我们来说简直是盛大的节日！当时，那里没有工厂，魏塞里茨的小河谷很美。每当准许我们到岩石上攀上爬下的时候，我们就欢呼起来。我在那儿也得到过这种美丽的小石子。晚上，他有时也带母亲去酒店，那是他们结婚初期的习惯，那时候她天天晚上都陪伴他。等您度完假回到城里，您要是晚上八点钟去马刺街的猫咪酒店，就会看见一个老妇人坐在最后面的小间里喝啤酒，跟我有点相像。如果有朋友做伴，她一定会动情地讲述，她跟已故世的老伴在那个小间里度过的愉快时光。既然在猫咪酒店消磨的时光是她最愉快的回忆，您就不难想象，留给哥哥和我的是什么日子了！我们读书的学校还不错，而那也就是我们所受的全部教育。父亲不大管我们。这实在令人遗憾，因为他不仅有知识，在学校里教古文，而且为人正直。所有这些，我都是后来才明了的。他心里想些什么，我只是模模糊糊地有一点印象，因为他十分沉默寡言。他跟母亲只是谈谈天气，几乎不谈别的，偶尔也为政治拌几句嘴。父亲拥护帝国，母亲则站在萨克森这边，恨普鲁士人。她不相信大统一有什么好处，认为这只会带来更沉重的纳税负担。除此之外，正如刚才讲过的，父母亲之间简直无话可说。后来，我懂得了许多东西。我明白了，父亲如果娶另一个女人，就会成为别样的丈夫，也会成为别样的父亲；而在他跟我母亲共同度过的岁月中，正是他的一部分好品德使他越来越内向，简直成了一个怪人。他真是固执得出格了，并且特别爱发泄到我们孩子身上。最讨厌的是他一见到家里有外人就生气。那简直不能说是生气，而是发疯。要是有野狗或者野猫闯进我们的园子，父亲从窗口发现了，他就会奔出去殴打那可怜的畜生，只要他用手杖打得着。他要是在家，我身边就休想有朋友。有一次，我过十一岁生日，母亲答应我在花园里举行一个小型聚会，并且是选在父亲去上课的时候。可是不知什么原因，那天学校偏巧停课。母亲看见他从街上回来，便大惊失色地朝我们跑来。参加聚会的孩子们只好越过邻家的花园逃散。您可以想见，他就是这样在我们眼中成了真正的妖怪。我们跟母亲联合起来反对他，母亲也确实更疼爱我们。这种状况使我们有好多事瞒着他，母亲则不但知道，而且鼓励我们那么做。有些事他不赞成，本来对我们有好处，但我们却认为又是他的坏脾气，只需躲着点就行了……不过，我干吗给您讲这些呢？一定使您厌烦了吧？"

"您给我讲这些，一定已觉出我并不厌烦，而且，此刻再也没有什么能比这更吸引我了。我自己有过幸福的童年，因此也许更能深切地体会到您所失落的东西。但如今，值此青春时代，您应该从生活的光明方面多加弥补才对。请相信我，您会如愿以偿的。"

明娜没有答话，只是专注地查看刚收集的一小堆石子。

"您提到哥哥——先前，我从来没听您说起过他。他不在德累斯顿住吗？"

"他在几年前死了。"

"啊，天哪，真可怜！这对您想必是沉重的打击。"

"不，我不怎么喜欢他。小时候，他待我不好，使我的童年更加可怜。"

她固执地看着我，似乎想说：

"我知道您觉得我心肠硬。好吧，随您便！难道因为他是我哥哥，我就应该爱他，哪怕他根本不值得爱？……您可别以为我有那么宽厚。"

"就没有其他亲戚能帮助您吗？"我问，想摆脱令人难堪的话题。

"我有一个姑婆，她也是我的教母，因此她认为有责任关照我。她甚至以她特有的方式喜欢我，可惜这方式让我不舒服，使我反感。她总是唠唠叨叨，对一切都挑挑剔剔，甚至对我的头发……当时我就必须烫头发。在这点上她当然有道理，正如她常有理一样。我跟她和跟我父亲的关系相仿，只不过她是真的为我操心。很久以后我才认识到他们两个人的可敬之处，姑婆是掩盖于严厉之下，而父亲则是掩盖于冷漠之下。她也像父亲一样是个怪人，对他相当好，但是看不起我母亲，也看不上跟她有关的一切。每次她送我礼物，照例要做一番训诫。例如，她为我订购了一套古典名著，并且预先付给我装订这些书的钱——她做事从来不会有头无尾。那简直是一个小图书馆，有一百本左右。她对我说：'不管多么困难，假如你把这套书卖了，我就是死了也要变成鬼折磨你.'我当然不怀疑她说话算数。但是我也没有理由害怕。何况，我并不是光把那些书撂在书架上。这份礼物使我对她感激不尽。从此，我手头总有好书可读，因为我不像其他女孩子那样有许多消遣，或者不妨说根本就没有消遣，所以我比大多数女孩子多读了不少书——其中当然也有一些暂时不适合我读的书。奇怪的是，我那位相当迂腐的姑婆却根本没想到，优秀的古典名著也可能含有种种不适合十四岁女孩阅读的内容，订购那套书时我就是这么个年龄。兴许，她在文学方面的记性有些糊涂了，要不就是'德国古典名著'这一概念对于她来说无上崇高，使她根本不敢产生挑剔的想法。比如，那时候我读了《奥伯龙》①——您大概没读过吧。从总体上来说，我不认为它有多大害处。晚上，母亲早就睡觉了，我仍在读大师们的作品。那些夜晚实在是我这辈子初次体验到的幸福时刻。它们胜似幸福，但也逊于幸福；因为书中固然有许多美好的启示，但也引出了令我难堪的自我认识的阴影。我认识到，还有一个迥然不同的世界，我指的不是外在的世界，而是思想和感情的世界，还有完全不同的价值观念，跟我母亲为我编织的那张叫人疑惑但却容易适应的生活准则之网不同。而且，我母亲总是用许多深情的、似是而非的言辞给那张网蒙上一层纱。您或许会奇怪我怎么会从作家那儿学到这些？因为我毕竟受过基督教的教育。我缺少的并不是教义，而是生活。但在我们的小圈子里，我却看不到生活中有什么'伟大'，甚至连'高尚'

---

① 《奥伯龙》是德国作家维兰德（1733—1813）的一部童话故事集。

和'纯洁'也说不上。只看到我母亲方面的众多亲戚。而在他们当中，母亲是最好的。我父亲简直容不得他们。那些姨妈、表姐妹和表兄弟只有父亲不在家时才来，不然他们就悄悄地溜进厨房，在那里喊喊喳喳。啊，想到这些我真是反感！给我行坚信礼的牧师名声不大好，这也使我对宗教心寒。可是母亲听了他的布道却总是流泪。于是，我只好请歌德和席勒来给我布道，而他们实在不是顶坏的先知。这当然在我心中引起了巨大的骚动、深刻的冲突和许多疑问，强烈地影响了我。我经常从晚上读到夜深，这使我非常疲乏，因为我必须早起帮忙做家务。再加上我们过日子总是省吃俭用，不妨说节俭得不合情理，因此我在不知不觉之中饿着肚子度过了长身体的年月。我患有贫血和神经衰弱，这些年从来没有真正健康过。走在街上，我会突然头晕。我还会产生无名的恐惧，觉得自己是个无用的人，常常为自己的神志担忧。在精神发展方面，我本应得到父亲的帮助，可是沉默寡言已成了他的第二天性。正是那时候，体弱使他那原来就难以接近的性格变本加厉了。一年前，他死了。我始终没能亲近他。我自己对此也有一部分责任：他从来不关心我的事，这使我脾气很倔，我觉得跟他有隔阂。我常常试图以信任和体贴的态度接近他，可是事到临头，想到父女之间竟如此费劲就感到懊丧，往往在关键时刻不吭声了。我最后一次坐在他身边时，他吻我，嘱咐说：'要永远做个好姑娘。'当时我差一点哭出来，感情十分冲动，可是，原先的声音又在我心中悄悄说道：'你做了什么帮助我呢？你怎么知道我还能做个好姑娘？'结果，我只是干巴巴地应了一声，冷冷地拥抱了他一下。几个小时之后，我告别我的学生回到家时，父亲已经死了。"

明娜沉默良久，独自发愣。她的嘴角抽动，我以为她会哭出声来。突然，她抬起眼睛，却没有泪水，眼神异常严肃和锐利，似乎在探究她的故事所产生的效果。她心里无疑在说："现在，您一定觉得我并不可爱了。我希望自己更好些，但是在您面前，我不愿装出更好的模样。"她的面容十分忧伤，我深信主要是这个念头在作怪，而不是那些折磨她的痛苦的回忆。

我很受感动，真想握住她的手。可是我们坐的位置相隔几步远，又有工人在近旁。握握手本来比语言更能表达我的深切同情。在这种场合，语言已显得无能为力了。我告诉她，我早就猜到她背着过去的沉重包袱，却没有想到，这在她的童年和整个成长过程中扎根如此之深。

听了我的话，她脸上现出一种奇怪的、不信任的、几乎是讥讽的表情。这表情我已经熟悉了。

"可是，您只讲了阴暗的方面。"我引开话题说，"您怎么没提赫茨一家呢？当时他们不是已经在德累斯顿了吗？"

"是的，但我是在父亲的葬礼上才认识他们的。他们跟蒂亚姑妈是相当远的远亲，简直可以说算不上亲戚……其实这样更好：他们家成了我的第二个家——不，不应该说是家，而是比家更好……这点您懂，在听我说了这么多事情之后，您就更了解这两位好人对于我的重要了。"

她说得慢下来了，好像有点心不在焉，也许是说累了，要不就是后悔告诉我这么多情况。

这时，采石场主打断了我们的谈话。他要我们重新回到原先的安全位置，因为一切已准备就绪，就要放炮了。

我几乎忘了身在何处，以及为什么在这儿。她用悲伤的、几乎是苦涩的语调诉说的话在我耳中不停地回响——事到如今依然如此。当然了，在我的记忆中，她讲的内容要比当时她说时更完整连贯。有可能这件事或那件事实际是她后来才告诉我的，但这些小小的不准确之处绝不会损害整体的印象。特别引我注意的是，她诉说和评论自己的情况时那种自觉反省的态度。她显然常反复思考所有的细节及其相互关系，研究其因果。我由此得出结论，她的性情比我揣测的更为忧郁，因为在此之前，我一直被她经常爆发出来的青春快乐迷惑了。

第二次放炮同第一次一样，岩石依然屹立，但已摇摇欲坠，像个吊楼一样凸出来。红胡子工人小心地走过去，用镐头刨出那些已经碎裂但没能炸飞的石块。岩石靠后的犄角上仍有几块半裂的石头支撑着。场主和那个衣服破烂的工人监视着岩石，准备稍有动静就发出警告。那个勇敢的红胡子开始猛力刨击那几个支撑点。一开始，他每刨一下就停一停，随时准备跳开，但是，埋头苦干逐渐代替了小心谨慎。刨呀刨，一下又一下，碎石片四处乱迸；他似乎对这个顽强的对手充满了愤怒。看起来真有点危险：眼睛因为盯着耀眼的岩石表面已经发花，但又不敢眨，时时都觉得巨石的边缘已在移动，接连发出了几次警告。但在令人失望的休息之后，又不得不开始新的一轮更猛烈的刨击，因而也就更危险。

明娜脸色发白，闭紧双唇。我因为长久的等待已经麻木，便向前走了几步，想仔细观察刨击的效果。说时迟，那时快，明娜跃过来用力一抓，把我往回拉。与此同时，响起了呐喊声。我看见头顶上有巨石移动的闪光，听见一声剧烈的轰响。整个岩体崩落在我眼前几步开外的地方，一块碎石迸出了好几米远。我第一眼就是寻找那个工人，他安然无恙地站在被征服的巨石旁边，微笑着向我们点头，仿佛在说："真够险的。"我扶住全身颤抖的明娜，让她坐在一块石头上。

10

午后的太阳把全部光线都射到岩石上，但这时却升起了乌云。雨点突然大滴大滴地落下来，来势很猛。我们只好匆匆越过灌木丛生的小岭，躲到那间铁匠铺去。这一跑使明娜恢复了力气。一分钟以前她还几乎站不稳，此刻却在雨中轻松地跑完了最后几步，好像她的神经根本就没有受过惊吓。

在宽阔明亮的室外，白色的岩壁十分耀眼。现在一下子走进黢黑的烟尘弥漫的铁匠铺，只有噼啪作响的火焰在昏暗中闪烁，那感受真是非常奇特。小铁匠铺很快就挤满了工人。一个模样英俊的青年站在打铁炉旁边。他向上伸出胳臂，抓住一根绳索，扯动长长的曲柄，从而带动了风箱。煤火烧得更旺了。他捅了捅火，再添上满满一铲煤，插进一把尖端已经磨钝的镐头，同时抽出另一把已经烧红的镐头。他往手指上吐口唾沫，让手指在灼热的铁上滑过，然后把镐浸入水槽，咝啦一声冒出一股白汽。

明娜笑了。

"刚刚看了齐格弗里特①大战凶龙，现在又看他在森林铁匠铺里忙碌！"

她跟我说的是丹麦语。工人们好奇地瞅着我们，对这种既快又难懂的话感到惊异。那铁匠却似乎没有在意。他正在把变灰的镐尖放到铁砧上，用锤子敲打，火星四溅，迫使我们退后了好几步。明娜用赞赏的眼光看着他，这使我不大高兴。

"您不觉得他很英俊吗？"她问，"看他站着干活的模样，简直想不出还有什么比这更有诗情画意啦！恐怕就连擅长画齐格弗里特的画家也会羡慕他。"

嫉妒在我心中翻腾，因为我很清楚，我绝不能跟这个棒小伙子比美。

"当然，他很漂亮。可是您这么赞美他，会把他宠坏的。他会沾沾自喜，可怜的乡村姑娘们也就得不到他的欢心了。"

"他正忙着干活，不会觉察的。"

"别人会告诉他。"

"天哪，看到真正美好的东西实在令人愉快！"

尽管这话说得十分在理，却使我感到不舒服。

"不知他是不是萨克森人？"她停了一会儿又说。

"不，小姐，我是石勒苏益格人。"那工人用丹麦语平静地回

---

① 齐格弗里特是德国古代英雄传说《尼伯龙根之歌》中的主要人物。

答，把镐头丢到角落里，扯起了风箱。

真让人以为是他把红炭吹到了明娜的脸上，明娜此时已满面通红。周围的工人都会心地笑了，看来已明白了是怎么回事。一开始，我很高兴看到她的狼狈相，这恰似一次小小的恰如其分的报复。但我很快又可怜起她来，因为她已经不敢再把目光从地面的煤灰上抬起来了。幸而这时外面雨小了。我们告别了殷勤的场主和红胡子大汉。那个小矮子蹲在角落里。铁匠铺的美少年则用丹麦语在我们背后欢快地喊了声"再见"。

我们当然不愿循着来路那么费劲儿地下山。小汉斯要给我们带路，穿过相邻的采石场走，可是我说："我自己能找到路。"终于摆脱了这位向导。

大多数采石场都已经没人了。到处都看到同样的白色的岩石爆破面，长满灌木的小山，一排排如废墟一般的凿好的石料，层层叠叠的巨大岩壁，不时还有整块崩落的巨大岩石。我们尽量贴近岩壁，到处都不难找到可以勉强通行的小路。采石场大多数都是很难走的山岭，遍地散布着松动的碎石。碎石在脚下不停地晃动和滑动，因而我常有机会搀扶明娜。她在站立不稳的地面上叫着笑着，把手臂伸向我寻求支持，要不然就是看见我踉跄搀扶我。她刚才回顾的沉痛往事，爆破时的紧张不安，还有最后在铁匠铺里的窘相，这一切都似乎只是暂时阻住了一股欢乐的急流，如今它已更加欢腾地冲了出来。有一次，我们俩都跌倒了，她倒在我身上，幸好只是我碰疼了。明娜笑着爬起来，拉我站好，一点也不显得难为情。此刻，假如我们重新往山上爬，她兴许会忘了再要求我先走。此刻，她似乎心中只有她的欢乐，也许还有我的欢乐，再有就是大自然从山林里送来的鸟语花香了。

太阳在山坡上蒸腾出类似焚香的浓郁芬芳，再加上阵雨在四周播下的馨香，百鸟也陶醉地鸣啭起来，仿佛已是春天了。黄昏的太阳在松树间闪耀，松树的虬曲枝叶光闪闪的，宛如吊满了星星。向下俯视，在树干之间，河水如一道滑过的光带熠熠闪光；向上仰望，在微微垂拂的树梢上方，有起皱开裂的树皮色岩壁巍然耸立。一排饱经风霜的松树镶出淡青色的花边，映着万里无云的碧天。时而风声呼啸如浪涛从头顶掠过，大滴大滴的雨点落到我们身上。明娜的衣裙随风飘舞。裙子是用轻软的嫩灰黄色布料做的，从黑色皮腰带往下呈长长的褶裥平滑地下垂——这身衣裳使她显得比平常更苗条更颀长。她在斜坡上小跑着，坡上凡是干燥处都由于铺满了松针和松果的鳞片而非常滑。她常常滑脚，一滑脚就发出低声的惊叫，把右臂伸到空中，宽大的衣袖滑到肘窝之上，另一只被太阳晒红的手慌忙去抓苔藓。

忽然，我哈哈大笑。她转过身来面带疑问的笑容瞅我。我指指她的影子，那影子在她身边的石壁上显得既肥胖又难看。不料，她笑得比我更开心，也指指我的影子。原来我的影子歪在斜坡上，两腿竟然比仙鹤腿还长。我们好久都不敢动弹，因为一动弹，影子就变得更加滑稽可笑。最后，我们终于来到了一片树林变宽的洼地。影子又玩起调皮的游戏来，一会儿横躺在草地上，一会儿蹦过一棵棵树干，从离我们只有几步远的树干径直跃到密林深处一棵被阳光照射的树干上。

"要知道，"明娜说，"幸好您不是彼得·施莱米尔①，不然您就被发现了。"

"不错，那又怎么样？"

"怎么样？反正我不高兴。"

她的小巧的耳朵通红——那不可能是阳光照射的，因为太阳是在我们背后。我的心欢跳起来，因为我毫不怀疑，她此刻想的是那本不朽名著中可怜的无影人的故事：施莱米尔在夜间与他的恋人漫步于花园，突然，他们来到一处月光明亮的地点，但在他们脚前却只有"她"一个人的影子。明娜也立刻就意识到，我那句听起来十分单纯的"那又怎么样"并不傻气，而是相当大胆，因为正是她自己前几天把那本书借给了我。那是她给我讲过的那套古典名著当中的一册。

是的，假如我此刻没有影子，她就会昏倒，我也就不得不永久地隐遁。可是现在，我的影子是活生生的，在傍晚的山林中跟她的影子捉着迷藏——这还有什么问题呢？确实，我的口袋里并没有取之不尽的钱财，但我的影子是正常的。此刻，它就立在一面陡峭的岩壁上，黑白分明，如同一个无可辩驳的证据，表明了我的真实性。这时，我眼前的小小耳垂已羞得通红。这岂不是告诉我，它属于一个打心眼里喜欢我的女人？我的心怎能不欢跳呢？

"告诉我，您和我一样口渴吗？"明娜问。

"我不知道，但我确实口渴。"

---

① 彼得·施莱米尔，德国作家沙米索（1781—1838）作品中的主人公，是一个出卖了自己影子的人。

"好，我看到那边有好多浆果。何必让它们白白地烂掉呢！"

我完全同意她的看法。我们开始赛着抢吃小小的灌木果实。因为弯腰久了不舒服，我们索性跪下来，手脚并用，从一丛吃到另一丛。后来，我们觉得一个个搞着吃太麻烦，索性连枝折断，把浆果从嘴里一拖而过。现在，我们已经不渴了，这才更觉出刚才渴得多么厉害。明娜喜不自胜，开始像一只心满意足的小动物那样发出呜呜声。她发觉这使我很开心，便继续开玩笑，用嘴唇从灌木上叼浆果吃，不用手帮忙，两手像爪子一样在地上爬来爬去。然后，她用极为滑稽的表情抬头看我，反复哼哼着，晃着头，几绺松散的发丝在额头上跳荡。她的嘴唇成了深紫色，一笑就露出浅蓝色的牙齿。不知是这种朴实的淘气劲儿使她的嘴比我平日感觉的更容易接近，还是这种颜色成了我们孩子般欢乐情绪的标志，有助于克服我天生的腼腆——总之，看到这情景，我感受到一种难以抑制的欲望：真想吻她。我们俩同时发现了一颗樱桃般大小的浆果，于是我们的头相碰了。我还在又喊又笑，她已经一口叼走了浆果。接着，我的唇在她的唇上印了个长长的吻。我的目光钻入了她的眼睛，她的眼睛变得很小，眼睛深处闪耀着最后一抹金色的阳光。只有我们的嘴唇紧紧贴在一起，我们的胳臂撑地。正当我陶醉于初吻的幸福之中，并下意识地打算用手臂搂住她的肩膀时，她却一跃而起，沿着小路飞奔而去。不等我追上她，她已经到了一个让我无法跟她并肩行走的地点，因为小路只有一英尺宽，而且斜坡很陡。她意识到了这一点，便走得从容些了。

"明娜？"我缺乏信心地轻声唤道。

她似乎没听见。

"您找不到我的影子啦？"我逗她，"不然您干吗突然跑开？回头看看吧，您会看到我的影子依然还在，虽然显得模糊多了。不过您的影子也同样。"

她没答话。

"生我气啦？"

她摇摇头，但既不停步，也不回头。这种回答方式使得我冷静下来了。我不知说什么好，也不敢再烦扰她。可是，默默地跟在她身后赶路又使我感到难受。最后，我们来到了一个地方，狭窄的山路再穿过最后一片松林就到了河边的草地。离拉森只有几分钟路了。在这里，我至少能看清她的面部表情。

她就像一只受困的小鹿，把脸转向我：

"再见吧。很快就到家了，您用不着再陪我。"

"为什么？这是怎么说？"

"放了我吧！让我一个人走，这是我的唯一要求，因为您好大胆，因为您竟然……"

"可是，至少得告诉我……"

"再见，再见！"

她简直不是走，而是跑下了最后的石阶，穿过草地，脚步声终于听不见了。

我仍站在原地，久久地凝望着她的背影，一直到她那淡色的衣裙消失。

11

我在河边徘徊了良久，恍如梦中。

只有一个想法在我的脑际反复出现，使我越来越喜悦：明娜不仅现在是自由身，而且显然向来都是自由身。是的，她也许并不比我更懂得内心烦恼是怎么回事。我真荒唐，竟会嫉妒打铁铺那个英俊的工人；更荒唐的是，我居然嫉妒那个所谓"丹麦画家"的幻影。无疑，那只是某个长舌妇的胡说八道，正如那位小学教师说的，那个妇人"不怎么样"。再说，明娜自己也谈到过这些长舌妇和她们的瞎话。

她肯定是我的——不是已经这样了吗？我的唇上还留着她的吻呢。但是，她为什么又那么突然地离开我？为什么不让我送她？姑娘家难以捉摸的脾气，有谁能料得到，又有谁愿意缺少呢？

天色已经暗下来了。傍晚的余晖十分耀眼，让人难以辨清昏暗前景上的距离。高处，在岩石的边缘上仍闪烁着一线微弱的天光。河对岸的青青草地上，似乎罩了一层灰色的蛛网。

我听见前边有说话声，蓦然看见一个人带着个孩子迎面走来。原来是房东和他的儿子从采石场回家。等到走近了，那男孩手上拿着一样白白的东西向我跑过来。

"您的信！"他喊。

"我的信？"

"是的，您大概是要把它投进信箱吧，"采石场主人说，"因为信封上注明了寄往丹麦。"

"在打炮眼时你们坐了许久的那个地方找到的。"汉斯说。

我心里很不是滋味地接过信。信已经湿了。

在昏暗的暮色中，我吃力地辨出了已经有些模糊的收信人姓名：画家阿克塞尔·斯蒂芬森先生。我想再看一遍，以确定笔迹是不是明娜的，可是我眼前直冒金星。

"哦，好极了，多谢。晚安！"

现在，"丹麦画家"忽然出现了！即使是一个幽灵出现，也不会让我如此心寒。

阿克塞尔·斯蒂芬森！我当然认识他。我们当中有谁不知道那些青年艺术家呢？哪怕是他们当中最微不足道的人，我们也"久仰大名"！至少，我不是在跟一个天才打交道，这使我感到欣慰。我认得他，也就是说，曾在咖啡馆里见过他一次。我记得，在某个展览会上有他的一幅很漂亮的风俗画。我有时也听人家谈起他——但并非总是夸奖，因为他有花花公子的名声。不过，最令我惊奇的巧合是，我今天刚好收到我表哥的一封信，信中也提及这位阿克塞尔·斯蒂芬森，说到"这位巴黎的花花公子"正在发疯地追求一位我们熟识的年轻女士，一位虽不十分漂亮却很有钱的年轻女士。他刚刚为她画了一幅像，很下了一番功夫，女方及其家人都很满意。然而，画家不走运的是，还有另外一个男子有特殊的理由喜爱这幅画，而这幅画正是专门为他画的：一名新获得军衔的海军军官。他考试成功所得的报答乃是宣布与那位年轻女士订婚。

原来是他闯入了明娜的生活，而且扮演了非同小可的角色！我从那位小学老师的话中得知，明娜是几年前在德累斯顿认识他的，可是现在他们仍相互通信！若说这还不是一种恋爱关系，不是一种私订的婚约之类，那又是什么呢？可是，她对我的亲昵，她跟我的殷勤笑闹，她心甘情愿让我偷取的吻，又该做何解释呢？在一个绝无轻佻习性的姑娘身上，这又如何能与她跟画家的那种关系统一起来呢？

我越是深入思考这些矛盾，就越发感到难以解释。

最后，一艘拖船发出的铃铛般的响声打断了我的冥思苦想。

天已经全黑了。

月亮在河对岸一个山冈的松树梢后面闪烁。月光还没有照到水面上，因此看不清河上的行船，只见灯火成行，拖着长长的光影在缓缓前移，宛如一排有大圆头的金杖，由一根红玉杖和一根翠玉杖打头。

这景象生动地唤醒了我对我们俩在河边共同度过的幸福时光的思念，使我的心更加抑郁不安了。

我拿着这封倒霉的信慢慢走回住处。

点亮灯后，我更仔细地查看这封信。封口只还粘着一点点，因为潮湿已经差不多把胶水融化了。

把它打开，然后再重新封好而不让人发觉，这似乎并不难。

这个念头使我浑身热一阵冷一阵。我惊恐地把信丢到桌子上，踱来踱去，不时地偷眼瞟它。

我又把信猛然抓到手里，用指甲挑那封口，但好像精神有些恍惚。我又把信翻转过来，仔细地研究地址姓名。

原来我还怀疑那笔迹是否真的出自明娜·雅格曼之手，这疑问很快也消失了。但我注意到一个特殊的情况：信封上的字是用一种有点发红并稍显浑浊的墨水写的，和那本诗集中抄录的歌德佳句相仿——估计这是拉森商人出售的墨水。如果是这样，那么毫无疑问，她抄录那段重要的文句是由我引起的，而这一揣测使我面对这封倒霉的信平静一点了。

我取出一张信笺，给明娜写道：这封信大概是她失落的，被人捡到并且送给了我。可是我不愿直接付邮，因为信已经搞湿了，手迹很可能已无法辨认。或许她宁愿重写一封吧。

然后，我把这些都放进一个大信封，写上她的地址，到外面投入了名厨饭店旁边的邮箱。这样，才算把诱惑与烦恼打发走了。

清朗的月光洒在沉睡的村庄后面的高冈上。村中只有几家屋顶照到了月光，玻璃小窗在熠熠闪光。高处，矗立着陡峭的山岩，比平时显得更密集、更齐整，隐隐现出柔和、朦胧的形状。

采石场在远远的河湾处泛光。我能够依稀辨出今天我们俩一起待过的地方。

静谧而凉爽的美景使我安定下来。我重又回到住处后，很快就被突如其来的困乏制服了。

我很快就入睡了，心中惦念着"即将到来的事情"。

12

第二天早上，我跑到杂货店，买回一瓶墨水作为"物证"。检查取得了预期的结果：那封信和诗集里的那段文句都是用这种很特殊的墨水书写的。这一证实使我顿时感到柳暗花明。

于是，我又开始考虑"即将到来的事情"。我寄的东西大概已交到她手里。我毫不怀疑她会做出解释，她很可能选择书面的方式。她是否会派人专程把信送过来？这很容易引起闲言碎语。或许她不可能这么快就写好回信，因此也就无法马上付邮。那么，今天看来只好少安毋躁了。

可是，现在该如何打发这段可怕的时间呢？我最初打算外出做一次远足，但一想到途中会备受烦恼的折磨，翻来覆去地琢磨此事，又畏缩了。我宁愿埋头阅读一本德文的消闲小说，至于那本书的内容，仁慈的时间早已使我全部忘光了。午饭我叫人给我送来。

天气渐渐热得可怕，透过敞开的窗子也觉不出一丝风。我脱掉一件又一件衣服，最后只穿件背心躺在床上。这种仪态跟此刻正纠缠我的那些端庄优雅的小说人物可实在不般配。我根本不相信会有人来访。年老的赫茨肯定不敢爬这么高。突然，我闪过一个念头：如果她来呢？这是不大可能的，但是不怕一万，就怕万一，在目前情况下必须对最不可能的事做好准备。

于是我重又穿好衣服，而且非常仔细认真。要不是阳光射进窗子很耀眼，我甚至会刮刮脸。我的目光落到那段桦树小径上，忽然有了个新想法：那个刻着"索菲憩处"的岩洞！她说过，这时辰不会有人去那里；那么，假如她相信我的记性和我的机灵，去那里等我呢？她肯定会这么做——这简直是上苍的启示！我立刻冲了出去。

离目标还有几步，我便悄然站住了，想把握好自己的举动。就在这时，一个高大的身影从岩洞里钻出来了。他蓄着威廉一世皇帝那样的胡须，神色不悦。

"对不起，"我结结巴巴地说，"恐怕——这是私人的园地吧……"

"完全是私人的，先生！"蓄着君主式胡须的先生以极其威严的口气答道。我连忙在他那庄重而不快的目光逼视下溜走了。

我心情不佳，只好又埋头读那部小说的第二册。读到最扣人心弦处，我又萌生了一个杂念：她会不会去赫茨家？为什么我原来没想到这一点？对了，她昨天说过，今天她没空。于是，书中的多愁善感的迷魂汤又淹没了我的不安的头脑，一直到烛光燃尽，书中的高贵伯爵与更为高贵的牧师之女使我沉入了梦乡。

第二天上午，送信的时间到了，并且很快就过去了……

　　邮差没有你的信，

　　我的心啊我的心！

我继续读那部小说的第二册——每一册都有三百页呢！读完了，我发觉阳光已掠过窗棂。我赶紧打好肥皂刮脸，因为当一种温情的场面可能出现时——尤其是一个年轻而温柔的情人出现时——

还是以边幅整洁为好。第二次即最后一次送信的时间快到了。我不敢去想，如果再度失望我该怎么办。不过我依然抱有信心。

我才刮净右边脸上的胡子茬儿，手就开始抖得厉害，不得不放下了剃刀。原因是我看见高高瘦瘦的邮差正沿着上山的之字路走来。他穿着制服，戴着制帽，很像一幅画得很糟糕的毛奇①像。我站在窗边屏住呼吸等他，看到他在屋角消失了，便等着听他上楼的脚步声。不料，当他的身影重又出现时，他已经在沿着陡坡往下走了，而我还在傻乎乎地细听呢。可怕的失望袭来，我伤心地倒到床上。这时，走廊上忽然响起了赤脚走路的啪嗒声。有人敲我的房门，因为我读小说时衣衫不整便把门锁上了。我打开门，一只湿乎乎的大手塞给我一封厚厚的信。

13

真是她的信！我撕开信封，抽出几张写满字的纸和一封信——正是那封她寄给斯蒂芬森先生的信，没有封口。这一举动令我惊讶，但我觉得似乎是个好兆头。当然，我暂时不会花时间去细细读它。

她的信正如一封地地道道的女人信件那样没有注明日期，全文如下：

---

① 毛奇（1800—1891），普鲁士将军，曾任德国军队总参谋长。

亲爱的芬格先生：

不管您原来怎样想我，而且我确信您自己也不知该怎样想我，我却十分明白，您没有把我的信寄出并不是因为它湿了，而是因为您想问我："这是怎么回事？"我自己也承认您有权要求我做出解释，或者至少是期望我这么做。即使没有这次小意外，我也会尽快找到合适的机会，告诉您这封信所写的内容。原先我一直犹豫，是否最好当面跟您谈谈，但现在我确信，还是用笔忏悔来得轻松些——因为它确实是一种忏悔。等我忏悔结束时，您对我的评价将会比原来想的低。但也正是出于这个原因，就更有必要让您了解我，不论摧毁这些抬举我的幻象对于我来说是多么困难。

我已经把我的童年和受教育的情况相当详细地告诉您了，这实在是巧极了。不过，也不完全是巧合，因为就像我说过的，我已决心让您知道我经历过的事，而那些情况便是必要的前导。因此，我请您尽量回想一下，把我说过的东西汇总起来。其中的要点大概已给了您一定的印象，虽然我的描述有些混乱。不这么做，您就会对我做出比我实际应得的严厉得多的评价。

现在我就来回答。啊，此刻我真希望您就坐在我对面，写这些事是多么困难啊！

我不记得是否告诉过您，我母亲有六个姐妹。她们是一个富裕的酒店老板的女儿，城里的第一流艺术家经常出入这家酒店。所有女儿都要努力帮做家务，因此没有受过专门的教育。几乎没有什么天伦之乐，因为母亲忙于家务，父亲忙于生意。有时，他用棍棒打他的女儿。这就是她们得到的全部教育，其结果自然也好不了（现在我会写字就已经算不错了）。她们当中有五个没结婚就生了小孩，只有我母亲和她最小的妹妹认为，干什么都行，就是不能犯这个错误。

我就是由这样一位母亲带大的。我内心非常爱她。我分担她的忧愁，因为她把我从小就当作知己；而父亲从来不跟我说话。还是小姑娘的时候，我就听说了她的一个个恋爱故事，我带着这样的印象长大：爱慕你的人越多，你在别人眼中就越有分量。

在我接受了坚信礼之后不久，我和早先的一个女同学恢复了交往，她比我大几岁。我们的院子相邻，她经常叫我过去。不久我就发现，当我们在园子里溜达时，艾米莉经常向邻居家偷觑。她告诉我，她的心上人就住在那儿，但不许我把这事泄露给她妈妈。一天，有两个年轻人从窗口往外瞧，正是那个心上人和他的朋友。而他的朋友竟频频朝我点头，我简直不敢相信自己的眼睛。我把这一切都告诉了我母亲，她很感兴趣。我也不知道是怎么一回事，反正后来安排了一次约会，是妈妈陪我去的。我还清楚记得，我走在那陌生人身边，怀着既自卑又自豪的复杂心情。随后，他来拜访我们。当时我刚满十四岁。他坐在我身边，还吻了我，要不我们就一起外出散步。啊，亲爱的朋友，真可怕！您想想，当时我还以为必须如此哩——其实，我讨厌这个人。后来他走了，我们偶尔通通信——天知道写了些什么！我常有一种模糊的感觉，觉得这事不对头，尤其是因为我一直瞒着父亲。

过了不久，一个年轻的音乐家住到我们家来了。像其他房客一样，我也要伺候他。他比其他房客跟我们更热乎，我喜欢上他了。可是——芬格先生，请您务必要相信我——那是非常幼稚的。当我隔着门听到他要外出的时候，便急忙穿好衣服，装作要给我母亲办事，其实是希望跟他一起上街。一天，我的表兄妹们约好举行一次野餐，我问能否让那个音乐家参加。因为别人都不愿这个陌生人到场，于是我也就只好留在家了。他便邀请我跟他去洛什维茨，母亲没反对，而父亲照例又被瞒过了。

后来，有一天晚上玩赌罚游戏，刚好罚到他吻我。我断然拒绝了。他走回他的房间，我母亲找了个借口叫我去请他。他又再三地要求吻我，结果我答应了。从那天起，我确实非常喜欢他。按照我当时大约十五岁的想法，我以为自己再也不会更爱别人了。于是，跟先前那个人的关系使我很苦恼，但我又不知道出路何在。幸而通信不久就终止了。

年轻的音乐家找我母亲，要求跟我订婚。母亲说我还太年轻，还不到谈这个的时候。过后不久我听说，他打算跟另一个女人订婚——那时我的绝望可真是无边无际啊！他搬出了我们家。十四天以后，斯蒂芬森先生租了那间屋。在音乐家离开那天，我跪到地上，从他参加射击比赛获得的一个花环上折了几根干枝留作纪念。

接着，斯蒂芬森先生到了。后来他告诉我，他租这间屋完全是为了我，本来他并不喜欢这间屋。也就是说，他早就被我迷住了，并且像他后来告诉我的，他把我看成一个超凡脱俗的人。（为了这两个男人的名誉，我必须说明，他们没有一个企图对我非礼。因此后来我十分理解迷娘①的激情，那是完全清白的。）

斯蒂芬森先生在我们家住了两个星期以后，一天晚上，那音乐家来向我们辞行。我送他到门口。在那里，他要求与我吻别。遗憾的是我同意了，而斯蒂芬森（这里先写"阿克塞尔"，但是随后又画掉了）就躲在门边满怀妒意地偷听。后来他告诉我，从那时候起，他把我看成和别人一样了。他要用他的办法使我成为他的人。

啊，亲爱的朋友，就这样我失去了一个男子的尊重与热爱。而当时我并不觉得自己有什么过错，无意中却已把自己贬为一个只配轻率调情的人。我听到这些真是十分难过！

只要我活着，我就永远不会忘记那种蓦然朝我袭来的

---

① 迷娘是歌德的名著《威廉·迈斯特的学徒生涯》中的人物。

感觉：在这个我当时几乎还不了解、后来却迷恋上的男子心目中，我竟然有过如此崇高的地位，然而随后却突然间一落千丈！我痛苦而绝望地哭了不知多少次。唯一的安慰是我事先并没有意识到自己的过错。我思考这件事时常常这么想：一个男子既然有了如此美好与纯洁的印象——这印象毕竟源于他的天性——就不应当仅仅由于一件偶然的事改变看法，改变为几乎是恶意的敌对态度，而是应当平静下来后进行调查，看我是否真像一眼看上去那样不可宽恕。如果确有理由原谅我——不管是由于我的孩子气的交友，还是由于我所受教育的荒唐与周围环境的榜样——就不应当贬斥我，而是应当努力保护我，并且把我提高到他先前尊重我的状况。不过，这也许是不现实的要求，也许我这么想是出于对感情的无知。您在读这封信时也许比我更理解斯蒂芬森先生，也许您处在他的地位也会有同样的反应吧。

您吻了我，我听之任之，当时正是这种情感强烈地困扰着我："但愿您知道您是吻了谁，知道这不是——啊，远远不是我的初吻！"而这个吻本身，岂不证明了他认为我轻浮是言之有理吗？或许您也发现了这点，因此才认为可以这么干？不，根据咱们相互交往的情况，我不能这样想您。也许这个吻是稚气的、草率的，但绝不是口蜜腹剑之吻。可是，我既不了解自己，也不了解您，我为咱们俩担心。回到家以后我哭了，好像心碎了，自己也不明白是为什么……

　　但我必须再回顾一下往事。那时，斯蒂芬森先生常跟我谈论我此刻告诉您的一切，指出这些都是多么荒唐，我母亲教导我的观念是多么谬误。他还教我看清了许多我原来视若无睹的事。他谈论他的艺术，并且发现我对艺术有天生的鉴赏力。（魏玛时代的画家雅格曼——他是席勒的朋友，您或许读过席勒的作品吧——就是我们家的一位先人，而我父亲年轻时也曾作过画。）我常跟斯蒂芬森先生去参观精彩的画廊，他临摹了几幅画。他的激情日益增长，这使我很苦恼。而我只好在一定程度上隐忍，因为我毕竟也很喜欢他。另外，我希望他娶我，但他总是劝我打消这个念头。他说，他没有钱，于是我向他保证，我会做个好妻子，他花的钱绝不会比他单身时多。可是他说，这种束缚对艺术家是不利的，他必须外出旅行，从而完全献身于他的工作和信念。他还试图劝说我相信，这一切都只不过是我的俗气和自私。在这种情况下，男女之间自由自在的交往既是最可贵的，也是最理想的。我永远也不能赞成这一点。如果说起先他认为我受的道德教育不好确有道理，那么到最后，我却发现他的道德观念相当轻浮。也许这是一种偏见，但我无论如何也不能接受他的观点。据我所知，这并不是我的小心眼或者小聪明，而是一种难以克服的感觉，也是一种令人痛苦的认识：他的爱远不及我的爱这么深。当然了，他还有他的艺术，而我却只有我的爱。

　　后来，他在德累斯顿居留的时间结束了。他离开了我，只是酸溜溜地安慰我，我们仍然是好朋友，要互相通信。我要设法嫁一个好人家，并且把我的一切经历都告诉他，免得我又步入歧途。

　　这就是我目前的情况。您能想象我是多么孤独吗？我讨厌我母亲——而我最亲近的人，我在这个世界上唯一能说知心话的人，却离开了我。而且，我连想念他的权利都没有。我重又练习弹钢琴，可是每一支优美的曲子都使我感到说不出的忧伤，结果只好放弃了。

　　就在这时候，我父亲去世了，这事我已经跟您讲过。随后我认识了赫茨夫妇。在他们那里，我感受到一种跟我家不同的气氛，跟斯蒂芬森带给我的艺术气氛也不同。这种气氛给我的帮助太大了，使我恢复了原有的安宁。但我永远不会忘记，是斯蒂芬森先生凭着同情与关心首先唤醒了我的自尊，阻止了我在那种可能毁灭我的不良气氛中稀里糊涂地过下去。

　　我们的通信一直继续着，间隔或长或短，到现在已经超过了一年半。他回信总是相当快，并且要我不久又去信。有时他寄给我一张素描，去年圣诞节寄来了一幅精美的油画。为了让您了解这些信的情况，我特意附上曾经落到您手里的信，请您读一读。我并不认为您对我有何猜疑，从而要洗清自己！您可能不理解我，但您绝不会误解这一想法。我自己也几乎想不明白，只知道我希望您乐意读这封信。我甚至觉得，巧合已给了您某种权利。我有一种感觉，假如我把信撕了，倒似乎是剥夺了您这种权利。我不想再寄这封信了，因为您从日期就可以看出，已经耽误了差不多十四天。我以为信早已寄走了，正盼望着邮局送来他的回信，而不是退回这封我寄给他的信！

好了，再见吧！我已经写了半夜，很累了。我希望您在得知这些情况后别过分严厉地评价我。但是无论如何，您必须坦白地告诉我，这封信给了您什么印象，不要出于宽容而隐瞒什么。因为假如没有收到您的诚恳坦率的答复，从这次交心中我又能得到什么好处呢？我珍视您的评判，这点请您放心，而且您也可以从我给斯蒂芬森先生的信中看出这一点。

您的朋友明娜·雅格曼

尽管这篇自述激起了各种各样的乃至相互冲突的情感，使我心里很乱，我却没有先去设法理清楚，而是马上打开了那封几天前我极想一睹为快的信。毫无疑问，信里一定也有关于我本人的话。

我飞快地扫过开头关于久未写信表示歉意的话，接着是关于天气与风光的寒暄。一段描述侍从官家庭的文字只是引起我稍加注意，写得很简短，并不是赞美的口气。随后，我心中怦怦乱跳地读到了下面这些：

我认识了一个名叫芬格的年轻大学生，他是你的丹麦同胞。你大概可以想见，首先是这一点使他给了我好印象，并且使我们比通常情况熟识得更快。我常在赫茨家跟他见面。他长得并不英俊，但是有一张坦率的脸，叫人喜欢，尤其是他微笑的时候。他一头金发，中等身量，走路时有点往前倾，看起来好像胸部不很强壮——这真使我遗憾。他对我十分关心，我承认，他很尊重我。这是否仅只是暑假期间的一时狂热呢？时间会做出回答。他很年轻——二十四岁——但他给人的印象更年轻，就好像他还没有接触过生活。至于我，假如事情发生这样的转折，我真不知道该如何对待。我不能强制自己考虑这样的事或者对此表态，这样的强制是违背我的天性的。当然了，如果人们背后议论一个女人，说她给了一个年轻男子以"希望"——人家就是这么说的——或者甚至说她跟他调了情，那往往只是意味着她快快活活、大大方方，沉醉于一时的欢乐……然后，到了关键时候她却退缩了，也就是说，没有跟随他去天涯海角——那么，她就是个怪物，至少是个相当卑鄙的人。可是另一方面，如果两个人出于也许是毫无道理的恐惧，害怕在对方心中唤起不幸的爱，就不敢互相正视，天哪，那又是多么可笑和愚蠢！因为男女之间可以有友情存在，他们可能从友情中获得极大的益处；即使发展成爱情，那也并非一定就是不幸的。不，假如我这样谨小慎微地行事，那我就时时都会觉得不仅非常可笑，而且相当自负和做作。总之，我很喜欢这位芬格先生，跟他交往使我很愉快，又在某些方面受益良多。但现在你或许认为，我即便不是步入歧途，至少也是走上了危险的道路吧？

接着是结束语和署名"你的女友"……显然没有什么问候语。

14

我又拿起明娜的信，逐字逐句地从容细读。

读第一遍时，一种极度的恐慌攫住了我，生怕真像她所警告的那样，会有什么事暴露出来，使她在我心目中的地位降低，这种恐慌驱使着我不间断地一行行看下去。

我继续往下读，这种恐惧却渐渐消失了。明娜对于她并无过错的迷惘所表示的几乎夸大的悔恨，使我同情地笑了。我每次眉头紧锁，都是对斯蒂芬森表示愤慨。可是，因为他没有娶明娜，我又对他怀有某种感激之情。

与此同时，在我心中涌起一股狂喜。我意识到，通过这封信，她已经把命运交到我手上了。她把信交给我是由于感觉到，我们正面临着关键的一步，也由于她已经下了很大的决心，在迈出这关键的一步之前决不留下任何不明不白之处。

她觉得有必要对自己说：在让事情进一步发展之前，我就把一切都告诉他了。

如果我这时说——我深受感动，因此完全可以这么说，而且必须这么说——"好吧，在我了解了这一切之后，我的想法仍跟以前一样，只是更敬重你了，因为我更好地认识了你，理解了你。"那么，她又怎么会退缩呢？

这样的坦诚相告岂不是表示允许我诉说爱情的肺腑之言？

她给斯蒂芬森的信表明，她想过我们互相结合的可能性，尽管在这一点上她的陈述并不完全令人满意。但我们是最近两个星期才逐渐亲近的，从她强调这封信已经写了十四天可知，那些比较冷淡的话已经不再有效了。

我想马上就给她写回信。

不过，我毕竟有足够的自制，先把我的左边脸刮完，因为太阳已经照到了窗棂上，再迟就会使这件必做的小事变得很困难。我一边刮脸一边整理我的思绪，然后下笔如飞地写出了下面的信。

拉森　1884 年 8 月 14 日

最亲爱的朋友：

为了让您确信，您的亲切的信深深地感动了我，您的坦诚倾诉使您在我心目中的形象更加完美、更加深刻了，我只有一个办法。

您要给斯蒂芬森先生另寄一封信。我建议您，就用原来那封信做草稿，一直抄到说我胸部不大强壮的地方，因为我可以向您保证，这种担忧是完全没有根据的。

接着，您可以这样写：

"他对我那么关心，使我无法怀疑他的情意。因此，他今天向我求婚，我并不感到意外。他没有产业，但在几年之内一定会有可观的收入，很可能是在英国，那里有个舅舅会帮助他。我毫不怀疑，我的命运将与他结合在一起……"如果您能寄出这样一封信，那么，请在今天按照往常的时间到赫茨家。我去时若没有在那儿看到您，就认为那是我永远失去您的信号：我和您的友谊将不是百年幸福的开始，而只是一个匆匆逝去但又让人幸福的梦。

倘如此，那么再见了，祝您幸福！

您忠实的

哈拉尔德·芬格

我把这封信和那封给斯蒂芬森的信一起装入信封，叫一个小男孩送到别墅那边。

15

这是一个晴朗的下午，温暖而宁静。时间已经到了。我跑下山，沿着房屋旁边的小径，再穿过院墙之间的小巷，小巷径直通往明亮的易北河谷。由于每走一步都使我更接近命运的判决——而剩下的步子已经不多——我的脚步放慢了。当我看到从草地通往小屋的石阶时，我的脚步干脆停住了。只需再迈一步，我就会看见屋角以及掩映在邻院一棵果树后面的凉亭了。我觉得就好像有人扼住了我的咽喉，两腿似乎已不存在了。

在瓦顶下面是阳光照耀的粉白的屋墙，还有葡萄棚、树梢的投影和凉亭。凉亭里，灰绿色的桌布上有一道斜斜的阳光……我久久地凝望着这一道阳光，以便推迟命运的判决。果树的叶子遮住了桌布的一角，叶隙间冒出咖啡壶的热气。我已经发现了白胡子老先生，接着又看到了老太太——此外，没有别人。

我继续凝望，似乎她还会姗姗出现。尽管赤日炎炎，我却周身发冷，好似处在寒雾之中。但我终于恢复了自制。我首先想到的是溜走，因为我毫不怀疑，如果她愿意来，一定已经来到了。不过，也许是她上楼去取喝咖啡的餐具了？或者是她有事来不了，让赫茨夫妇转告我、问候我？我用这种说法劝慰自己，但马上又自己否定了，认为这是我性格脆弱，不敢正视不幸的表现。

一块滚动的石头或是别的什么东西移动的模糊感觉，引我往相反方向的河边看去。那里，在小小的汲水池边，离我几乎不足五十步，站起了一个人影……

是明娜！

我想朝她奔去。可是赫茨已经发现了我，朝我叫道："芬格先生，快上来，快上来！"我还看到他正在向我招手。虽然我不明白他这样兴奋的含义，但还是心甘情愿地听从了他的召唤。我三步并作两步跑到楼梯上，只见门里冲出一个瘦高个女人，手拎一只皮箱和一床旅行毛毯，险些跟我撞个满怀。

"你终于来了，好极了！"赫茨先生叫道。

"我们差点派人去请你，可是明娜坚持说，你一定会来。"

"是的，今天晚上我们就去布拉格。现在，马上就去！"

"但我们不是要赶你走。相反，我们希望你陪我们一程。这里快车不停，因此我们得乘船去珊道镇。天气真好，陪我们走一趟吧，九点钟就可以回来。明娜已经答应一道去。"

当然了，我也连忙答应。

有那么一瞬间，我那不停地折磨自己的想象嘀咕着这种可能性：我的信也许根本就没送到，那么，明娜的出现并没有特殊的意义，一切仍将以失望告终。但赫茨太太说，明娜断言我一定会来，这又使我放心了。现在，她本人已走上了台阶。她仍穿着去采石场参观时穿的那件轻盈的鹿皮色上衣。她异乎寻常地久久紧握着我的手——她和人握手的方式是独特而真诚的——微笑着，但只是用眼睛笑，并且目光一直深入到我的心坎里，不同于往时，就像称呼"你"不同于称呼"您"一样。血涌上了我的头。明娜放开我的手后，我的手直颤，膝盖也直晃。现在，她已经给了我准信儿。我感到放心和幸福，这才发觉原先的紧张与恐惧是多么强烈。

明娜大概也感觉到了，因为她在给赫茨先生斟满一杯新鲜泉水时神秘地笑了笑。赫茨向来喜欢在喝咖啡的同时喝这种水，这使他想起某一家咖啡馆。他一边喝一边兴奋地说：

"说不定……你也想跟我们一直到布拉格去——不去？对，对，那也好，明娜回来时就有伴了。我们把她托付给你也就放心了……

是这么回事，在布拉格发现了一份《浮士德》的手稿——《浮士德》呀，亲爱的朋友！就是说，前几场的一部分……跟正式版本不一样，这正是最令人感兴趣的；不一样——当然只是在若干细节上，但毕竟有所不同。据说修辞比较粗放，很可能是最早的手稿之一。是一个怪老头儿，一个退休上校，从他的一个以前在魏玛宫廷任职并接近歌德的姑婆那儿继承的，天晓得已经有多久了。这个姑婆与歌德交往究竟有多密切，我实在不知道，嘿嘿——其实这也无关紧要。您由此可以领教我们这个现代化的军事德国是什么水平了！他继承了一满箱书信文件。假如他不是那么没知识，他应该能猜到其中有歌德的东西。大概是出于对一切文学作品的鄙视，他居然从来都没有打开过箱子。等到急需用钱时——他当然是个挥霍无度的家伙——便投入了高利贷者的怀抱，却不知阁楼上有个足够买下一座骑士庄园的宝库。若不是得到了别人的暗示，一切都还会是原样。但我们猜到里面会有东西——即便不是手稿，也会有书信、资料——我亲自给他写过信，可是他不肯：家人的书信，说不定有损害名誉的隐私，岂能交给该死的文人？他当然是这么想。于是，他满足于享受酒窖里的丰富收藏——尽人皆知，他是个品酒专家——而阁楼上却丢着一座骑士庄园。这真是天理难容！哼，这家伙真叫人又气又恨！现在他死了，谢天谢地，手稿终于找到了。啊，我却没有在场！但是我今天收到一封信，被聘为……所谓的权威人士，亲爱的朋友，你可以想见……"

明娜的一颦一笑或一举一动都没有逃脱我的注意，我也没有漏过这篇报告的一字一句。老人难得有比我更热心专注的听众，因此他也把自己的兴奋传给了我。我的状况有如受了轻度的鸦片麻醉，因而觉得美妙的音乐听起来格外动人。我祝贺他这次有趣而光荣的旅行，提出种种问题，为他的阵阵欢欣助兴，同时喝着明娜给我斟的咖啡。我对这双可爱的手所斟的"褐色琼浆"实在不敢恭维。我已暗自判定，明娜虽然身为萨克森人，煮的却是布吕姆欣咖啡。不过我深信，到时候她一定会习惯不再这么节省咖啡豆。

我正在犹豫是否再喝第二杯，河面上传来了轮船隐隐约约的隆隆声。大家都说时间还早，但是很快我们就看到碧绿的田野上出现了轮船的烟囱。烟囱像一条黑线，以采石场下边的斜坡为背景向前行进。

五分钟以后，我们已坐在甲板上的遮阳篷下，目送着小房子从我们身边滑过。淡绿色桌布仍在凉亭的阴影里闪亮。我们驶向百合岩以及国王岩。国王岩这时已在河对岸显现，围墙和守望楼都沐浴在阳光下。黄色采石场的光影映在水面上，每个红色斑点或紫色剪影在这里都成了长长的颤动的条纹。沿岸的田地、树丛都把绿影浸入水中。长长的水波从乘风破浪的船首向两侧滑去，荡到河岸时，彩色的倒影融入天蓝色波谷，如同一种液体突然觅到了流出的通道，把影像拉成长长的曲线，直到一切都混合成火舌般蹿动和陀螺般转动的翻腾斑驳的色彩，既明亮又澄澈。

老赫茨非常活跃，不知疲倦地讲述着布拉格的种种奇观：讲奇特的蒂恩教堂，我的著名的丹麦同胞第谷[①]就葬在那里；讲肮脏的

---

① 第谷（1546—1601），丹麦天文学家，1599 年定居于布拉格。

犹太区以及昏暗的犹太教堂和杂草丛生的墓地，在那里，式样单一的东方墓碑密密麻麻，就好像在互相竞争，都想把对方排挤出墓园似的；讲波希米亚的卫城赫拉钦及其梯形的宫殿式花园。都是真正了不起的奇观，只要我肯答应今晚与他们同往，第二天就能亲眼看到。他始终做出希望我最后会松口的姿态，同时好心地听着我数出种种破绽百出的借口。最后，他不停地重复道："是啊，是啊，明娜有个伴回去也好。尽管我深信她一个人也能回到家。"接下去自然是明娜保证，她乐于做一次大胆的冒险，我"千万不要为了她"而放弃这次愉快的旅行，因为这实在是一个与最好的伙伴同行的难得机会。她这样逗我，使得我不知该如何回答，还眯起眼睛边眨边冲我笑。

老赫茨一直以为是他在跟我们打趣，不知道其实是被我们哄了，因为他万万猜不到，今天晚上我是决不会离开明娜的，这使我们非常开心。赫茨太太坐在我们对面的长椅上，不时地摇摇她的花白头发，面带宽容的微笑望着我们，就好像这些闲谈使她倦了，但同时又露出探询的目光，似乎要从这言语游戏背后找出秘密来。

在珊道镇，我们到河边一家旅馆的花园里吃了晚饭，就没时间干别的了。天色很快就黑了。赫茨提醒我们回家。但明娜保证说，汽船将在火车开车前一刻钟准时过去，这可以从时刻表上清楚查到。火车站在河对岸，离小镇码头足有一公里，由一艘小汽船做接运旅客的交通工具。这种方式使老赫茨很不放心。他显然害了旅行前坐立不安症，时时把金表从怀里掏出来。

终于，明娜表示该动身了。

小栈桥边上没有船。黑乎乎的水在旋涡里聚起一线灯亮，从空荡荡的木板架子旁边畅通无阻地流过，哪里也看不到旅行袋或手提箱。

"咱们大概走错了，这是货船用的栈桥。"赫茨太太说。

"没有错，是我们到得太早了。"明娜答，对这个疑问感到有些窘。

我们来回溜达了几分钟，还是没有看到人。赫茨走进当候船室用的敞篷坐下。在一个角落里坐着个模样平常的人。他正在打瞌睡，帽檐拉下来遮住前额，因为冒烟的油灯太晃眼。赫茨又看了几次表，然后站起来，绕着那陌生人转了转，咳嗽一声，终于小心地问，这位先生是否也在等船，准备赶德累斯顿的火车？

"去布拉格！"那人睡眼惺忪地哼道，并不抬头。

微弱的希望在我心中闪现。我看见一名搬运工来到栈桥上，便走过去问他。赶德累斯顿火车的小船已经在十分钟之前开走了。我心中大喜，外表上却尽可能装作失望，向女士们走过去报告这消息。她们正站在小灯旁边，我看出明娜为自己说话不牢靠而感到羞愧，同时又感到一种我不难解释的欣喜，两者相互进行着激烈的斗争。她似乎有意避开了我的眼睛。

"还有时间，小船一定会来的，他的消息不准确……看，那边是什么？"

河面上有一盏红灯，正从火车站方向移过来。不久，就隐约现出了几条绳索。蒸汽飘卷如小片的云彩，顺风吹来。小船缓慢地逆流而上，轮机声已清晰可闻。

我感到难以言状的失望，不快地瞥了一眼老赫茨，因为他如释重负地说了声"谢天谢地"，抢先跑上了栈桥，就好像不能再耽误时间了，就好像是他要去德累斯顿似的。

小船从夜色中钻出来，汽笛长鸣，船上一声吆喝，那搬运工也应了一声。一根绳索擦着栈桥上的灯抛过来，差点像套索一样套住赫茨，然后啪的一声落在他身后几步的木板上。小汽船靠到了栈桥边，煤烟熏黑的船体仍在颤动不已。灯光从机房照射到又矮又脏的客舱壁上。一股难闻的热气和一股焦臭的混着煤烟的油味涌到夜间清新的空气之中。

"是赶德累斯顿的火车吗？"

"赶维也纳的快车。还有时间，我们要在这儿停差不多半小时呢。"

"咦，开往德累斯顿的火车呢？"

"刚才已经把搭那班车的人送过去了。"

"可是现在还不算太迟呀！难道就没有船啦？"

"嗯，没有船啦，"搬运工答，往水里吐了一口痰，"误了船就只好不过了呗。"

我心上的最后一块石头落了地，明娜也似乎松了一口气。但赫茨却十分惊慌。他显然觉得自己有重大责任，因为是他把我们引到这荒郊野外，现在又要把我们撂在这暗夜之中。

"这可是你的错，明娜！你干吗那么自信？在这种事上不该凭记忆，时刻表年年都变，这点我应该想到！真叫人恼火。"

"哦，天哪，"赫茨太太安慰说，"事情恐怕没那么严重吧。你们在这里过夜吧！在珊道反正有足够的旅馆。"

这几句实实在在的话使他安定下来。

"这倒是真的，明天早上有一班火车回去。不过，也许你们赶不上吧？"

"噢，我有把握在别人没起床的时候就赶到这儿。"

我们又溜达了几分钟，然后赫茨把我带到一边问：

"告诉我，亲爱的芬格先生……你这么仓促地跟我们出来，而且没打算住夜……我是说，你是否……凑巧……没带够钱？"

我连忙请他放心，因为我——实在"巧得很"——身上带着绰绰有余的钱。

老人吃惊地望着我，迟疑地把已经掏出的钱包收回了口袋，同时嗫动着下唇，好像要说什么似的。

"喂，诸位恐怕得在这边过夜了。"舵手在汽船上喊，"没有去德累斯顿的火车喽。"

"不，我们要去布拉格。"

"你们刚才问的是去德累斯顿的火车嘛。"

赫茨开始解释这相当复杂的情况。

河对岸响起一声汽笛。火车像一条明亮的百足虫，呼哧呼哧、咝啦咝啦地驶过。这就是应该送我们回拉森的火车。我一个人站在明娜身边，以为没人注意我们，就放肆起来，朝火车做了个鬼脸。

明娜快乐地笑出了声。这时，在我们旁边响起了一个较粗鲁的男低音。我吓了一跳，转过身来，原来是那个搬运工，他似乎已明白是怎么回事。

"你们笑什么哪？"赫茨太太问。

赫茨夫妇正忙着上船，仿佛生怕汽船会突然消失似的。他们站在船舷旁，我们又聊了一刻钟。赫茨向我们推荐了一家旅馆，说那儿服务优良并且价格"适宜"。终于，信号铃响了。赫茨突然想起那个在候船室里睡觉的人。

"他要是想过去，自己会来的。"舵手说。

老人却十分着急。

我飞快地跑进去，叫醒了那个迟钝的家伙。他嘟嘟囔囔地跟着我来了。他一上船，跳板就抽掉了。汽船滑出去，慢慢地掉了头，消失在黑暗中。明娜不停地挥舞着她的手帕。

我真想抱住明娜，但老人也许还能从远处看见我们。而且，那个搬运工离我们也只有几步，跨坐在栏杆上。

16

我们慢慢地往回走。在棚子的一角有个邮箱。明娜笑笑，从口袋里掏出一封信，递给我，让我看信上的地址。她用询问的眼神看着我，意思是问："我投吗？"随即伸出手，把信塞进了信箱口。信掉到空空的邮箱里发出了沉闷的声响。这声响虽然表示她已答应嫁给我，但在我心中也激起了朦胧的不安，好像它是不祥之兆。我至今对这种转瞬即逝而且似乎毫无来由的感觉记忆犹新，尽管当时并没有去多想它。我把明娜拉过来，并且感到我的拥抱也得到了热烈的响应，要说那是激情，还不如说是深情。她那双有力的臂膀似乎要紧紧地箍住我，不让任何东西把我们分开。她发觉我在喘息，便突然松开了。

"把你弄痛了吧？我真粗鲁。"

她的脸上现出惊恐的表情，就好像我在她的怀抱里会被压碎似的。这惹得我笑起来，用热吻亲遍了她的脸，直到她又怀着完全不同的惊恐叫我别出声。那是调皮的惊恐，从睁大的眼睛里射出来，从半开的嘴唇里漏出来，并且把一根手指警告式地放到唇边。可是，附近并没有人。棚子的一角把我们遮在了三角形的阴影下面。

最后，我们离开了棚子。我想带着她沿河边走走，但她觉得太黑，愿意往镇里走。"现在，咱们该冷静点了。"她说。但是我们的言语依然热烈，要说那是交谈，还不如说是化作言语的爱抚更合适。

我们手挽着手，沿宽阔的码头从容地走向小镇的灯火，它们在左手边宛如散开的火星升向星空，在前面河湾处形成一条金光闪闪的花边。对面岸上只有几盏彩色的信号灯。黑黢黢的山岩宛如大块大块的没有星光的天空。

快车在对岸飞驰而过，提醒我们时间已经很晚了。但这时天色又开始亮起来，衬着背景呈现出珍珠色，一个黑乎乎的山影隐隐约约。几只易北河小船的桅杆映着天空。光亮很快就变得更红，好像是熊熊的火焰。要是在莱茵河边，准会以为是那座火红的布伦希尔德岩。它就像个通红的盖子悬在林木齐整的冬日山脊上。几分钟以后，月亮浮升起来，从金黄色渐渐转为晶莹透明，照亮了山景以及河湾——这景色似乎是月亮从夜的混沌中创造出来的，并且越来越显得完美。

这景色真是太美了，实在舍不得离开。我们在河边走来走去，从孤零零的候船室走到第一家旅馆附近，看见花园里有黑色晚礼服和花哨的女帽在枝叶间晃动。

我们待在这陌生的地方，就好像一对新婚夫妇旅行度蜜月。我赞美这迫使我们留下过夜的幸运的意外。

"一开始我也很高兴，"明娜说，"但接着就发起愁来，因为良心上很不安——我不该那么自信。我身上只有几马克。要不是你带了钱，我的冒失真会使我们陷入难堪的境地。看见你跟赫茨交谈，明白了不用向他借钱，我心上才一块石头落地。我确实吓了一跳。啊，可恶的钱，哈拉尔德！或许这是一个教训：在所有计划中一定要考虑周全。"

于是，我们开始讨论经济方面的前景，仔细盘算如何用很少的钱节俭度日——这看起来是个非常乏味的题目，但实际上对于既深情又贫困的年轻情侣来说，却比最高尚的罗曼蒂克具有更大的吸引力。是的，尽管我们的情绪十分热烈，我却怀疑，月亮在幽暗河面上洒下的黄金未必比我们维持家计所需的黄金更有诗意。不过，眼下这两者毕竟都是空幻的。

17

最后，我们决心去找旅馆。我们挑的那家旅馆不是朝向河边，而是面对市集，跟那些较高级的旅馆不同。市集是个略显长形的广场，东边被教堂遮住了一半。钟楼刚刚敲过了十二点，楼顶上的瓦片如湿鱼鳞一般闪光。

一盏昏暗的街灯照亮了旅馆的门廊。楼梯上已经熄了灯。一个招风耳、满脸疙瘩的侍者接待我们，瞟了我们一眼，那眼神似乎在盘算小费，又像是问怎么没有行李。然后，他搔着那头胡萝卜色的蓬乱头发，眨着一只猪眼睛放肆地说道：

"两间房？要彼此相通的吧？好的，我不知道是否——"

"那你就赶快去问——最好不要在同一层楼——不过要快，别忘了，珊道有的是旅馆！"我不客气地说，克制住强烈的冲动，要不然我真会把他那只耳朵扯下来。明娜因为他的唐突无礼而两颊绯红，慌乱地望着我。

在伦勃朗①式的幽光中，从三楼探出一张妇人的面孔。她跟那个侍者互报了几个房间号码。接着，侍者忽然做了个外交官的姿势，优雅地一摆手，请我们走上铺了旧毛毯的楼梯。他把我们交给那位手持小灯的女人，用低沉的胸音说出两个为我们选定的房间号

---

① 伦勃朗（1606—1669），荷兰画家，擅用聚光及透明阴影突出主题。

码。我们叮嘱他清早别忘了叫醒我们赶火车，然后便到了他指定的房间。

两个房间果真相邻，尽管我曾冷冷地宣布要不是同一层楼的房间，却对这种相邻感到十分高兴。这两间房甚至有一扇门相通。不知是否巧合，我们俩同时来到走廊上放鞋。走廊上空空荡荡的，又黑，只有远处拐角上映出一盏灯的幽光。我们穿着袜子悄悄地溜到中间地带，接了一个长长的吻。

我回到我的房间，开始脱外衣和坎肩，这时目光落到那扇门上，发现门上竟插着钥匙！这一发现立刻使我大为兴奋，但随即又感到某种不快，想起了侍者眯起猪眼睛奸笑的模样。我也想起明娜当时如何羞红了脸。她那受委屈和慌乱的表情仍历历在目，使我内心一阵窃喜。我把坎肩搭在一只胳臂上陷入了沉思，目不转睛地盯着那把意味深长的钥匙。锁到底打开了没有？我悄悄溜过去，握住钥匙，但不敢转动，生怕吓着她。

于是，我又走回来继续脱衣服，仍然不住地瞟那把钥匙，恰似两天前的晚上呆呆望着她的信那样。我把那封信原封不动地还给她，结果，今天她又把信敞着口交给我，让我读。美德必有报答的这一明证增强了我的信心。"只要我耐心等待，这堵墙总有一天会自行消除，那时我们将问心无愧。"

我熄了灯，躺到枕头上。这时，一声轻轻的叩响吓了我一跳。我刚要从床上跃起，却发觉那响声是从床头的墙上传来的。我想起刚才看见她的床也靠着这堵墙。我迅即作答，而她也做出回应，一时轻，一时重，时而用指关节，时而用手掌。这"电报"以各种速度和节奏进行下去，就好像两个敲墙小精灵在亲切交谈。这无语的交谈比语言更清晰地表达了咫尺天涯之情，表达了我们的眷恋与希望，给我心中留下了安宁与幸福。

我知道，在这道并没有锁上门，也没有修道院式的严厉监督的墙壁两边，活跃着相同的情感、思绪和想法，尽管这些可能在她那头还没有形成明确的意象。这时刻以神秘的方式使我们更亲近了。如果说在此之前，我的快乐是意识到了可以去尽情地爱，那么现在，我全身都充满了被别人爱、被别人渴念的幸福感觉。

18

在旅馆的餐厅里，我看到明娜在等我。她从冒着热气的锡壶里倒出咖啡。我们坐在桌边宛如年轻的新婚夫妇，就好像面前这一小杯金色的蜜汁包含了蜜月的真正象征。

屋里光线还相当暗，雾气使窗户像一道白色的窗帘。因为起床太早，我的头有点沉。

屋外连教堂也看不清，广场对面的房屋朦朦胧胧的，就像是庞然的一大块。路面的石头湿漉漉的，明娜滑了一下，忙抓住我的胳臂。几个清道夫在乳白色的雾气中走动，显得虚幻而怪诞。

理发店的霓虹招牌飘飘忽忽，宛如一轮快快的秋月；在招牌下，一扇玻璃门被人一脚踢开，发出哐啷啷的响声。

在拐角的小铺子里，有一股咖啡香味渗入附近的雾气中；不时有人突然地走进去，又突然地走出来。

我们准时地赶上了汽船。

船刚刚起航，河岸就消失了，真让人觉得是在汪洋大海之中。

只见近处有浪花在粼粼闪光，雾像蒸汽一样在水面上飘忽舒卷。从烟囱冒出的黑煤灰落到甲板上。汽笛不停地响，时而是拖长的啸声，时而是短促、断续的尖叫与叹息。不时有另一只船的汽笛声或拖腔的呐喊声遥相呼应，漆黑的巨大船体像怪物一样从我们旁边滑过。明娜害怕地偎着我，贴紧我的胳臂。

"不会撞船吧？"

"当然不会。"

可是，小汽船为什么就不会被撞沉呢？要知道，在易北河上，也跟在大西洋上同样容易招致灭顶之灾！

眼前这小小的危险显然比所有关于未来的梦更有效，使我们偎依得更紧了。然而，引起危险感觉的雾很快就又以刺骨的寒气驱散了这种感觉。担心感冒的忧虑淹没了想入非非的惊恐，淹没了突然遇到患难时同心协力的愿望。

这段航程把人搞得晕头转向，似乎有一条光带蒙住了眼睛。后来，当一声撞击宣布船已靠岸时，我们竟然猜测河岸是在另一边，以为是又回到了珊道哩。

当我们站在月台上，开往德累斯顿的列车喷着烟雾进站时，我们还以为那是开往博登巴赫的车呢。

尽管如此，一切都很顺利。

多亏一笔小费使用得恰当，我们很快就占了二等厢的一个小间。白蒙蒙的窗口匆匆掠过树叶、树枝和灌木的浓绿，一滴滴雨水顺着不透明的玻璃窗往下淌。

在车子的颠簸震动中，我们的肩膀不时相碰。

可是，明娜对我紧紧握着她的手并无反应，少言寡语。

我想把她拉过来，她却闪到一边，以羞涩的眼神示意小窗，因为列车员的身影正好遮住了那儿。

列车员查过车票，我关上小窗，转过身，很高兴没人再打扰我们，明娜却站了起来。这时，车子猛一颠簸，把我甩在靠垫上。明娜也猝不及防地跪倒在我面前。我笑着要扶她起来，但是被她的不安与恳求的表情止住了。

"哈拉尔德，我有事要告诉你。答应我，你不生气……不，不，你什么也别答应，说不定你非生气不可呢。"

"明娜，你这是干什么？快起来，亲爱的！"

"不，不，你先听完。是我昨天不好……我骗了你们，对你撒了谎……"

"你到底指什么？什么时候？"

"你没觉到吗？你猜不出来？"

"没觉到，我向你保证。"

"你看，"她面带痛苦的表情叫道，"你绝想不到我会这么虚伪……你听了之后，也许会以为我一向如此呢。"

"到底是什么事？你还根本没告诉我呢。"

"嗯，昨天晚上……咱们没赶上渡船——那全是我的过错。我明明知道船要早一些开，可是我装糊涂。"

"就是这事吗？"我笑着问。

"你笑我。你应该责骂我，那要好得多！娶这样一个会撒谎骗人的妻子可真够呛……难道你不觉得这是丑恶的？"

"天哪……"

"善良的老赫茨为我们操心——他显然感到自己有责任。是的，如果时间太晚了，那是很容易叫人后悔的！我根本没有去考虑，我并没有得到许可支配你的钱。而且，也许你身上并没带够钱，那就会陷于狼狈的境地。这一切都是不对的。但最糟糕的是，你说这是一次幸运的过失，我却没有坦白，而是继续撒谎，对我自己的亲爱的朋友撒谎——我真恨自己。"

"可是，为什么你不敢像你说的那样'坦白'呢？"

"昨天我不能说，但是现在非说不可了，尽管我本来想永远也不说，或者是很久很久以后才说……啊，也许你根本无法理解，可是咱们还没有好好谈过心，能这样不受干扰地坐在一起不是很好吗？用不着挤在超载的汽船里摆渡，再挤在憋闷的火车里……晚班火车总是那么挤。而且，"她把嗓门儿忽然放低了，把头埋到我怀里，"哈拉尔德，告诉我，咱们昨天夜里住得那么近，你感觉亲切吗？"

我朝她弯下腰：

"当你敲墙的时候……"

"嘘！"她打断我，把食指放到我嘴唇上，以滑稽而惊慌的神情望着我。但随后她又几乎是绷起脸来说：

"可是你却满不在乎地说，两个房间到底是紧挨着还是不在同一层，你无所谓……"

"那是在侍者面前，亲爱的……"

"对，对，我明白……"

她跳起来，突然急促地吻了我一下，就好像有一个柔嫩的球打到我脸上。

"那你不再生气啦？"

我扶她起来，在座位上坐好。

"不再生气？明娜，我向你保证，我根本就没……"

"是的，不过你生气也不奇怪。你甚至应该生气。"

"不，你乱讲！我现在明白了，那并非巧合，而是你的愿望，因此觉得更妙。"

"真拿你没办法。你会把我惯坏的，这可怎么得了！"明娜嚷道，温柔地偎依着我，"你看，天晴了，好天了。"

外面，在白茫茫的雾幕下，出现了果树的深色树冠，尖形的松树梢，窗口闪亮的屋檐——所有这些物体的下部都没有界限，模糊不清，正如刚刚打出来的幻灯片。

在这一切上方，百合岩是黑乎乎的一大块，依稀可辨，宛如一个孤岛飘浮在空中：雾海环绕着深紫色的岩罅，一棵小松树的树梢耸入天空，天空已经在乳白色之中透出蓝色。

"咱们今天做什么？"我问，"明天下午去见赫茨夫妇，那之前咱们总还得见面呀！"

"噢，当然，咱们必须抓紧时间——'阿兰胡埃斯之行的美好时光……'①我别说了，不然真会说出岔子来……后天，你真的要走？"

"是的，亲爱的明娜——真遗憾。假期结束了，房东已经把我那间屋租出去了。"

"哦，再过一个星期，我也像鸟儿一样自由了！等一下，今天我要跟孩子们一起去散步。你若是抽得出时间，就在学校后面往左拐的林间小路上等我。"

火车鸣笛，停下。拉森到了。

我们走向渡口。雾已像蜘蛛网的碎絮，在阳光下的湿草上飘零。

19

当然，我准时到达了约定的地点。

这是我的第一次约会。我想到，在不足四个星期之前，我曾在这样的小路上徘徊，枉费心机地盼望着遇见明娜。真不知此刻心中到底是欢喜还是惊异。现在——天哪！当时太阳也是这样欢笑，令人心情舒畅，树荫凉爽，山林送来芳香，鸟儿欢唱，清新柔和的风掠过高高的树梢。今天，同样的大自然，同以往一样明媚，微醉的感觉却使我飘飘欲仙！我把帽子抛向空中，但只是达到一棵大松树最低的枝杈。一只知更鸟正在大树的一根枯枝上鸣啭。我纵情地向

---

① 引自德国作家席勒（1759—1805）的名剧《唐·卡洛斯》，阿兰胡埃斯是西班牙地名。

它叫道:"哎,哎,你这个小东西!你也在等谁吗?我等我的爱人,我的宝贝儿,我的明娜!"

接着,我马上又惊慌地四顾,生怕有人撞见了我的稚气的举动。这时,明娜带着她的小随从在小路的拐弯处出现了。我赶紧尽可能庄重地迎上前去。

"我跟我的小保镖来了。"明娜说,然后又快快地补充道,"别忘了称呼'您'。要是你想说不适合她们听的话,就用丹麦语,我能听懂。"

"就像我们丹麦人说的,小姑娘也有耳朵。"我马上用丹麦语说道。

明娜笑了,指指前边那个大一点的女孩。她正好有一对真正的招风耳,在辫子两边,映着阳光显得红通通的。

明娜是多么快活和自在啊!平时她显得比她的实际年龄略大,现在却给人孩子气的印象。我不禁自言自语道:"这个姑娘爱你,但可惜像一个女人那样,一个已不是初次恋爱的女人那样。这怎么可能呢?"她头戴那顶马车形的黑草帽,我曾经在"索菲憩处"见到过,是一顶很实用的帽子,帽影遮住了脸蛋儿的一半,树林又给它染上了一抹淡绿。她那清澈的眼睛从帽影底下无忧无虑地注视着大自然,也注视着我。一件蓝白条纹相间的衣裙质料轻盈,紧裹着她的身子。一条浅蓝色丝带代替了通常的腰带,从丝带往下,裙子呈宽展的褶儿自然下垂。

我用丹麦语说了一些无关紧要的话,这时,发生了她预见到的情况:我心情特别兴奋,竟然高叫道:"明娜,这衣裙真合身,你穿着看起来真迷人！"因为我习惯了用德语表达爱情，所以，这小爱神也就披着同样合身的衣服"脱口而出"了。①明娜猛扯我的胳臂，我才发觉失口了。这时，前头的一只招风耳不见了，另一只则把正面对准了我。

明娜咬紧嘴唇。那个小一点的女孩转过身来，把她的洋娃娃递给明娜：

"雅格曼小姐，咱们快点到树荫里去吧？要不然卡洛琳会长雀斑的。"

我们连忙抓住这个机会纵情大笑。小家伙深感委屈地望着我们。

"那我就说是您的过错，让妈妈给卡洛琳一些花露水。"

"你好，明娜表妹！"有人在我们身后说道，"哟，真开心呀！哎呀，真想不到！您好，芬——芬格先生！"

原来是那位小学老师从后面赶上了我们。他穿着衬衫，大步走来，外衣搭在肩头的手杖上。明娜不怎么热情地跟他打了招呼。

"啊，原来是您，施托希先生！"我叫道，感觉就好像被人当场抓获了一样。

"正是。"他答，一只眼眨眨，似乎在说："好哇，原来是您慧眼发现了她，这个娇小的女教师，我的漂亮的明娜表妹！喏，我不是跟您说起过她吗？"

"天气真好，就是有点热，噗！这是我的最后一天假期了。"他叹息一声补充道。

---

① "小爱神"指上一句表达爱恋的话，"披着同样合身的衣服"是指用德语脱口说出，被小姑娘们听见了。

"您准备去哪儿？"

"去霍恩施泰因……您也一道去吗？"

"多谢了，这次不行。"

"芬格先生，您可别因为我……"明娜说。

"不，不，我要是您，我也不去……身边有美人儿，何须去远方！……谢天谢地，读过一些古典名作真不赖！只要能引用歌德，喝慕尼黑啤酒，抽阿尔施塔特烟，只要有山可爬，还有在明娜表妹面前我不便谈论的东西，只要波兰不丢，哪怕每天给小傻瓜们灌六个钟头的书本知识也值得——说得漂亮点儿，这是为民众教育的高尚事业而工作。好啦，再见！"

他快步走了，嘴里哼着一首快活的小调：

我们生活，我们生活，

天天这样生活……

"真有意思，"小一点的女孩突然说，"他管您叫'表妹'！"

"面包店的蒂娜说，他总爱打学生耳光。"大一点的女孩补充道。

"好一个表哥！可是他却穿着一件脏衬衫！"

"妈妈说，应该叫'汗衫'。"

"不是那种，索菲！"

明娜朝那件引起争议的仍不时在树干间闪现的衬衫袖子不大友好地瞥了一眼。

"你怎么跟我这位可敬的亲戚这么熟哇？"她问。

我告诉她，我们是怎么认识的，为什么我跟他出去散步，以及我得到的收获。

"怎么，那时候你就打听我了！"她说，一边用手指吓唬我，一边快乐地笑，"要是我早知道的话，哼！"

"那又怎么样？"

明娜小声地笑，把阳伞收了，用伞指向一条在烈日下发出清凉气息的林荫小路。

"咱们走这边吧，免得卡洛琳长雀斑，咱们也好避开旁人。"

小路上长满了茂密的青草，青草覆盖了车辙的痕迹。一种长得很密实的青苔，样子像一团松散的绿色小星星，闪烁着晨露的细珠，覆盖了壕沟。在另一边的棕褐色松软地衣上面，有各种各样的蕨类植物茂盛生长。

"看，多可爱啊！"明娜叫道，指着几株只有一条棱和几片柳叶形侧叶的羊齿草。平时见到的小龙骨草极少高于一拃，可是这里有些却足有一英尺高。

"我希望能连根采几株。我已经收集了好多种蕨草……这里又有一种，很好看。"

她摘下手套，跪下来。我跳到沟的另一边。

"最好能完整地连根挖出来。你有小刀吗？"

"没有。但是我们丹麦有句老话：'五个指头赛船钩。'"

她笑了，把披散下来的头发甩上去，挖呀，抠呀，终于挖出来了。我跳过沟时弄湿了一只脚。明娜用手帕小心地包好蕨草，免得草根上的黑泥脱落。我们互相伸出沾满泥巴的手，像一对孩子似的放声大笑，然后赶快去追几乎已走出视线之外的小姑娘。她们正在呼唤我们。

暗色的松树梢上是蓝里透红的天空。不时有一道刺眼的阳光，如金色的标枪斜刺入灰色树干间的褐色阴影深处。有一株蕨草形状如巨鸟展翅，幽光在叶面上闪烁。一块岩石孤零零地矗立于树间，边缘上闪现着地衣的亮黄色，俨如一幢房子，其平坦的屋顶上长满了蕨草和小山毛榉树。到处都飘散出松树与蘑菇的香气。

我已不记得自己讲了些什么，以及讲得是否有趣，只还记得自己起劲地讲，然后突然发觉，明娜正面带奇特的心不在焉的微笑目不转睛地凝视着我。那笑容带着逗趣的意味，并且像光一样扩散着。

"你干吗笑？"我有些尴尬地问，"你觉得不是这样吗？"

"什么呀？"

"嗯……当然……"

"我不知道，我什么都没听见，不知道你在讲什么——我也根本不在乎你讲什么。"她这些话是匆匆说出的，"可是，请你说下去，只管不停地说下去。我在听你的声音，我没有心思去理解。我在听，只是看着你的嘴、你的侧影——你可知道你的侧影很美吗？——你说话时嘴巴真别致，每次停顿时下唇都往外噘，就这样，可是很好看！下巴上的小涡变深，鼻子尖儿弯弯的，这是最美之处：席勒式的鼻子！你也像他一样是个理想主义者，啊，亲爱的！"

她向孩子们飞快地瞥了一眼，动情地吻了我一下。

"明娜，这恐怕不是你的真实看法！"

我完全因为这甜蜜的赞美陶醉了。这是我有生以来第一次被激起虚荣心。以前正相反，我总是听到人家说我"鼻子像鸟喙"，有的还因为我下巴略为突出而贬损我——其实，我自己感觉突出得并不厉害——看看现在吧！这个美丽的姑娘竟发现我长得漂亮，而且恰恰是那些部位——这真像童话一样美好。我觉得自己飘飘然仿佛升上了九重天，天晓得我会做出什么傻事来。幸亏这时孩子们跑来了，告诉我们在九重天上有好极了的熟草莓。

我们到了一个林木渐疏的地方。青苔覆盖的巨石之间生长着灌木丛。我们走的那条路已经变成了一条窄径。离路边不远，我们在一块大石头的阴影里停下来，让小女孩们去钻树丛。明娜摘下她的帽子，平躺在地上，仰望着深蓝色的天空。她忽然放声大笑。

"你怎么啦？"

她半坐起来，一只胳臂撑地。

"哈拉尔德，你知道吗？在德累斯顿的外城有一些小孩雕像——他们好像叫芳恩①——圆滚滚的，山羊腿，还有一条小尾巴……"

"怎么样？"

"我刚才想，要是有这样一个小矮人跳跳蹦蹦地跑过来，那有多可爱！我会把他放在膝上爱抚他。"

"那我倒真想看看哩。你真有意思！"

"我吗？"她问，用了个滑稽的高音强调"我"字。

这时，从灌木丛中传出了响动。小一点的女孩尖叫起来。一

———————————

① 芳恩，罗马神话中的农牧之神、森林之神，头上有角，足似山羊。

条短毛猎狗探出头来，气喘吁吁的，长舌头伸出来吊在一边。紧跟着又出现了一个大胡子守林人，肩扛猎枪，站在离我们几步远的小路上。他上下打量着我们，眼神很凶。我认定他是个冷酷的人，因为他竟然那么粗野地瞪着我的明娜。她坐在那里，高举的两臂半露着，想把头上的帽子戴好。这个地地道道的森林妖怪！

"你们在这儿干什么？"他厉声问，"这不是给游人走的路。"

"是吗？哦，这不怪我们，因为在我们进来的路口上并没有标明'禁止通行'的牌子。"

"你们好像看不出这是一条林区小路似的……公共的便道不是到处都有嘛！"

"那就不许超出一步啦？这也太过分啦！"我嚷道，发起火来。

"不行，说不行就是不行！"他吼道，脸涨得通红。

"我们真的不知道，不然我们也不会到这儿来。"明娜平和而又坚决地说，"但我相信，我们并没有毁坏什么。"

"那好，就不怪你们。"他咕哝道，火气略减，"再过去几步，种了许多只有钉子那么高的小松树苗，一棵挨一棵。小淘气们绝不会留心她们踩坏了什么，你们也可能心不在焉。"他很恼火自己竟屈尊为我们解释起来，便又冲我吆喝道，"好啦，你们现在知道该怎么做啦！"

接着，他朝狗打了个呼哨，吐了口唾沫，走进树林，但仍不时地回头看我们是否也掉头了。

我们转身往回走，不管有无道理，受到这样的对待，总归有些扫兴。

"没想到来的不是你梦想的小芳恩，而是一个老潘神^①，并且是来赶我们走开！"

"真是熊脾气！"她愤愤地说道，模仿着他那嘶哑的嗓音。

孩子们哈哈大笑。

"嗯，不过话说回来，他也有他的道理。"她说，"我要是守林人，也会对所有闯到树林里乱跑的人发火。你想必比我更能体谅他，因为你是守林人的儿子嘛！你父亲也是这样吗，哈拉尔德？"

"我父亲是皇家森林管理人。这小子却是个没教养的守林人。"

"原来你家是贵族！"

"喏，你刚才说起那些误入林区的人时也不怎么像民主派。"

"那完全是另一码事。"

"不，不对。"

于是，我们一路辩论着，开着玩笑，走完了剩下的路。最后，我们甚至跟孩子们玩起了捉迷藏，结果跑得浑身发热，上气不接下气，兴高采烈地回到家。

20

第二天，赫茨太太在凉亭里铺好桌布。她丈夫刚拿起报纸坐下，我们就手挽手地到了，以这种方式远远地暴露了我们的秘密。

---

① 潘神，希腊神话中主宰森林畜牧之神。

赫茨夫妇欣喜万分地迎接我们，即使明娜是他们的女儿，我是百万富翁，恐怕也不能使他们更热情了。他们马上从名厨饭店要来了一瓶莱茵葡萄酒，为我们的幸福干杯。夕阳在树叶间窥探，在褐绿色的玻璃杯中闪烁。赫茨滔滔不绝地谈论那部有趣的《浮士德》手稿。他不怀疑手稿的真实性，但手稿与改定稿的不同之处却比他预料的少，也不怎么重要。

他说得比平时慢，很吃力，常常被一声难受的咳嗽打断，他太太显然很担忧。大雾并没有放过莫尔道河谷。在街道弯曲的布拉格，雾一直到大天亮仍迟迟不散，一切都浸透了雾的湿冷。而且，赫茨在一个冷飕飕的阁楼上一连待了好几个小时，因为一直没有人想到把这个箱子里的东西搬到适合人待的房间去。此外，还有许多书籍与盒子，也使得赫茨十分忙碌。他还找到了几样东西：卡尔·奥古斯特[1]与阿玛丽亚[2]女公爵的通信，维兰德和赫尔德[3]几本著作的最早版本，还有题词和剧院节目单之类。有几样东西被他买下来了。日落前不久，我们回到屋里，他十分高兴地拿出那些东西给我们看。但是，听见咳嗽声不时打断他的兴高采烈的谈话，我们不由得忧心忡忡。他买这些宝贝付出的代价实在太大了。

我们比平时略早地告辞回家，明娜在路上道出了她的忧虑：

"赫茨体质弱，他受不得累。"

"有可能，但也不必马上就做最坏的设想。"

---

[1] 卡尔·奥古斯特，魏玛公爵，与歌德、席勒等人友好。
[2] 阿玛丽亚，女公爵，是卡尔·奥古斯特的母亲。
[3] 赫尔德（1744—1803），德国作家、文艺理论家。

"哦，我总是这样，哈拉尔德！你的乐观性情将来会受我折磨的。我总是早早就发愁，并且觉得烦恼总是很大。你看，现在我就很沮丧，好像可敬的老人已经跟我们永别了似的。"

"那当然是个沉重的打击，不仅会伤害他的好太太，而且会伤害我的好朋友伊曼努埃尔。我从来没见过别人的父子关系能像他们爷儿俩那样亲密。"

"啊，是的，这真使我感动，跟我在自己家的感受太不相同了。"

"你喜欢伊曼努埃尔吗？他是个好小伙子。"

"哦，当然——一个很好的人。"

我忽然想到，她很少提起小赫茨。我还奇怪，小赫茨也从来没有说起她。我去他家也从来都没有见过她。那时候她一定不常去赫茨家，或者只是在固定的时间去。不过话说回来，我跟小赫茨也是上个季度他去莱比锡之前才特别熟悉起来的。

我很乐意继续谈这个话题，可是明娜却避开了：

"对了，回到城里，你可以去看看我母亲——我已经给她写了信——可是，听着，评判她别太严厉。"

"亲爱的，你怎么会这么想？"

"我是叫你别抱太高的期望。她身上也有不少长处……她心地善良，肯定不会伤害谁，而且，她很喜欢我。"

"有这后一条就足够了。"

"你可知道，哈拉尔德，是什么事使我很高兴吗？"

"什么事？"

"不过，你不会高兴的……这根本不是我的好心，而是我的自私。你瞧，你父母已经不在人世了，这使我感到欣慰。"

"噢，为什么？他们肯定会十分喜欢你。"

"不，不会！"她用几乎是惊恐的语调叫道，"怎么会呢？他们盼望的是一个完全不同的儿媳妇，并且他们完全有理由这样。然而现在是你需要我，不是别人。只要你满意我就行，正如我喜欢你一样。"

"我的亲爱的妻子，你哭了？"我把嘴唇触到她脸上时感觉到湿润，叫起来。

"没什么，你说的好甜呀——再说一遍吧！"

"我的亲爱的妻子！"

我们已经在这个小地方来回走了好几趟。夜色深沉。在黑沉沉的山谷两边，零零落落的窗子还亮着灯，给人更多的是舒适而不是明亮。在山冈和岩石上空有群星在闪烁。不时有流星划过夜空。除了我们自己的脚步声以外，只听见小溪在岩石间潺潺地流。岸边的垂柳中不时掠过一阵响动，宛如一只张牙舞爪的巨兽在抖动身子。

我们已经是第三次走近侍卫官别墅摇曳的灯光，步子越来越慢了。

"你在叹气。"明娜说。我们终于不情愿地站住了。

"我好像有一种预感。我简直无法克制……离开拉森使我心情沉重。我觉得压抑……"

"我们在这里过得很快乐。不过，现在我们将要去的是我的可爱的家乡，我盼望着在那里跟你一起散步。"

"我们的爱情像一株在这里长出的植物，现在该移栽了。"

明娜笑了——这是温柔的机智的笑声：

"不，也许只是换个地方。因为它是在心中扎根的植物，而不是在哪个地方扎根。"

长时间的拥抱过后，她从我怀里钻出去，消失在黑暗中。她的脚步声仍在小径上回响，继而又在石子路面上急促地响。突然，脚步声停住了。

"晚安，哈拉尔德！"她的清脆的嗓音听起来近得惊人。

"晚安，小宝贝！"

大约一分钟以后，又从远处传来幽灵般的叫声：

"晚安！"

21

第二天五点钟，我回到了德累斯顿。

我把东西放好，在我经常光顾的饭店吃了饭，就打算去拜访我那位没有见过面的岳母——并不是出于礼貌和好奇，而是为了跟明娜间接地保持联系。

雅格曼太太住在制绳巷，并不远。房子跟街坊四邻很相似。穿过敞开的大门，走进一条刷过白灰的拱形走廊，便来到一个花园。有一盘漆得很干净的旋转式石梯通到楼上。在第一层楼梯平台上，我停步往敞开的窗外望去。房子内部给我以亲切之感，室外的景象我也觉得很熟悉。因为我曾在几处类似的地方住过，有几个朋友的家也跟这里相仿。这是德累斯顿一般市民的典型住房。

花园三面与邻居相连，而邻居又跟别的院落相连，形成了一大片花园区，四面围绕着低矮的两层小楼。即使在狭窄的老城区，德累斯顿人也是靠这样的花园通风和采光的。西斜的太阳挂在树梢上，人行道和小块的草坪隐在单调的阴影中。一家邻居的花园里有几个男青年在活动，另一家花园里有一群小女孩在玩耍。晾晒的衣服在轻轻飘拂。窗下的花园里空无一人。在爬满葡萄藤的凉亭前有个花坛，开了几朵玫瑰；一株金合欢和一棵好看的樱桃树让枝叶占据了几乎整个空间，还有接骨木，自克莱斯特①以来，它一直与德国人的谈情说爱密不可分。

当然，接骨木没有花，但现在是八月末，这并不奇怪。

在二楼，有一张发黄的名片嵌在一个小框里，表明中学教师雅格曼住在此处。我反复按铃，但是没有人应声。因为在这个美丽的城市，这儿是我打听明娜情况的唯一地方，所以我不肯离去，于是便下楼走进凉亭坐下。

这里差不多和乡下一样宁静。只是偶尔有一辆货车隆隆驶过，让人意识到是在城里。从最近的一个花园里不断传来小女孩的声音：

我们去漫游

到了一个个城市

哩——啦——哧溜——

---

① 克莱斯特（1777—1811），德国作家。

我们乘着马车飞奔。

这个儿童游戏使我联想到这里十年前的往事。那时有一个嗓音是明娜的。有她的粉红色衣裙，每当小姑娘们高喊"哧溜"的时候，我就看到它像个陀螺一样在树丛间转来转去。她到那边小朋友家玩——因为父亲不许她在这边跟其他小孩玩。有一次，父亲差点抓住她。于是我琢磨，她当时逃到哪一家邻居的花园里去了。在我背后是一道木栅，看来此路不通；左边，在栏杆后面是刺篱，但似乎没有那么多年头；我对面的栏杆比较高，但角落里地势也高，很容易溜过去。这一切我都仔细查看，俨如一位史学家查看法萨卢斯[①]的地形，以便弄清恺撒的战役部署。另外，她的女友的情人以及他的朋友，即明娜的第一个追求者，究竟是从哪一家邻居，从哪一个窗口向她招手致意的？这也使我费了不少脑筋。

那棵接骨木又吸引了我的注意。它矗立在邻院的一个角落里，树荫遮住了一张用木板钉成的小长凳。长凳显得很旧。我从凉亭踱到那里。对于一个想在晌午的炎热中小睡一会儿的老先生来说，这座位显然不够舒适，但是对于一对不大讲究舒适的年轻情侣来说却非常相宜。何况，还有这浪漫的接骨木：它现在并没有开花，但是以前开过，为他开过！嫉妒像这株灌木的浓荫一样罩住了我的心。先前是我的幸福感以及有明娜在我身边，才防止了这种嫉妒。我希望完完全全地占有她，希望在她小时候就认得她，想象着她如何离

---

① 法萨卢斯，地名。公元前48年，古罗马内战中的一次决定性战役在此进行，恺撒战胜庞培。

开她的玩伴，走过来用胖乎乎的小胳臂搂住我的脖子。要是有前世，我认为她的前世也应当属于我——可是，事实上连她的少女时代都不属于我！另一个男人占有了她的生活中的这个美妙的片段，并且把它珍藏起来装点自己的虚荣。不过，归根结底，最后还是我得到了这个无价之宝。他真是瞎了眼，仅仅满足于得一点小玩意儿——这个想法安慰了我，迎合了我的虚荣心。

我站起来，走到街上。天色渐渐暗了。在街的一边，一抹金色的晚霞映亮了院墙后面的几棵树梢。在另一边，房屋之间已经暗下来了。楼上的窗口仍金光闪烁，楼下却已点亮了路灯。因为我并无目标，就朝灯亮处走去。

街角上是一家小酒店——错不了。一个老太婆蹒跚地走了进去，尽管天很热，她还是围了一条厚实的羊毛披肩。我想起明娜的话，她母亲傍晚按时去猫咪酒馆喝啤酒——那酒馆的字号我还记得，因为我很熟悉它的奇特的招牌。

于是我信步向市中心走去，不久就到了灯火通明的宫堡街。那里挤满了人。

在小小的餐厅里坐着几位上年纪的先生。一眼就能看出，这不是一家从街上吸引来许多顾客的酒店，而是仅仅以老顾客为主。有一位顾客面前放了一堆报纸和纸夹。我走近时，他恼怒地瞟了我一眼，就像一只见人走近它的食物就龇出牙齿的狗。一位衣着整洁、脸刮得很干净的先生坐在屋角，正大声跟几个年老体弱的小市民谈论皇家剧院最近的丑闻。

一扇门敞开着，通向一个更小的单间。我探头进去，看见一个老妇人坐在门边。她对面是一面老式的壁镜。因为可以在镜子里不受注意地观察她的影像，我连忙抽回身，在那个看报的人身边坐下，吓了他一跳。我抓起他撂在一边的报纸摆样子，他只是不满地哼了一声。侍者为我端来了一杯啤酒。

然而，单间里那位老妇人怎么可能是我未来的岳母呢？明娜说过，她长得像母亲，我在这儿却找不到丝毫相像的痕迹。前额不高，但往前凸得厉害，眼窝不深，嘴唇厚而难看，整个脸显得苍老，脸上其余部位也不漂亮：看上去就像在水里泡了很久，已经开始发胀的东西。当然了，这种状况确实很容易掩盖跟某个年轻面孔的相像之处。

我叫来侍者付账，问他是否认得一位孀居的雅格曼太太，据说她常来这儿。"她就在里面的小间里。"他答。

我起身走了进去。雅格曼太太正在沙发角落里不安地挪动身子，见我走过去跟她打招呼，只是惊恐地瞪着眼睛，真让人以为她是一个人孤零零地跟我坐在一节火车车厢里。

我告诉她我是谁，并说，我想她已经收到了信……

"哦，不错，当然！明娜写了信——好孩子，啊，天哪……我非常高兴……这么说您回城里来了，滕格先生？"

"我叫芬格。"

"对——芬格！不错，请原谅！信上写了，这两个字母①很相像。我的眼睛不好使，况且明娜又写得有点潦草，您不觉得

---

① 滕格与芬格的起首字母分别为 T 和 F，其余字母皆相同。

吗？……我的丈夫，愿他安息，他写得一手好字，教过书法，还教过拉丁文和希腊文——噢，天哪，他真有学问……明娜也很有学问。和我那时候完全不一样——现在的年轻人……！可是，您请坐，您一定要坐下。"

我搬了一张凳子到桌边。看到她想为我要啤酒，我连忙抢在头里。

"您真是太好了，其实我不大会喝——但为了陪您——只喝一小杯……嗯，您一定是海量吧，年轻人嘛——雅格曼，愿他安息，也是个喝啤酒的好手——从学生时代起，您知道……在你们丹麦也喝很多啤酒吗？"

我极力跟她做通情达理的交谈，可是白费劲。有时她发怔，木木地瞅着我，只知道回答"噢，天哪"。紧接着她又开始海阔天空地闲扯——显然不是由于唠叨，而是出于尴尬，特别是怕谈到我跟明娜订婚的事。我觉得她似乎对此事不大在意。她很可能是按照自己的有点轻浮的青年时代来衡量女儿的。有时，她以为我没注意她，就仔细地审视我，似乎在琢磨："这次明娜看中的到底是个什么样的人呢？"我一看她，她就匆忙把酒杯端起来咕嘟嘟地喝，大滴的啤酒顺着她那染过的黑披巾往下淌。

离开酒店时，我要送她回家，可是她无论如何也不让我绕远儿，说她还要在半路上买些东西。等我说过第二天再去拜访她之后，她就消失在一条昏暗的小巷之中了——我也不知道她对我的话做何感想，是当作许诺呢还是当作威胁？

第二天，我径直从工艺学院去她家。在第二次按铃时我发觉，门边的一扇小窗上，窗帘的一角掀起了一点点，一只眼睛从黑暗中向我窥视，随后窗帘又恢复了原样。我又等了一会儿，才听见拖沓的脚步声，门终于开了。雅格曼太太的脸上显出慌乱的表情，就好像我是收税官似的。我刚要问："天哪，您怎么啦？"但马上又想到，很可能我就是罪魁祸首。显然，她把我要来访的事儿忘光了，要不然就是把我的许诺当成了客套话。前一天晚上我见过的那块染黑的披巾仍披在她身上，似乎想盖住不整洁的衣裳。她连声道歉，领我到屋里，接着又走开了半个钟头，去为我煮杯咖啡。

这个相当小的房间舒适、明亮，因为面向花园，所以晒得到阳光。但家具很简单，有一些已经破损，而且在整体上显得凌乱。黑色的钢琴盖上蒙满灰尘，在一沓乐谱上放着个碟子，碟子里是一条熏鱼。我想不通它怎么会到了这里，因为我很快就发现，雅格曼太太从来不在这儿多待，而是整天蜷缩在几乎全黑的厨房里。她在那儿做饭，吃饭，睡觉，读《德累斯顿新闻报》。屋角落里立着个书架，几乎塞满了绿色封面的书。我马上就认出是明娜的古典名著宝库，是那个严厉的姑婆的礼物。要是她卖掉这些书，姑婆即使变成鬼也不会轻饶她。

有一面墙开了一扇门，门上挂了一方绿毯。门前放了一张沙发。以壁毯为背景又挂了一幅油画。画面上是海湾的低矮沙丘下一个渔村的一部分。前景上是几个年轻姑娘正在织渔网。一个大城市来的公子哥儿正在向她们献殷勤。这小子带了个画具箱，跟斯蒂芬森很相像。他的手势和少女们的笑眼都表明，织渔网有一层更深的含意。人物画得拘谨，构思也平淡，可是，海滩和沙丘上的阳光却透出一股清新的气息和对大自然的细致观察。这幅画以其明丽的色调使这个小房间生辉不少，与过于简陋的家具形成鲜明的对比。谁都会不由自主地问：它是怎么挂到这儿的？我已经预先得知了这个问题的答案，但它还是以骄横的方式向我提示了许多我宁愿忘怀的东西。他大概相当珍视他们的交情，因为已经时隔几年，他居然还送给她这样一幅精心绘制的画！但是，在一件送给她的礼物里，他居然画自己跟年轻的渔姑们调笑，这又是何等轻薄的卖弄啊！一个德国少女，心中对这位丹麦画家充满了爱，想象中活跃着海涅的诗行，这幅画又会激起她什么样的情绪啊！"你这美丽的渔家女"和"大海波光潋滟"，这样的诗句会从这些色彩中不断地传给她，唤起她对他的家乡那不大熟悉的浪漫色彩的无尽思念和嫉妒的不安。画家把穿着锃亮皮靴的脚踏在石头上，而石头上那骄矜的画家姓名缩写似乎显示出了巧妙的自我欣赏和愚蠢的冷漠无情。

除了这幅画以外，屋里还有两幅画也出自同一作者之手。它们挂在窗户和写字台之间，一上一下。一幅是明娜的粉彩像。另一幅是一个中年男子的铅笔像，高高的前额，挺直的鼻子，闭紧的嘴唇，再加上往下吊的眉毛和深陷的小眼睛，显出一副苦相。坚实的小下巴并没有被大络腮胡子掩住，跟前额一样让人联想到明娜。这幅像画得传神，显示出扎实的功底。

我无论如何也不能原谅那幅粉彩像。那是一幅相当于真人四分之三大小的半身像。明娜穿一条黑裙，没有任何白色或彩色，把她的苍白衬托得更为突出。这一切都融入青雾之中，让人以为她是正在抽烟的年轻女人。她全身都裹在烟雾中，不过，烟似乎不是从紧闭的毫无血色的嘴唇吐出，而是从模糊的呆滞的眼睛里涌出来——一种显然还没有发明出来的抽烟技巧。这种朦胧的画法当时刚从巴黎传入，很时兴。想不到，一个男子汉就这样给自己的恋人画像！

那种深入细节之中的深情，那种保存最精微之处的细心，因为看到了细微背后的伟大，那种完全献身于所画的对象而忘却了自己，只能容下挚爱的理想化的爱情写实主义，不是掩盖个性，而是尽力把个性最真实、最清晰地表现出来，这些都到哪里去了呢？一点儿也没有！在这里，这一切都消失不见了，只是按照时髦的方法骗人，不是追求人性的展示，而是代之以矫揉造作的卖弄技巧的"我的印象"。

我越看这幅画，对这样画明娜的人就越发充满愤恨和蔑视。想不到这个画家竟如此无耻，按照最新的时尚画出这样一幅像——素材是他所爱的人——却巧妙地避开了一切困难，避开了一切值得理解和表现的东西。我觉得，假如他此刻走进屋来，我一定会揪住他的衣领，把他拽到这幅可恶的作品前，使劲摇晃他，朝他怒喊："你真是个时髦得可憎的、艺术上声名狼藉的可悲的家伙！看吧，你这个巴黎的调色板骑士，你画的是多么可恶的怪物啊，而且这是在画你心目中最最可爱的姑娘，有谁愿意相信你呢！"这时，我听到他回答："你是什么人，你能做什么？我至少能画出她的像，起码能认出是她。谁都觉得这是一个漂亮姑娘的肖像，行家会宣布这是一幅很有天赋的作品……可是你呢，先生？[①]你不妨拿出油彩和画布，

---

① 凡下面加点的词句原文均为法文、英文或拉丁文，下同，不再一一加注。

实行你的'忘却自我而献身于对象'，实行你的'爱情写实主义'，看看你能画出什么'稻草人'吧！没关系，你尽管去试吧！我可以向你保证，那是愉快的时刻。那个乖妞儿坐在面前，你可以尽情地看。她会脸红，因此你必须把色彩调淡一点。我建议你把阴影部分的颜色调得比平常冷一点……"

就这样，我被嫉妒的狂怒刺激得难以自制。若不是雅格曼太太端来了咖啡，说不定我真会把那幅画扯烂！

她发现我站在房间中央的模样大吃一惊，连忙让我在已经破旧的桃花心木桌后面的小沙发上坐下，把她的萨克森咖啡放到桌上。她显然已经变了样：一件深蓝底白点布裙和一顶有紫色缎带的宽边帽，使她显出庄严的仪态。她坐在我对面的椅子边上，慢慢地搅拌她的咖啡，同时把头垂向杯子。

有一种令人恶心的甜腻气味，我已经觉察好一会儿了，那气味越来越浓。我这才明白是挂了壁毯的门后有人抽一种质量很平庸的烟。雅格曼太太似乎猜出了我的心思，她开始咳嗽：

"哦，天哪——这种烟味一个劲儿飘过来。墙那边住着我们的房客，一位和蔼可亲的先生，可他总是不停地抽烟。您也抽烟吗？请别拘束。常言说，边喝咖啡边抽烟最妙。我们家有房客，要不然就没法维持这所房子……您自然明白，只要习惯了也就……不过，这也有缺点，比如现在这烟草味。当然啦，也可以挑选抽烟较少的，或是不常在家抽烟的——甚至有根本不抽烟的，可是他们往往又带来别的麻烦。啊，天哪，芬格先生，世上有好多没良心的人！譬如说这位房客吧，对他可实在挑不出什么毛病。他总是付房租，虽然往往拖到下一个月的月底，但这又能说什么呢？还有人根本不付房租哩。我就见过好多这样的，有的干脆搬走，当然啦，保证以后回来付账……啊，天哪，真是没良心，芬格先生……"

我又开始瞪视那幅恼人的画像，心里重复着我的愤怒的话："你真是个时髦得可憎的、艺术上声名狼藉的可悲的家伙！"雅格曼太太察觉了我的心思，连忙讨好地顺着我的思路说：

"对，这是明娜的画像，您看到了……逼真得就像是一张相片。啊，天哪！如此高超的艺术技巧！现在是什么都能做到，芬格先生！在美国已经可以照彩色相了，前不久报上登过。我的天，可怜的画家们怎么办哪？不过应该说，艺术在不断提高——常言道，有死有生，推陈出新。啊！画这幅像的还是您的同胞呢。他原先也是我们的房客……他叫斯蒂芬森，在这里住了半年……"

她讲得慢下来，几乎停顿了，用她的没有表情的眼睛不怀好意地瞅着我。

"是的，我已经知道了。明娜把一切都告诉了我，她什么都不瞒我。"

"当然不瞒。对，他也是丹麦人，而且是艺术家，您当然也听说了。"她说得很快，显然很高兴知道了该怎么敷衍我，但又担心陷入令人尴尬的话题。"啊，真是个天才，您说得很对。"（其实，我根本没说过这种话。）"一个讨人喜欢的人，跟他交往真愉快！他总是按时付房钱，有时甚至提前——不是因为我要求，而是见我们困难。他真能体谅人。他只抽香烟——这自然跟我们现在的房客不同！顺便说一句，这位也是画家，是从霍恩施泰因来的——他在公共场所装修天花板和墙壁……但斯蒂芬森先生只抽香烟。啊，那时候走进这屋子，就好像到天主教堂里闻烧香的味儿似的。对了，那儿您到过吧？天哪，天花板真高啊，祭坛上有好多蜡烛——啊，歌声真好听！就好像听天使唱歌。我跟明娜去过。她说，他们唱的是拉丁文……平常我去附近的安娜教堂。我们有个很好的神甫，前不久他还拉着我的手问明娜的情况——是他给明娜施的坚信礼……可是明娜不喜欢他。她常闹怪脾气，就是说——爱挑人家的毛病。当然，她是对的——有许多坏人，但又能说什么呢，老天爷！所以我们才有宗教，芬格先生！"

"我很抱歉，我不常去教堂。但我相信，在这方面明娜也和我……"

"啊，天哪，年轻人！我年轻时也是这样——那时候只知玩乐。唔，只要不干坏事就好！"

"我想挣些钱，但愿不久就能取得结婚成家的经济地位。我有个舅舅在英国开工厂，他欢迎我去。"

"去英国？真想不到！我有个姐姐在英国好几年了。啊，她能讲好多好多事。真是个可怕的城市——那个伦敦呀，到处都是雾和煤烟！他们住在好几层楼上，全家挤在厨房里吃午饭……"

我终于明白了，别想跟她进行通情达理的谈话。我任凭她尽情地发挥，不时地表示附和。一开始她讲高地德语，可是一讲起劲来，萨克森乡音就出现了：她把"wir"说成"m'r"，把"sind"说成"sein"，只能发柔和的"p"和"t"，言语里夹杂了许多粗俗的感叹词和习用语。这时我有趣地注意到，当明娜有时闹着玩儿地说起德累斯顿方言时，跟她母亲很像，表情变化乃至面部特征都像。因此我成了耐心而专注的听众，这也正是老太太所盼望的。

最后，我告辞了。她并不挽留我，而是送我到门口，频频行礼道别。

好了，我已经认识了我未来的岳母，对结果基本上还算满意。这是因为以前我想象未来，想象娶一个可爱的女子为妻的幸福时，一联想到岳母就会打哆嗦。每当想到进入另一个家庭，有一群大舅子小姨子，还有三姑六婆，我就觉得毛骨悚然。幸亏这儿说不上是大家庭；明娜虽然不会给我带来什么陪嫁，但也不会带来多余的亲戚。至于母亲嘛，我已知道明娜对她持正常的批评态度。我觉得她是个很简朴的人，最乐意安静地坐在厨房里，或是在猫咪酒馆里打瞌睡。雅格曼太太已经习惯了德累斯顿的生活，绝不会迁居英国。假如我的岳母不是她，而是一位威严的夫人，她慈爱地拥抱我，对我的习惯吹毛求疵，不满意我的前途，处处插手家务事，挑唆女儿跟我作对，要求我晚间定时去请安——天哪，那多么可怕！跟这个平凡的老太婆却能幸运地免去这些麻烦！

假如我有写日记的习惯，就会在这一天的日期下注明："放心——岳母不会碍事。"

22

两天之后的五点钟，明娜乘汽船到达。我当然在码头上接她。

我们走过街上时，她似乎有沉重的心事，但我不想在回到家之前就问她。另外，我把这归咎于老赫茨的身体状况恶化了。

等我们坐好，她母亲走开后，我亲爱的明娜更加沉默了。她不时以忧郁的眼神看我，使我差点儿掉眼泪。接着她又开始发愣，仿佛她的心思早已远去；一种恐怖感向我袭来。

"你是担心赫茨病危吗？"我终于问。

"是的，我想是吧。你看，他快要死了……怎么不会？他是在布拉格查找歌德的手稿时得病的。他的爱好害了他，尽管这中间有美好的成分。"

"可怜他太太！"

明娜叹息，站起来走到窗口。

她在那儿站了好久，凝视着下面的小花园。斜阳照到她脸上，严峻的闷闷不乐的神情使她显老许多。她的轻柔衫裙的胸前衣褶剧烈而不规则地起伏着。下垂的右手紧攥着一块小手帕；有几次她抬起左手遮在眼眉上，好似在寻觅什么特定的东西，但是紧接着又忘记了，只是信手拂开额前的头发或者敲起窗台来。

我轻轻地朝她走过去，用胳臂搂住她的肩头：

"你还有别的事不顺心吗，明娜？"

"我收到了他的一封信——那天晚上我那封信的回音。"

"怎么样？"

"真烦死了——他根本不像我预料的样子。他不是把我当好朋友……就好像故意想让我伤心似的。我实在不明白。"

"他到底写了些什么，明娜？"

"哦，你可以自己看。"

她走回屋里，跪到地板中央已打开的手提箱跟前，从纸夹里抽出一封信递给我。信写在精美的信笺上，开头是几行无关紧要的话，接着是一首我没读过的海涅[1]的诗。全诗如下：

> 我马上又要离别
> 我深深挚爱着的恋人，
> 我马上又要离别——
> 啊，你知道，我真愿意留下！

> 车子辚辚声震桥，
> 桥下流水浊滔滔；
> 我又要告别幸福，
> 告别我挚爱着的恋人。

> 天空中星星竞逐，
> 仿佛因我的痛苦逃遁，
> 再见吧，恋人！纵使我在远方，
> 我的心花也为你开放！

"废话！"我嚷道，不由自主地把信笺揉成一团。明娜正往窗

---

① 海涅（1797—1856），德国诗人。这里所引的诗出自《新诗集》。

外望，见了连忙转过身，从我手中夺过信，把它重新抚平。

"或许这是一件圣物吧！"我忍不住挖苦道。

她责备地看看我，说：

"假如有一天你跟我分手，哪怕你说出更难听的话，我也会同样对待你的信，哈拉尔德。"她把信又小心翼翼地放回了纸夹。

她的话和神色表现出对往事的忠诚，令人感动。我平静下来，可是仍有一点怏怏不快。

"我错了，请原谅——但这是一封连天使都会咒骂的信。简直莫名其妙！"

"是的，我也不理解他！他自己只愿跟我保持朋友关系，劝我嫁个正派人，而现在他却责怪我。"

"而且是用如此愚蠢的方式！他干吗不直接倾诉他的情感？一首海涅的诗——嗯，至少引用得恰当也好啊，亏他想得出！"

"不，不对！正是这点使我奇怪，就像一个走调的音，本来，它可能让我非常伤心——或者相反，让我回心转意。可是像现在这样，却只能让我烦恼。"

"他的虚荣心受了挫，怪你因为另一个人的缘故把他忘了，就是这么回事。因此，他自己感到无话可说——一个比他简单的人便会求助于一本《尺牍大全》。"

"可是——万一他仍在爱我，仍在痛苦呢？"她喊道，两手交握。

"爱？有许多种不同的爱！他为什么离开了你？"

"他说是为了他的艺术，艺术难道不比我更宝贵吗？"

"不，一千个不！为了艺术？胡说八道！这么卑鄙！既然他是一个可悲的家伙，连生活都不敢正视，他又怎么能创造出有价值的艺术品呢？既然他对自己和别人都这么不严肃，他又怎么能激发出真情实感？"

"可是，假如他原来只是那么说说而已呢？假如他想单独工作一段时间，不愿束缚自己，却又相信我的爱是坚定的、持久的，会耐心等他呢？假如他一边工作一边忠实地等待，而现在却大失所望呢？"

我在小房间里激动地踱来踱去。她把阿克塞尔·斯蒂芬森先生想成在丹麦埋头工作的忠实恋人，一心为了将来能与她结合——据我所知，这种想象是与事实相反的，有点儿滑稽，我险些笑起来。可是，瞅一眼心爱的姑娘，恰恰是这种误解衬出了她的高尚心灵，我的怒气便平息下来，只是发出了一声深沉的痛苦的叹息。

明娜仍靠窗而立，站在一个老式的抽屉柜旁边。柜面上摆放着各式各样的小摆设和蒙上了灰尘的褪色相片。她用双手撑着柜子两边，眼望着地面。

"我要倒霉了，而且会使别人也不幸。"她喃喃地说，就好像在自言自语。

"明娜，明娜！"我绝望地喊道，站在她面前，两臂向她展开，"不许你这么说。你不能对我说这种话。"

她几乎觉察不出地摇了摇头，并不抬起眼睛。

"他认为这是轻浮，无论如何他不该这么想。他应当理解我呀！"

"你不会再给他写信吧？"

"写，哈拉尔德，我要写。"

"何必呢，亲爱的？除了使我们大家都烦恼之外，这不会有别的结果。终止通信吧，这已经持续得太久了。"

"再写一封总还可以吧？最后一封。"

"我求求你，明娜，看在我的分上别再写了——我没法给你讲清，我自己也不知道为什么，但是我担心……"

"我必须写。"她答道，声调带有一种听天由命的确信，"他和我不能就这样分手。"

"啊，要是你们从来不相识就好了！"我叫道。

她以少见的不解神情久久地凝视我，就好像无法弄清这一想法的内涵似的。然后，她紧紧偎着我，双臂搂住我的脖子：

"是的，确实，要是他跟我从来不相识就好了！你当时干吗不来？为什么咱们没有早些相识？——要是那样就一切都好了！"

"一切都会好的，亲爱的！"我说，吻她的前额。

我们在敞开的窗前坐下，谈起可爱的拉森。明娜笑我，说我在几天前寄给她的一封信里把两个风景点搞混淆了。我否认，要求查看原信。

"不值得这么费事，谁都有写错的时候。"她说，我觉得她似乎有点尴尬。

"可是我完全有把握没写错。给我看信！"

"那就是我看错了。"她答，脸红了。她不肯把信交出来定有原因。

在整个谈话中一直隐伏在我心底的神经过敏，此刻变成了嫉妒的猜疑，以为她对我的信不像对他的信那么爱惜，现在已搞不清放在何处了。尽管我明白,哪怕最珍贵的信也会因种种偶然的情况遗失,尤其是在旅途当中,但我还是没能宽宏大量地谅解她。

"你别这么懒嘛。你的纸夹就放在桌上。"

"不,不在那里面,"她答道,站起来,"你真是个偏人!我得去前厅找找我的旅行袋。"

"不用,我已经把它拿进来了,就在门边。"

她走过去,在袋子里翻寻。

"也许是在手提箱里,"她说,耸耸肩,"真是小题大做!"

"多谢!"我说,口气里透着挖苦,她却没有在意,因为她笑得很快活,同时跪下来在箱子里翻找。但我却觉得这笑声不自然,因为她显然很尴尬。

"不许你往这边看,哈拉尔德,你听见没有?这儿乱七八糟的。"

"上帝保佑!"我说,恼火地往窗外望。最后,我听见她站起来,向我走来。她把信递给我。相当厚实的信笺已经皱了,不再是原来叠好的样子,而是皱得一塌糊涂。

"你大概用它包东西了吧?"我尖刻地说,把信递还给她。

她没回答,而是微微一笑。那笑容很奇特,跟她十分相称,很有魅力,使我又气又怜爱。

"看来,你对我的信不怎么在意,不像对斯蒂芬森先生的信那么爱惜。"

明娜咬住嘴唇,用揶揄而亲热的眼神看我。我不懂她怎么竟会是这种态度。若不是我觉得自己没把握,预感到自己在扮演滑稽的角色,我肯定会暴跳如雷。

"可是你忘了看信啦，哈拉尔德。"她说，因为我仍向她举着信。

"你说得对。"我断然地说，不屑一顾地把信往地上一丢。

明娜平静地弯下腰，把信拾了起来。

她用责备的目光看着我。我羞惭地避开了她的目光，但是仍然以为自己有理。她向我笑得更甜了，开始解衣服的领口，并且把信重新藏进怀里。那信笺被照亮室内的最后一抹余晖染上了柔和的玫瑰色光彩，然后就不见了，而那光彩似乎从内部照亮了她的可爱的面容。

我猛然把她搂到怀里，狂吻她的脸和脖子，同时为我的荒唐行为、我的嫉妒和我的愚蠢猜疑向她结结巴巴地道歉。她以令人感动的方式使我惭愧万分。这种悔恨，再加上受人钟爱而产生的幸福感，使我的泪水夺眶而出。明娜开玩笑说，我的眼泪会使这封宝贵的信字迹模糊不清。但她的眼睛里也是泪光盈盈——我们又哭又笑，互相把脸颊上的泪水吻去。

转眼之间，她母亲已经进了房间。我们狼狈地分开了。明娜匆忙转过身去，试图掩饰她的衣衫不整。老太太咳嗽着表示歉意，端起咖啡杯又出去了，甚至连她那穿破的拖鞋也似乎在小心地低语："没关系，孩子们，我以前也年轻过。尽管亲热吧，天哪，只要不做坏事就行！"

我们根本不需要道德的宽容，却成了宽容的对象。这使我很恼火，特别是由于她给这小小的事件加进了卑下的内容。明娜想必也有相同的感受，因为她一边扣领口的纽扣，一边耸肩，又好笑又好气地嘟哝道：

"古怪的老太婆，总是这么悄没声地进来！"

"给我弹弹琴吧，明娜。"我说，"我还没听你弹过琴呢，很想听听。"

明娜向我求饶，但是我把她拉到了钢琴旁边。天色还能看得见乐谱。她打开一本舒伯特的乐谱集，弹了一首《音乐时光》，情感虽有，可是弹得很紧张，就好像她害怕触到琴键似的。

"真糟糕，"她弹出最后一个和弦后叫道，"可以停了吗？你恐怕不会认为听我弹琴是什么乐事吧。"

"挺好，我爱听。你在我面前用不着紧张嘛。"

"紧张？我浑身直发抖。"

"你现在已经什么都看不清了。我去取灯。"

"别去，千万别去，让我至少有这个借口吧。"

她开始弹奏既欢快活泼又热情奔放、感人至深的即兴曲，处理得比较自由，充满了信心。尽管有几处弹错了，我还是对这种真正的音乐表演表现出了真诚的喜悦。我料想她会设法罢手，便准备不厌其烦地请她继续弹。可是一曲终了，她刚把手从琴键上拿开，却又从琴盖上取下了贝多芬①的奏鸣曲。

"既弹之，则安之！"她快乐地叫道，"人不妨脸皮厚一点。取灯来，哈拉尔德，也好让我看清所有弹错的音符！"

我以为她会弹《葬礼进行曲》《月光奏鸣曲》的第一乐章或某个类似的、比较容易的曲子。也就是弹一支客厅里流行的曲子。可

---

① 贝多芬（1770—1827），德国作曲家，下面列举的几首乐曲都是他的作品。

是，令我大吃一惊的是，当我在前厅点亮小灯时，她开始弹雄浑有力的《华伦斯坦奏鸣曲》，而且弹得很有力度。显然，她叫我去拿灯，是为了趁我不在时开始。她大概心想：反正已跳进了深水，非得游泳不可了。现在她真的开始游了，水深浪急反而助了她一臂之力。我进去的时候，她正从快速的过门和剧烈的八度升高乐段转到平静的有大量和弦的颂歌乐段。我发现她表情奇特，充满力量和激情，她的脸上洋溢着贝多芬的光辉。我本想开个玩笑鼓励她，但话到嘴边却自动哑口了。我轻轻地把小灯放到她身后的五斗柜上。因为灯罩有一大块破口，我转动小灯，使灯光透过缺口照到乐谱上。这显然是必要的，因为灯原本就不亮，而且灯罩似乎整个夏天都没擦洗过。

我坐到房间里靠后的地方，以免打扰她，却又看得见她的柔和的脸蛋和脖子。她的发髻在灯光下闪亮。我陶醉于这种也许是最高尚的享受之中：听自己的爱人弹奏贝多芬的作品。在这种气氛下，小的不完美之处与其说损害了整体印象，还不如说是对整体有益。这极为简朴的环境不适应音乐会的要求，但如果克服了困难，即使取得胜利时不无损失，也令人更为高兴。不管怎么说，她的演奏很有艺术性，因为她已经完全沉醉于其中了。她弹得像个乐师。乐谱架上的曲谱颇难，她不时因为弹得不顺畅而气恼地抱怨。有时，她弹错了音，便随着那个错音发出一声喊叫，就像是小声的咒骂。两手若是跟不上热情奔放的意念，她就大声地唱出曲谱来，似乎是想叫手指羞愧，迫使它们跟上。这样，她冲过快板那阳光明媚的山地，平静地降到柔板的空寂山谷。浓荫环绕着宁静明亮的水面，心灵向内集聚，但月光却充满希望地对准它所希冀的壮丽景象——为了随后飞升到天界之上。回旋曲活跃在天光与坚不可摧的光辉之中，仿佛一只云雀欢呼啁啾，但不是在云间，而是栖于星星之间……

明娜筋疲力尽地靠到椅子背上。我向她走过去，在她的前额上深情地吻了一下。

"谢谢。"我小声说。

"有什么好谢的？"她说，吃惊地看着我，似乎担心我在拿她开心。

"你怎么能这么说！我的确感到惊喜。我知道你爱好音乐，却没想到你能弹得这么好。"

在她的眼神中有一种突如其来的由衷的喜悦向我射来。但她马上又垂下了眼帘，噘起嘴唇做出既善意又嘲讽的微笑。

"是的，不错，在弹错方面我是真正的大师！"

"你何必开玩笑？我知道你弹得还不够纯熟，尽管如此，你弹得美极了。"

"啊，正是这一点几乎使我绝望：每次弹琴，我明明觉得曲子很美，却弹不出来。我有时相信，只要我坚持练下去，就能弹出像样的东西来，于是这一点就尤为突出。"

"嗯，我想现在并不太迟，你毕竟还年轻，前程远大。"

"也许是吧，可是总有同样的障碍挡路：我在精神上受不了。你绝想不到这是多么伤我身子。现在，至少这一夜我别想安宁了。为什么人是这么可怜的造物？是的，这些年我一摸钢琴就会产生忧郁。你要是能想象这种忧郁就好了！就好像有什么淹没了我。音乐越美，我周围就越黑。有时我摆脱不了，那是十分可怕的。我简直不敢再弹。"

"可是这一切都会消失，亲爱的。我会使你强壮起来。每当你弹琴使我快乐的时候，你自己也就会感到幸福。我是个懂得欣赏的听众。哪怕你今后弹得并不比现在好多少，我也感激你。今后，你可以多弄弄音乐。"

我的话并没给她留下特别深的印象。她把灯放在桌子上，然后坐下，手撑前额。

"我感觉到音乐就在我的头脑里，在里面乱成一团。"她如同对一个好笑的念头那样笑出声来，"你知道吗？假如我希望失去我这一点理智，那么，我相信可以用弹琴的方法。"

"明娜，你这是什么想法！"

"好啦，这毕竟是一种自杀的方法。是弗兰茨·摩尔[1]式的自杀方法：借心杀身。"

"明娜，不许你这么说，这可是个不吉利的玩笑！"

"至少是个粗鲁的玩笑——如果去认真实行的话。可是，谁也不知道生活中能使用什么艺术。这是一种能使你成为发明家的艺术。"她滑稽地模仿某个名演员朗诵道，"你在这儿的宫廷剧院看过戏吗？他演得多么矫揉造作啊，哈哈！"她坐下了，摆出弗兰茨·摩尔在第二幕开头的姿态，使她的脸扭出非常滑稽的皱纹。我

---

① 弗兰茨·摩尔是席勒名剧《强盗》中的人物。

不由得大笑起来。她受到成功的鼓舞，开始模仿那位演员为这段独白设计的噱头，用两种不同的嗓音提问和回答，一种是假高音，另一种是低沉的腹语①音，时而转向一边，时而又转向另一边："我该选择什么样的情绪呢？……愤怒？这只饿狼饱得太快。忧虑？这条虫子咬得太慢。悲伤？这条毒蛇爬得太懒。恐惧？希望不会任凭它把持……什么？死神的武器这么快就用完了？……什么？不，哈哈！音乐！音乐何所不能？它能使顽石点头，难道就杀不死一个明娜？"

她快活地笑，拥抱我。

"我一向很调皮，哈拉尔德。你真能体贴人，因为我弹了一点琴就这么谢我，你这个亲爱的朋友！尽管我刚才唠叨了那么多废话，我却很珍惜你的赞赏。我恐怕没法改了。这种想法时常折磨我：当个艺术家，叫别人热爱和赞赏那些令你自己深受感动的东西。这太棒了……但是，我要做一个能干的主妇。别在意我刚才说的话，只要有你跟我在一起，爱我，我就不会用这种甜蜜的毒药毁了自己——可是哈拉尔德，假如你又爱上别人……"

我用热吻堵住她的嘴——这虽然不是特别有力的证明，但在目前情况下，归根结底，也许是唯一最令人信服的证明了。

她母亲端着茶和面包进来了。为了表现出好客，她特意买了涂面包片的蜂蜜和没有加盐的黄油。我们吃完以后，她坐到一张奇特的三角形靠椅上。那本来是一套沙发的转角部分，现在，沙发的各

---

① 腹语是一种不动嘴唇说话的技巧，声音像是从腹内发出的。

个组成部分已经四分五散了。她靠在椅子里马上就睡着了。

明娜在走过远路之后也累了。五斗柜上那台怪模怪样的柱形座钟咝咝了好久，终于敲响了四下。钟声又引起了钢琴的共鸣，向我们宣告："已经是晚上十点钟了。"于是，我坚持说，她该休息了。

我们没有惊动母亲，让她继续睡。明娜拿着灯给我照亮。我倒退着走下了相当陡的螺旋楼梯。这使她很惊奇，用她的话来说就是"脸长在背上"，眼睛一直盯着她。而她站在楼上，身子探过栏杆，伸出的小灯照亮了她的笑眯眯的脸。

我在楼下站了好久，频频地向她送飞吻，一直到她笑着骂起来。这也没用，于是她突然开始扮鬼脸，做出威廉·布什①风格的种种难看的鬼脸。我终于大笑而逃。

23

第二天，明娜让我看她寄给斯蒂芬森的信稿。

我们一起在小凉亭里看信。因为正好有个"不怎么样的"姨妈到了，明娜不愿意陪她。

这封信安慰了我，因为我觉得它很适合终止那种暧昧的关系。信中既无怨言又无感伤，十分自重，语调平和、稳妥。在这件引起颇多感慨与回忆的事情上，我实在没料到她能这样做。

---

① 威廉·布什（1832—1908），德国幽默画家。

当我们还在乡下时，我就盼望跟明娜一起在这美丽的城市里漫步。现在我又提醒她这件事。

我们穿过几条普通的街道，条条都差不多：铺了砖的人行道，没有阴沟和地下室的台阶，给我这个丹麦人的印象要比预想的整洁。两层小楼全都是灰色或淡黄色，但不时夹着一栋低矮的建筑，屋顶大而凹陷。朝街一面有许多真正萨克森式的小天窗，天窗像眯起的眼睛，互相紧挨着，在屋顶上形成连绵的波浪起伏。这些都是往时农民的住屋，说明这里不久前还是城市的边缘。

到处都有一种舒适亲切的无拘无束的气氛。楼下一扇敞开的窗子里，一个少妇正在给孩子喂奶。楼上一扇向阳的窗子里，一个穿衬衫的男人吸着烟斗，凝望对面的屋顶，因为屋脊上有一只白猫正在灵活地奔跳。一个衣着考究的人很像作家，正端着一杯冒泡沫的啤酒走来，这是他在拐角的酒店买的。

在房门前玩耍的小孩子纷纷跟明娜打招呼。有一个小淘气，是三四岁的小丫头，戴着拳曲的假发，满脸都是笑意，摇摇晃晃地跑来，光着的可怜的小腿像弯刀。她嬉笑不停，一直到明娜追进一道门廊把她抓住。

大一点的孩子注视我们的目光令人更不舒服。一个穿着脏袜子和破鞋子的高个子丫头不停地追着明娜喊："他是什么人？"一个鞋匠学徒在街当中走，令我惊讶的是他嘴里竟吹着《仲夏夜之梦》[①]的演员进行曲。他大概在我的鼻子上发现了某些犹太人的特征，于

[①] 《仲夏夜之梦》是英国作家莎士比亚（1564—1616）的剧作。

是突然停止吹口哨，一个幼儿冲我喊"犹太人"。有时，所有的声音都被一辆大篷车的噪声盖过，桶状车篷竟高达二楼的窗口，左右晃动着。两匹肥壮的马拉着车，步子徐缓，摇晃着闪闪发亮的环形和半月形铜饰。铁链叮当响，所有的衔接处都发出吱嘎声。车轮轧轧，路面在这庞然大物下发出隆隆的响声，让人不得不掩起耳朵。

当然，这一切对我都并不新鲜，但是有明娜做伴，就有了不同的亲切含义。我怀着爱心观看哪怕最细微的东西，因为这个整体是明娜自小就熟悉的，并且影响了她的想象力。

旧城的街区突然被高贵的布拉格大街截断了。这里是都市的现代化动脉，挤满了来往的车辆、盛装的人群和繁华的店铺。然后，我们又来到宽阔的新街上。零星的行人和一辆徐行的马车显出冷清的景象。阳台上成行的盆花构成了一片灰色砖瓦中仅有的亮色。几乎没有商店，每隔一两栋房就标着"膳宿公寓"或"有家具客房"的字样。这可不合我们的胃口。

不久，我们来到一条小街上，路面是细石子铺成的。幽深的金合欢，发亮的银白杨，透光的桦树，浓密的法国梧桐，菩提树和欧洲山毛榉，错杂间生，与种种稀奇古怪的灌木和外国树种汇在一起，丰富多彩，耸立在路两边的栅栏、树篱和矮墙上。不时有一尊雕像的白颜色胶体在花叶间闪现，或是一股喷泉在茂盛的叶丛中轻声喷溅。别墅连着别墅，简直是乡村别墅与宫殿的华丽混合体，精美的正面是淡黄色砂岩，点点颗粒晶亮闪光。大玻璃窗敞开着，网扣窗帘轻柔地拂动，从幽暗的屋里闪现出枝形吊灯的菱形玻璃，或者是某个金框的边角幽微地发着光。在一个由庞贝①式的彩绘墙和方格形的天花板构成的柱式凉亭内，一伙人正在喝咖啡。在一幢别墅旁边有个漂亮的拱门，门道里停着一辆四座马车。驾车的栗色马用蹄子焦躁不安地刨着红色的石子。

这种样式的车道我们特别喜欢。我们可不欣赏用铁和玻璃建造的门道。毫无疑问，到我们的奢华计划实现的时候，我们一定会有马和车子。我们很喜欢刚才提到的栗色马，但也喜欢黑马。我们很重视别墅的建筑风格，而且我们的爱好一致，喜欢要一幢并不怎么华丽的文艺复兴时代的建筑。我们在公共草坪的转角上发现了一个样板。那是一幢美观结实的别墅，具有真正贵族式的俭朴，绝无丝毫卖弄，很可能是出自森珀②或他的某一个得意门生之手。

"就是这幢，这是我们的别墅！"明娜马上喊道。她随即为自己的联想大笑起来。而我却考虑得更为认真。为什么不可能呢？我搞的并不是没有钱可赚的艺术。我有人资助，也许将来还能继承遗产。为什么就不能在辛苦工作一辈子之后，成为富翁搬回这里来呢？我年轻豪放，感到身上有无穷的力量。我知道自己拥有年轻人的一切。我的心思和梦想已经开始转向成年人的目标：干一番大事业，取得辉煌的成就。明娜的疑问几乎伤害了我，就好像她不信任我的力量和才干似的。

"不，你知道，哈拉尔德，我认为我不适合过那样的生活。你

---

① 意大利古城，公元 79 年毁于火山爆发。
② 森珀（1803—1879），建筑家、艺术家，德国和奥地利新文艺复兴式建筑风格的主要实践者。

想想，要管好这样一幢住宅得做多少事吧——得管理那么多仆人！我还觉得，那时将有无穷的忧虑：既然有那么多钱，是否能使用得当……得操持许多家务，周围总是有好多人。我深信，这一切并不适合我。我掌管一个俭朴的小家会快乐得多。我一点也不眼红有钱人，相反，我很高兴让适合过那种生活的人去享福。每当我有兴致的时候，就想象这一切都是为我存在的，为了让我跟你在散步时观赏到美好的东西，有话题进行这样的聊天儿。"

我们沿着动物园漫步，接着又走进"大花园"，选择行人最少的林间小径，在高大的榆树和宽展的橡树间溜达。最后，我们在赫丘利林荫道北边的小山包上坐下。高大的菩提树把树荫洒到脚前的田野里。左边，易北河对岸的山岭沐浴在阳光下，山坡和凹地上林木丛生，村庄与别墅错落有致，几乎成了一条花园和房屋组成的长长的花边。陡坡被梯地和葡萄园的围墙横贯，其间是高房顶的老房子，环绕着尖尖的白杨树。所有这些景观绵延不断，渐小渐密渐模糊，最后终于在山岭与平原相接之处融成一片难以分辨的色调。平原向远处延伸，再往外是迷蒙的山影。它们更像云烟氤氲产生的沉积物，而不像是从地面隆起的。但是，当投在田野里的山影变长时，山的轮廓就显得实在了。我们清楚地认出了百合岩的熟悉轮廓。与此同时，在高高的洛什维茨河岸边，一扇接一扇的窗子亮起来，宛如刚刚点亮的灯彩。百合岩下的采石场则是比较明亮的一长条。我产生了一个奇妙的想法：在这幅可以画在手指甲上的微型山景图中，能用针尖标出那个珍藏着我们的许多欢乐的地点。

我们彼此无言地手握着手。我们的眼睛满含着热泪，怅然远望。我们俩都觉得，那段田园生活似乎已在那外头扎了根，就好比一朵柔弱的花禁不起移植；似乎我们已把它留在那外头了，只有在那里才能重新找到它——无尽的思念充塞了我们的心，把我们结合在一起。虽然我们离开拉森才一个星期，虽然我们现在跟那时同样快乐地共坐一处，我们还是觉得在那外头，在落日的余晖中，仿佛为我们展示了一座已失去的乐园。天空飘浮着云彩，犹如飘舞着小爱神的翅膀，这座失乐园已渐渐消失在夜色的温柔怀抱之中，我们仍紧紧偎依在一起。

这种回顾往事常有的悲哀——它只是受回忆本身所具有的抽象力量影响吗？或许它出自人的永恒的恐惧，出自面对未知命运的永无把握的感觉？命运能变化无常地夺去一个人的一切，留下的唯有往事。命运似乎不仅从外部威胁我们，而且也在我们的内心深处支配着我们。或许，只有我们自身潜在的本质，才能在很少的突破口上显示出与命运相抗衡的力量。

24

第二天下午，我们刚一出门，明娜就拉住我的胳臂，让我转过身来。

"你知道咱们今天去哪儿吗？去外城。我想温习一下你讲的有关建筑风格的知识，尤其是关于巴洛克风格。现在，咱们不妨在现实的大画册里复习一番。"

于是，我们去了外城。不光是那一天，还用了好多个晴朗的下午——外城是亭台楼阁组成的华丽王宫，是一部用石头砌起来的真正的史诗。那个时代不是从别的诗中寻求欢乐，而是在这种石砌的诗中活动和享乐，饮宴，舞蹈，击剑，相爱，骑木马，在露天喷水池里洗澡。我们在这些巴洛克奇迹之间消磨了一个又一个金秋八月的下午。我们毫不怀疑，是萨克森的精灵由一个爱上了缪斯的潘神带领，在夏至节前夜一举建成了这童话般的建筑。

　　在其他日子里，我们拜访我们的"易北河妈妈"——这位从拉森流来的神圣女主人，"住"在德累斯顿一套华丽的住宅里，就在两个城区之间，被三座桥的一连串桥拱分成了两个长长的大厅。在有名的布吕尔台地上，我们陶醉于落日时分的灿烂色彩，金属般的光芒映在河水的旋涡之中，一直到河道在远处青青的葡萄园那边弯成一把金色的弓。

　　有时，我们走下码头。那里点缀着一长列蓬乱的小白杨树，就好像是从某个大人国的儿童玩具箱里取出来的。

　　我还清楚地记得一个阴天，太阳在最后一刻冲破了云层，突然亮起来的窗玻璃反光到河水中，就好像"易北河妈妈"揭开了节日大厅的帷幕，出现了一长列蜿蜒曲折的纯金柱廊。

　　有几次我们登上一只汽船，驶向一片田园景色的、长满葡萄的洛什维茨，那儿是《唐·卡洛斯》的诞生地，或者去它对面布拉瑟维茨的"席勒花园"，《华伦斯坦的军营》[1]里古斯特尔的家就

---

① 《华伦斯坦的军营》是席勒的历史剧《华伦斯坦》三部曲中的一部。

在那里。

穿过城区回家时，明娜往往要买些晚饭吃的食品。她在大理石柜台前忙碌，我就在整洁的香肠店门前等候。

一天晚上，我们散步很长时间后回到家。她母亲外出了，明娜偏巧没带钥匙。我们俩都饿坏了。因为在买好的食品中有热香肠，我们没有多考虑就行动起来：明娜跑到街角的面包店，我跑到另一边街角的啤酒店，分别带回了几个长面包和一大杯库尔巴赫啤酒，欢欢喜喜地"会师"了。就在漆黑小院内的凉亭里，我们嘻嘻哈哈地吃了这顿饭。那是我平生吃过的最美味的晚餐。

我们没有去过画廊。明娜从来不提，我也不敢建议，因为担心勾起难堪的回忆。但我们曾多次去看精美的雕塑展览，那里生动形象地再现了古代各个发展时期的艺术。

我对明娜天赋的艺术鉴赏力以及她的纯朴印象感到惊讶。她感到《埃伊纳①人》那僵硬凝固的笑容很有趣，不管杀人还是被杀，他们都是那样微笑。但在身体及其动作的处理方面，她发现艺术已经有了长足的进步。在帕特农神庙②造像中，她特别赞赏山墙上的裸体躯干组像。然而，最叫她吃惊的却是古典晚期的杰作，如《高卢人》《磨坊工人》，尤其是《米罗的维纳斯》。对大多数阿芙罗狄蒂③雕像她只是走马观花地一看而过。她指给我看那些我原来没注意的细部，例如，那些很像实物的手或脚，并且评论说，现代艺术

---

① 埃伊纳岛是希腊萨罗尼克群岛中最大的岛。
② 古希腊雅典卫城的著名神庙。
③ 阿芙罗狄蒂，希腊神话中爱情和美的女神。

家的雕塑往往"美得过分了"。

有时，这些雕塑会引起与她本人相关的兴趣。"要是我有这么个挺直迷人的希腊鼻子就好了！"她不止一次地感叹道，"那么你就会更爱我——真的，一定会！"

她仔细观看了许许多多女神之后说："她们的胳臂根本不细呀！"

"为什么胳臂要细呢？"

"我认为粗胳臂难看。"她答话时脸红了，扭过头去。

但是，在城里欣赏艺术，最让我们欣喜若狂的是一起欣赏《女武神》①。这一对恋人的高尚而又悲壮的爱情被音乐美升华了，其内心世界具有永恒的清澈深沉。它渗入我们的灵魂，融为无尽的同情。我们的爱情就在这神圣的韵律中闪闪发光，犹如那喀索斯②——并且顾影自怜。

一开始，我们还不时地小声赞叹，后来就不出声了。

台上说："在冰冷荒凉的异乡——我首先看到朋友。"明娜握住了我的手。西格琳德唱道："你的前额多么开朗，鬓角上的血脉多么纤细！我真是欣喜若狂。"这时，她瞥了我一眼，那目光使我永世难忘。大幕降下时，我看见她仍然站在包厢里，用尽力气鼓掌，眼睛里闪着泪花，潮红的两腮挂着泪痕，比以往任何时候都更加楚楚动人，比我此前或此后见到的任何事物都更具精神之美！

我们走到华丽的休息厅。大理石墙壁和圆柱在近晚的自然光线中闪闪发亮。休息厅里挤满了衣冠楚楚的人士。明娜的衣服很普

---

① 歌剧《女武神》是理查德·瓦格纳的四联剧《尼伯龙根的指环》的一部。
② 希腊神话中因爱恋自己水中的影子而憔悴致死的美少年，后化作水仙花。

通，但她还是吸引了好多人的目光。不过，她太激动了，并没有察觉这一点，也没有因此受到打扰。

我们走到阳台上，柔和的夏日清风吹过，使我们很舒服。开阔、美丽的广场四周环绕着宏伟的建筑，在我们的脚下静悄悄的，几乎空旷无人，而易北河桥头则挤满了人。林木覆盖的山冈沐浴在阳光中，显得很近。一种无尽的幸福感和充实感陶醉了我。

"你叹气了。"明娜说，靠在我身上。

"这是因为我太幸福了，远远超过了我的福分。"我答，"你要知道，当时我向你求婚，实在是相当冒失的。"

她面带探询的笑容看着我。

"那时，我并不完全了解你的心——我本应等到现在这么熟悉你——我每天都发现新的宝藏，我越来越富有了。"

明娜没说话，只是把我的胳臂紧紧抱在怀里。

25

赫茨夫妇从乡下回来了。我们各自去拜访了他们；他们要我们按照在拉森的习惯，下午一同去喝咖啡。晚上，老先生必须休息。咳嗽和胸口痛在继续折磨他。他中午才起床，这也不是因为他此时感觉好受些，而是他不肯屈服。医生当然是希望他卧床休息。

赫茨太太很焦虑，认为我们过一星期再来比较合适，可是老先生不愿听。

"为什么？千万别因为我的缘故，好像我谁也不能见似的！你们明天一定要来。我要是累了，会叫你们走……现在，我总是早早就疲倦了。"他解释道。

于是，在看过《女武神》演出后的第二天，大约四点钟，我们来到老城中心。那里有古老的巴洛克式房屋，屋顶很旧，有倾斜的贝壳形装饰。还有小宫殿，正面是半露柱，圆形雕饰是戴头盔和假发的玛斯与雅典娜①。中间夹杂着普通的房屋，风格难以确定，但是具有鲜明的德国特色。它们的凸窗沿街形成一长列华丽的橱窗，在街角则成为多角形的建筑，以奇特的形状向下收束。好几幢这样的房屋有花环状的石膏雕饰，或是有石雕的帷幔从窗口垂下来。有时，还见到粉刷过的雕饰花纹，刻着胖胖的小天使。雕饰奇形怪状，一眼望去，会把这个整体看成一幅由甘蓝、苹果和粗树枝组成的静物画。

老夫妇就住在十字路口这样一幢拐角房子的二楼。那里有大货车和各种车辆持续不断的噪声。显然，这种交通繁忙的喧闹声使这位柯尼斯堡老商人感到满意。他宁愿住这个地方，而不愿要一个虽然比较通风却不够热闹的街区。

咖啡桌摆在书房，赫茨最喜欢待在这儿。他很少去客厅，常叫太太坐在他身边打毛线。这是个中等大小的房间，有古老的桃花心木家具，但没有舒适的椅子，于是从客厅搬来了一张安乐椅。

书房里有一张普通的八条腿写字台，一张小烟几和一个书柜倚

---

① 玛斯和雅典娜是神话传说中的战神和智慧女神。

墙而立。对面是一张书桌，与康德像里的那一张书桌相似（那张古老的彩印像现已挂回了写字台上方原来的位置）。书桌的两边挂了几幅名贵的油画，是年轻时的贝多芬和腓特烈大帝[①]。书桌上方是几帧银版相片，可是相片上只还能看到几个金属的亮点。

在书柜的玻璃后面并没有豪华的精装书，只不过是残旧的皮面书和又破又脏的硬纸面书，但这些外表普通的藏书全都是初版本。中间几层是歌德的许多珍品以及席勒的几乎全部著作，从修订第二版的《强盗》，封面上有张牙舞爪的狮子做花饰并印有铭文，一直到《威廉·退尔》，书中有席勒亲笔题写的献词。我们抽出几本，这并不是出于好奇，因为书柜已不是第一次对我们开放，主要是因为我们知道这会使老人高兴。

明娜又获准打开写字台的一个抽屉，取出了一件最珍贵的宝贝。那是席勒当年送给康德的鼻烟盒，一个相当大的圆盒，盒盖上精心仿绘了一幅席勒的头像。赫茨觉得那幅头像跟我这个无名晚辈有相像之处，尤其是长脖子和鼻子——这一发现使明娜欣喜万分，忍不住吻起它来。

下雨了，屋子里忽然暗下来，就好像已是黄昏。淡蓝色的酒精火焰舔着铜锅，映出老人的白胡子和湿润的下唇。他缓慢地讲述着在里加生活的情况，不时因咳嗽而中断。他曾经在里加学过几年生意。

证券交易所有个老规矩：凡是无力偿债的人都得坐在一张高椅

---

① 即弗里德里希二世（1712—1786），普鲁士国王。

子上，同时敲响宣告破产的丧钟——这是一种道义上的处罚。

"这种有象征意味的老规矩叫人好笑，或者听起来很野蛮，但说不定也有它的好处。大商人摩西·迈埃尔无力偿债那天的情景，我还记忆犹新。他经营着最有钱的两家犹太商行之一，由于跟沃尔夫竞争而破产了。他们历来是冤家对头。交易所里大哗。一些人幸灾乐祸地笑，但犹太人都心情沉重。'沃尔夫会来吗？'到处都有人问。大多数人认为他不会到场目睹对手受辱。钟敲十二点，仪式该举行了；主席正要摇铃，沃尔夫的马车疾驰赶到。沃尔夫冲进大厅，上气不接下气地喊道：

"'别摇铃，别让迈埃尔坐破产椅！'在最后一刻——无疑是经历了剧烈的思想斗争之后——他下决心预付给迈埃尔必要的资金，以免犹太社团受辱。结果两个老人流着泪抱成一团。"

我们惊讶地注视着老人。他回忆了这样一件具有异国情调和宗法制社会特点的时代的往事，此刻在我们心目中更受敬重了。

我们虔敬地望着一个瓶子里的泥土和几颗石子，那是里加的一位犹太老人徒步去耶路撒冷朝圣，用手帕带回家的圣地泥土。

谈话接着从犹太故事转向了犹太人在自由思想的文学中所起的作用，尤其是围绕着海涅继续下去。

咖啡桌一收拾干净，赫茨就取出了他的关于海涅的卷宗，其中包括诗人的许多封书信，一些校对样，以及几份手稿。

我拿起一份校样。因为桌旁光线已经很暗，我走到窗前，想看清一个被用力画掉之处。

我偶然向街上瞥了一眼，大吃一惊。下面好像是阿克塞尔·斯蒂芬森刚巧走过：一位颀长的、穿戴时髦的先生，蓄着尖尖的拳曲的金色胡髭。可是，不对，他比那位丹麦画家要高，年纪也大一些，因为他正好向一个熟人脱帽致意，露出了秃顶。

我这才放心。

这时，赫茨用他那虚弱而沙哑的嗓音读一页手稿：

> 我马上又要离别
>
> 我深深挚爱着的恋人。

明娜和我交换了心照不宣的一瞥。她脸色发白——这在雷雨天的光线中尤为明显，就好像经历了一场尘暴，显得既肮脏又灰黄。

"这是一首很美的诗。"赫茨说，"你们读过吗？"

"读过。"

"啊，一起读海涅，这对年轻的恋人！"赫茨太太叫道，"真是妙极了！"

紧接着我们告辞了。

我们向"大花园"走去。雨停了。我们已走了一段路。明娜忽然叫道：

"偏巧是他保存着这首诗的手稿，真妙！"

"是的，奇妙的巧合。"

"没有什么巧合！①"

---

① 这句话出自席勒的历史剧《华伦斯坦》。

我们已经来到环境优美的林荫路。这条街横穿古老的王宫花园与"大花园"之间的草地。我忽然想起，我们订制的戒指今天下午该取货了。

于是，我们立刻决定掉头，因为那家小首饰店位于我们刚刚离开的城区。

戒指打好了。交给我们戒指的老妇人说了许多祝福的话，并且请明娜代向"令堂"问好。

因为听了那首不大吉利的诗而给我们带来的扫兴，或者说真正的沮丧，由于交换戒指的金色魔力而消散了。

到处洒满了明媚的阳光。我们决定到附近的台地上去晒太阳。

跟往常晴天这时辰一样，台地上挤满了散步的人。从河对岸的维也纳花园传来音乐声。那是《女武神》的终曲——我们伫立静听。

距离远消除了演出的不足。沃坦通过亲吻使布伦希尔德丧失了神力，使她陷入了昏睡。这个"断念"乐段正清晰地传过来，凄切地抑扬起伏。

"我在决定去拉森度假的那天晚上，曾在这上面听过这段音乐。"我说。

"那么，它对于我来说是个幸福的夜晚！"明娜答，"尽管当时我并不知情。一个完全不相识的人的决定竟会改变我们的整个生活，这事想起来真奇妙。所以，我不相信巧合——至少这类事不是巧合。"

"这是咱们俩的福气。"我叫道，"因此，也该祝福那个地点。现在，我要指给你看，当时我坐在何处。你看，在那边，在咖啡馆的柱子之间，就是那个先生——不，不是那个老的，是站起来向侍者付账的那个……"

我感到胳臂被猛地向后一拽。

明娜站住了，目瞪口呆……天哪，她的脸上是什么样的表情啊！脸色并不苍白，但眼睛瞪得反常——当廷臣请麦克白①就座时，麦克白恐怕就是这样瞪着班柯的鬼魂吧。

我顺着她的目光朝刚才我所指的地方望。

向侍者付账的先生看见了我们，迅速摘下了他的大礼帽。

26

那位举止文雅的先生是阿克塞尔·斯蒂芬森。他迈开轻快的大步走过来，从右手脱下手套。明娜也开始解手套的扣子。手套挺紧，她还在扯，斯蒂芬森就已经走到了我们面前。

"哦，明娜，别费事了——都是老朋友……"

可是，明娜却面带难以捉摸的笑容固执地瞪着手套，也许她非常感激这手套的顽固吧。最后，她把右手抽了出来，手上戴着我的戒指。我觉得她在爱抚地端详它，而斯蒂芬森却悻悻地瞟它。明娜把手伸给他，匆匆瞥了他一眼，然后做了个使戒指闪闪发亮的手势，为我们两个做了介绍。

———————————

① 麦克白和下文提到的班柯是莎士比亚名剧《麦克白》的主要人物。

"我的未婚夫，哈拉尔德·芬格。"

我们两个几乎是过分礼貌地鞠躬行礼，互道幸会。不过，我发觉他显然比我老练。这更增加了我因为他忽然露面而产生的恼怒。

"你来这里……"明娜差点说出那句她母亲不久前对我讲过的多余的话，但她毕竟有足够的机智，赶快加上了"突然"二字，"你来德累斯顿真突然。"她恢复了镇定，这才定定地看着他，并且补道，"两星期之前你给我的信里一点儿也没提起这事。"

在德国不像在我们丹麦，青年男女常互相以你相称——姑娘跟兄弟的朋友、跟远亲乃至熟人都以你相称——因此明娜并未察觉斯蒂芬森刚才一开口就利用了这种权利，尽管现在明娜已经跟我订了婚。他显然是要向我强调他们之间的亲密程度，想跟我处于同等的地位。

她转过身，开始慢慢走回台阶。我们俩各在一边陪同。明娜当着我的面提到那封信，这显然使斯蒂芬森很不舒服。他看见我面带挑衅的表情就越发不快了，我的表情似乎在说："是的，先生，我很熟悉您那可爱的海涅式抒情！"

"哦，我写信时还没有得到订单。我来这里是为了临摹柯勒乔①的《玛格达莱娜》。你大概还记得我几年前临摹的那一幅吧，明娜——那时你非常赏脸，有兴趣观看我工作。"他微微一笑。那自负而讨好的笑容顿时使我血液沸腾。"至少，我还不会忘记咱们当时在画廊里度过的快乐时光。"

---

① 柯勒乔（1494—1534），意大利文艺复兴时期画家。

他眼神游移地望着空中，停顿了一下，想让明娜有时间表示赞同。但明娜只是久久地发愣。他只好以较轻松的闲聊口气继续说下去：

"我想必写信告诉过你，那幅画我卖给一个批发商了。想不到，我们的一位艺术赞助人居然不加挑剔地喜欢上了它。"

"您对您的艺术说得过分自谦了，简直无法令人信服，"我说，"更何况这种谦虚是没有根据的。"我又补了一句，因为明娜责备地看了我一眼，好像她担心谈话会带上挖苦和个人攻击的色彩。

斯蒂芬森笑起来，抚了抚胡子。

"唔，至少我希望，这个新主顾不至于太挑剔，因为一件冒险事儿不容易成功两次。可是不管怎么说，了解你要画的东西总是好的。我早就悟出了柯勒乔的秘密，画中的那位女士并不是在读《圣经》，而是读一本不大正经的小说。"

虽然我觉得这话说得相当贴切，忍不住笑了，却又觉得在他这轻浮的话里，尤其是在他说话时喜形于色的微笑里，有令人恼怒的东西，嗯，对明娜甚至有侮辱的意味。我感到一种难以抑制的冲动，想揪住他的衣领，把他丢到我们站立的大台阶下面去。我琢磨他是否会摔断脖子；我想象着明娜的惊恐、人群的围观，以及警察如何抓住我……

这时候，他对我的心思却毫无所知，站在那儿赞颂我们面前的美妙的城市景色。他特别欣赏天主教堂，这座灰白色砂岩构成的建筑处于显著地位，显示出高贵的巴洛克风格的雅致外形。在没有围墙的塔楼的圆柱间映着傍晚的灿烂天空。铜塔顶透过栏杆好似一块围起来的草地那样闪光。塔顶上现出一列雕像的剪影，姿态颇有特色，装饰美观。斯蒂芬森提醒明娜，她曾让他注意塔楼前面的一组雕像。那里有一只伸出的裸臂，衬着天空的金色背景，产生出非凡的效果。

"每当我想到德累斯顿，就想象自己这时辰来到这里，我总觉得那手臂似乎在向我招手——大概是由于有宝贵的回忆与此相连吧。这是一个多么壮观的广场啊！这颗教堂的珍宝——后面就是非常坚固而又轻巧的王宫塔楼。现在，很快就会点亮塔楼的守望灯——你还记得吗？咱们经常探讨那高高凌驾于人们繁忙活动之上的独特生活……我是多么喜爱观看人们从乔治门蜂拥出入啊！他们进城就像进一幢房子……我们脚下的另一边是大河及其旧桥，玛利亚桥横跨闪光的水面，勒斯尼茨的山峰是紫色的，形状非常可爱——它们总是令我想起台伯河畔的雅尼库鲁斯群峰。不过——这个比喻是荒唐的。人称德累斯顿是易北河畔的佛罗伦萨，但是，在阿尔诺河畔的佛罗伦萨却没有可以与此相提并论的广场——简直差远了。"

我游历不广，不可能给明娜说这样悦耳动听的话，而一切赞美她所热爱的这个城市的话都自然会引起她的好感。她向斯蒂芬森友好地瞥了一眼。他注意到了，但并不把眼睛转向她，似乎是对眼前的景色入了迷。有一瞬间他甚至展开双臂，那姿势活像要拥抱这座城市似的。这种激情也许并不虚假，跟他这么个人倒也相称。

"我不能住在这儿天天欣赏这美景，真是太遗憾了！一个艺术家必须在艺术的环境中呼吸和生活。每当我离开哥本哈根的时候都感到这一点，人住在那里会堕落。芬格先生，您不觉得哥本哈根是个讨厌的城市吗？"

"简直可怕！"我答道，尽管我根本没有认真想过。但是，我要尽可能超过他。

"尽管如此，哥本哈根还是把你拖回去了。"明娜说，盯着我们正缓步走下的宽宽石阶，并不抬起眼睛。

"我又能怎么办呢？工作，明娜！"

"可是你刚才说，一个艺术家要创作就必须生活在像这里的地方。"

"对，不过，总还得卖些画呀。可是，艺术品只有在艺术家混得最熟的地方才最好卖。这对于我们不是什么好事，但却是实情。当时，我是怀着沉重的心情告别这里的。现在旧地重游，这种感觉倍加深刻。啊，要是我有幸出生在这里就好了……"

"要是那样，您肯定早就去了柏林。"我尖刻地说。

明娜听了他的话感动得差点落泪。或许是为了给她那明显的擦泪动作另找一个理由吧，她喊道：

"啊，是的，若是有一天必须离开自己心爱的家乡，那可真是难以忍受啊！"

"你反正不会一个人离开——不论你把新家安到哪里。"斯蒂芬森十分强调地说。

"我们也决不会永久离开，"我立刻接道，"如果有可能把我的事业转到德累斯顿来就好了——我不要你为了做生意陪我去应酬，不过我本人到场恐怕还是必要的——无论如何，等到我们年纪大了，有了一些财产，我可以心安理得地告老退休的时候，我们一定回这里来住。我已经答应明娜了。是的，我们甚至已在物色住宅。假如我成了富翁，我们就在公园街要一幢豪华的别墅。那时候，明娜也许会看在老交情的分上，请您来为我们装潢布置哩。"

虽然这是个玩笑，我却说得不够圆熟，未能掩盖话里的讽刺挖苦。我立刻后悔说了这番话，这是因为我看见明娜正以惊恐的眼神看着我。

"我不是装潢技师。"斯蒂芬森冷冷地说。但紧接着，他又面带殷勤的笑容对我说道："不过，我这么说绝不是要贬低装潢艺术。一般人都有偏见，而我却没有——我很少附和丹麦人的种种偏见。我对装潢艺术评价甚高。许多人都装出清高的样子，好像对此不屑一顾，其实原因很简单，他们缺乏想象力。我也是这种情况——就是说，我不故作清高。整个艺术又何尝不是如此？我们没有足够的想象力去装点生活，因此只是去模仿，好像是出于对生活的尊重与爱。其实是胡说八道！首先，我们是悲观主义者，所以对生活既不尊重也不爱。此外，即使我们懂得尊重与爱——因为我们并不坚定一贯——生活也是女性化的，女性总是愿意被人美化。顺便说一句，所有艺术本来都是装饰。从根本上说，阿波罗是奥林匹斯的一个娱乐官。然而装饰——天哪，有谁会呢？鲁本斯①会。如今我们都是严肃的人，就是说，我们都闷闷不乐，而这是有理由的，因为我们终夜痛饮之后就会贫血、神经质和醉醺醺的。我们不想再玩，便做出不屑的表情，其实是腿太累，玩不动了。好啦，也许您不同意这些观点，我知道它们并不时髦。"

---

① 鲁本斯（1577—1640），佛兰德斯著名画家。

"我完全同意您的意见。"我说，虽然我只是同意其中一部分。我明白他盼着挑起一场争论，而且他自信会在争论中占上风，因此我很高兴能使他的希望落空。我还觉得他说这些话并不是认真的，从一开始就是为了显示他善于交际，装作不明白我的讽刺挖苦，有意在明娜面前卖弄一番。他不住地眯着眼睛瞅她，那自我满足的微笑似乎在说："你注意到了么？我是多么善于扭转话题啊，避开了这个傻瓜险些使我们翻船的礁石。我希望你能感激我。我谈起艺术来是多么有见地啊！叫他也来试试！可是他聪明地不吭声了。好吧，我也懂得在使人厌烦之前住口。这样的艺术调调儿够了！"

我们到了剧院对面。有几位女士和先生正好走出来，站在休息厅的阳台上。我想起昨天这时候，我们俩也站在那上面，我夸耀着我的巨大的、日益增长的宝藏。"他站在宫殿的屋顶平台上。"——波利克拉特，波利克拉特……！

"对了，"斯蒂芬森停了一会儿说，"我已经去看了你母亲。我真为她的健康愉快高兴。"

"怎么，你是昨天到的？"

"不，今天——上午的火车。"

"您又要走吗？"我脱口而出。

"明天不会。"他面露嘲笑地答道。

"我还以为您要走呢，"我冷冷地说，"因为您这么急就去看她。"

"那幅画一天可画不完。"明娜说。

"正好比罗马城非一日之功。幸亏眼下没人临摹那幅画。我已经跟管理员商量好了，打算从明天开始。"

我已经完全忘掉了那幅画，我觉得他似乎也是这样。

我们慢步穿过外城，经过公园走向邮政局广场。在一丛金合欢树后面，一盏路灯正在与白昼的最后一抹光线竞争，散发出淡黄如雾的光。索菲教堂那哥特式砂岩大门在灯光中显现出来；它那些透孔的修长的塔尖衬着难辨颜色的朦胧天空，在黑暗的树梢上隐约耸立；只有几片斜斜的羽状云彩仍闪耀着柔和的玫瑰红。以往傍晚散步时，我常在这个地方看到这种迷人的光色。可是现在，斯蒂芬森对这些指指点点，仿佛要以画家的威严把它们据为己有，这使我感到遗憾。

"看，多妙啊——这是一幅地道的内尔①。"

"噢，这里的光色真美，"我说，"最近我们在'萨克森瑞士'见到了一幅真正的普桑。"

明娜咬紧嘴唇。斯蒂芬森不知我的话何所指，以为我是在嘲讽他的画家语汇。

"是的，我相信这一点。在这里，每走一步都能见到素材。可是，好啦！我住在韦伯旅馆，就此告辞了——也许我已经过分打扰啦。"

我们当然连声否认。他掀了掀礼帽，迈着轻松的步子走了，石子在他那嘎吱嘎吱的靴子底下嚓嚓作响。

我们默默地走回家。在邮政局附近挤满了黄色的车辆，像蜜蜂归巢一样夺路而行，不断地响着喇叭声。

我心里暗自诅咒一切书信与邮件来往。

---

① 内尔（1603—1677），荷兰的巴洛克艺术时期画家，以画夜景闻名。

27

明娜的母亲让我们进了门，我们马上发觉她相当激动。在幽暗的前厅里，她把明娜拉到一边，低声向她嘀咕什么。我打开客厅门的时候听见明娜说：

"对，对，我们也碰见他了。"

"啊，天哪，啊，天哪！"母亲以她特有的方式感叹道。

这并不使我的心情见好。我不停地来回踱步，不知不觉地握紧了拳头，向着斯蒂芬森在那幅海滨油画上面的他本人挥舞。这时门开了，我突然意识到了自己的动作，连忙把手插入衣袋。

明娜疲惫地倒在小沙发上。

"他到底要我怎么样呢？"她以忧虑的语调叫道。

"要你？他是来画画的。"

她摇摇头。

"他想娶我，他要的是这个！"

"真是荒唐的念头！你怎么会这么想？"

"你其实也有这想法。"她说，探询地看看我。

"也许有过那么一闪念——在如此奇特的情况下，谁能不闪过奇怪的念头呢？不过，并没有理由……"

"难道你没注意他跟我怎么说话？'不管你把新家安在什么地方'，这话说得十分明白，我太了解他的说话方式了。"

"这也太放肆了！要知道，我们刚刚订了婚！哼，即使咱们俩已结婚几年，我相信这小子也还会以为他的轻薄念头有希望呢！"

"哈拉尔德！这话太难听了，你没有权利这么说他。"

"你护着他？"

"这奇怪吗？你自己也明白这话不公正。另外，你要想到，你这么贬低他，使我很难过。我毕竟喜欢过他，况且——我现在依然喜欢他……今天下午你态度不好，你始终在挖苦，我真害怕！我本来已经够难受了，你却并没有使我轻松些。"

"你是对的，明娜，原谅我吧！我自己也感觉到了，但是你可以想见——在这样的心情和情况下……"

"这证明你也跟我一样担心——始终在担心，而不是像你所说的仅只一闪念。"

"不，不是的。这只表明他的出现使我愤怒。他拥有你的一部分过去，我恨他。"

"正是如此，他拥有我的过去，以及其中有价值的一切；他认为，这使得他对我拥有某种权利——也许他真的有呢！"

"明娜，明娜，你在说什么呀！"

"唉，我真是进退两难哪！"

"你难道不明白，你属于我，我也属于你？"

她缓缓地点头，同时却两眼发愣，双唇紧闭。

"你爱我，这你难道不知道？"

明娜站起身，深情地抱住我。

"是的，亲爱的，这我知道。"

"那就没有什么可疑虑的了——对他也一样！他对你有足够的了解，知道你并不追求那种讲实惠的婚姻。他也知道我既不是公爵也不是富翁。"

我久久地安慰她，我们俩搂坐在小沙发上。光线很暗，我几乎看不清她。她很少搭腔，我怀疑她是否在听，不知她的心思是否溜号了。突然，她握紧我的手说：

"咱们得离开这儿，哈拉尔德！马上——明天就走。"

"走？去哪里？"

"去山里，去厄尔士山，或是去布洛克斯山。为了我，随便去哪里都好！"她笑道，带着她那天生的随时都会表现出来的任性。

"好吧，可是明娜，这是不是——有点轻率呢？"

"可以的。我把一切都考虑过了……我没有需要照顾的亲人——我是自己的主人，我可以！"

"很好，我也赞成你在不得已的情况下抛开传统的观念与礼俗。可是在目前的情况下，我却觉得……你可以想见，你的名誉对我来说比什么都宝贵——我看不出有这个必要。"

"有这个必要！"她坚决地近乎暴躁地叫道。接着，她把嘴唇凑近我耳朵，用悦耳的声音低声说："咱们去吧，哈拉尔德？你说'好'嘛！"

"嗯——好吧，亲爱的……"

"说定啦？"

"也就是说，假如咱们真的明天动身……"

"对，对，怎么样？"

"我几乎没有钱了。我不知道在这么短的期限内怎么办——我在此地认识的人很少，只有赫茨……"

"不，千万别去！赫茨夫妇会怎么说呢？我根本没想到他们……那我会多么难堪！"

"是的，现在你明白了——这可是件重大的事，要从各个方面仔细考虑。一失足成千古恨嘛！"

事情开始转向我所希望的方向。

我继续安抚她，以为已经说服她改变了主意。可是她却突然说道：

"要是咱们有足够的钱，我还是会这么做……金钱竟有这么大的力量——真可怕！"

这时，她母亲端着灯进来了。我被明娜脸上的惊恐表情吓了一跳，也许是突如其来的刺眼灯光更加强了这种感觉。她似乎在努力正视一种无法猜解的命运。一种毛骨悚然的感觉朝我袭来，仿佛我正面临着迫在眉睫的危险，但我看不出确实存在着这样的危险。尽管接待斯蒂芬森，倾听他的无理责备和枉费心机的表白，这些都使可怜的明娜十分难堪，但毕竟都是不难摆脱的，我觉得事情本身并没有什么暧昧不明之处。

我没有流露出自己内心的不安，正因为这样，极力诉说着那些合情合理的理由。

看来明娜同意我的看法。

因为我们说的是丹麦语，她母亲自觉无趣，打算不声不响地退出去，可是明娜却要她留下来。她开始用萨克森方言与德累斯顿市民的土话跟母亲交谈。她用这种叫人好笑的语言嘻哈逗趣，同时还做出各种古怪的鬼脸。我很快就忘掉了刚才还压抑着我们的沮丧。她母亲也笑得流出了眼泪。

老太太喝过茶以后打起盹来。明娜则坐到钢琴旁，弹了一首肖邦①的摇篮曲。她还弹了一首华尔兹舞曲，但是中间中断了几次。

"我今天没兴致，"她说，向我走过来，"还是给你念书吧。"

她拿起《海尔布隆的小凯蒂》②，这本书我们已经在读，并且盼着这个星期能去看演出。

我们很快就读到了那可爱的情景：小凯蒂涉水过溪时不肯提起裙子，老仆人喊道："只要提到脚踝就行，孩子！"可是她却跑开了，要去找跳板。

"是的，赫茨管你叫小凯蒂，还真说对了。"我打断她，"你还记得在采石场，咱们要爬陡坡时的情景吗？"

"嗯，记得。你当时煞有介事，真让人受不了！你真该知道你的样子是多么好笑，就好像戴了个根本不合用的面具。"

她继续朗读，读到了那段最动人、最纯情、令人拍案叫绝的爱情场面——小凯蒂在丁香树丛下睡着了，迷迷糊糊地回答伯爵的问话：

"你爱上我就像只小虫。"

"你正是这样！"明娜叫道，"当时我就该这么说你。"

我们哈哈大笑，互相接吻。

---

① 肖邦（1810—1849），波兰作曲家、钢琴家。
② 这是克莱斯特的一部浪漫主义作品。

她流利地朗读了大约半小时，然后突然停住了，满面通红。我刚刚发现这一点，书就砸到了我脸上。她本来只是想把书丢开，可是因为我正好坐在她面前，结果书击中了我。

"看我做了什么呀！"她惊呼道，一跃而起，跪倒在我面前，"我真是个怪人！碰疼了吗？"

我笑着告诉她，只是吓了一跳。

"这些我可不能给你念。他干吗要写这种事？我太慌乱了，竟没有想到把这一段跳过去。"

我想把书拾起来，可是被她一把抢走了。她把弄皱的书页抚平，然后把书放回了书架。

"你这本可怜的书呀，只好自食其果了！"

"对，就像刚才我抬头时那样——啪嗒！"

于是，我们放声大笑。她母亲醒了——书砸到我头上时她已经吓了一跳。

"太吵了，孩子们，守夜人很快就会上来查看。"她说，"天已经晚了。啊，天哪，该上床了！"

她点亮了五斗柜上的一小段蜡烛，慢腾腾地走了。

这时已到了我通常告辞的时间。我向来严格遵守这一时刻，因为明娜明天还得早起。

可是，她却请求我留下——说她会一连好几个钟头睡不着。

"我已经给你念了书——现在该你给我讲故事了。"她说，挨着我坐在小沙发上，"我已经讲过好多小时候的事，可是听你讲却远远没听够。你讲吧。"

我讲了我在西兰岛南部森林管理人家庭中平静而寂寞的生活。我几乎记不得我的母亲，但我讲了我的过世不久的父亲，因为想到他如果不死，一定会喜欢明娜，而明娜也会得到他的慈父之爱而深感悲伤。他是个怪人，一个年老的叔本华信徒和自然哲学家，跟当地的牧师们总是不和，因为牧师们想改变他的信仰。我跟着他过隐居生活，他用他的自由思想教育我，这使周围的人很不高兴。

明娜唱起了《女武神》中西格蒙特叙述他少年时代那一段：

遭人唾弃

随父逃亡，

岁月悠悠

少年所伴

唯荒原狼！

"对了，你们丹麦有狼吗？"

"当然有，还有北极熊呢。"

明娜拍打我的手指说：

"也不是不可能。在波兰就有狼。我有个表姐嫁到那里，我去过，听见过狼嗥。对，你尽管瞅我吧——我就是这么一个人！顺便问一句，你干吗不当个森林管理人呢？我很乐意当森林管理人的妻子！"

"哦，这事你应该当时就告诉我！不过，那样咱们也就见不着面了。"

"为什么？你可以来塔兰特读大学嘛。有缘一定能相会。"

"宿命论！"

"嗯，你早就知道我信命。可是说真的，那差使一定很适合你。"

"我也喜欢那行当——我热衷于当建筑师是后来的事情——原来曾经说定了当森林管理人。可是我母亲有个哥哥是伦敦一家大陶瓷厂的厂长，他提出如果我想当技师，他愿意帮助我。喏，这当然很有利，我父亲觉得不该拒绝。另外，他还认为，不要像他责备自己那样，当一个孤独的沉思者和梦想家。"

"尽管如此，你还是成了这样的人！你是我的可爱的梦想家。你还没跟我说你都爱过谁呢！难道你不知道，所有正式订了婚的人都要夸说自己以前的情人吗？我在订婚之前就坦白了，这虽然是例外，但也证明了这条规矩。可是你却好像以为可以完全不理会这件事！"

"一点也不。只要你严守秘密，我就向你坦白：我年少时曾暗地渴慕过一个管林人的女儿。"

"哎呀，这可真是一首抒情诗！"

"不，只不过是半首。因为她长得并不漂亮。结果为了维持幻想，我花费了很大力气。但我相信一定会有一个女人，我可以把她的名字刻在树皮上——上面再刻一颗火热的心。"

"是的，事情过后，你们男人总是讥笑你们的爱人，然后由我们来尝苦果。说吧，下一个是谁？"

"再没有了。"

"你说什么？不行，哈拉尔德，哈拉尔德！"

"真的——我向你保证——再没有谁值得一提了。我也许对街上碰见的这张或那张漂亮脸蛋儿有过一点爱慕,有过一点幻想,构筑过空中楼阁……"

"是的,你在建筑风格方面至少是个出色的建筑师,但我深信你是在骗我。"

"为什么呢?你不妨想想,我的社交活动极少,难得跟女士聚会。"

"对,这倒能说明问题。因此,你就爱上了我。可你发现我只不过跟别人一样……"

"你跟别人不一样。"

"你并不了解她们!"

"这事我有把握——不可能是别样……何况,别人又关我什么事呢?"

明娜爽朗地笑起来,搂紧我。

"说得好,是心里话——是从爱我的那颗心里说出来的!但愿你永远这么想!不,什么也别许诺,那又有什么用?跟我好就行!"

教堂钟楼上的大钟敲了十二下,到告辞的时候了。

院门自然早已锁上了。明娜只好跟我下楼,给我开门。

在清冷的门厅里我们久久地拥抱。她打开门以后我没有耽搁,迅速地钻了出去,免得让过路人或者晚睡的邻居看见她。

她正要关门,一阵风把她的裙角吹了出来,我一边帮她扯好裙子,一边忍不住又吻了她一下——这时我看见对面的人行道上闪过了一个人影。

门厅里的小灯给她的身影镶上了一圈摇曳不定的光辉，然后突然熄灭了。

"再见，再见。"明娜小声说，关上了门。

28

我快步往前走，正如某个德国抒情诗人吟唱的那样，"心里藏着梦，唇上留着吻"。我惬意地呼吸着夜间清新的空气。我的手杖敲击着路面，空荡荡的街上回响着我的坚实的脚步声。在街对面的人行道上有轻微的皮靴声跟随着我。小巷里只有我这边亮着几盏路灯。我极力朝陌生人那边望，可是白费劲。他很可能目睹了刚才那个小小的柔情场面。突然，他横穿街道来到我面前，清了清嗓子，并朝我掀了掀帽子。我认出是斯蒂芬森，不禁大吃一惊。

"请原谅，芬格先生！"他开口道，"您或许奇怪在这个时候……这会给人一种印象……好吧，不如有话直说：我正等您呢。"

"真没想到。您一定在街上站了很久吧。"

"刚好跟您今天较往常推迟告别未婚妻的时间一样久……这表明我是多么急于见到您。"

"深感荣幸……您是想——？"

"我想跟您谈谈，谈一个对咱们俩都极为重要的问题。"

"愿意奉陪。"

"好。如果您愿意，咱们不妨找个熟悉的地方喝一杯啤酒。咱们可以不受打扰。"

"来一杯啤酒，干吗不呢？"我尽可能随和地不动声色地回答，尽管我的感觉就好像有人建议我喝毒药。

"您大概也爱喝比尔森①啤酒或慕尼黑啤酒吧？至于我，我受不了咱们丹麦出的啤酒。"

"对，喝起来就像水掺酒。"

"您跟我的口味完全一样！可是，我们却颇为我们的啤酒自豪哩！嗯，幸亏，给我们留下了一些雕像②。哼！我想，咱们去三鸦酒店如何？您大概也熟悉那里吧？"

"不熟，只是偶尔去。"

"真的？以前，我差不多每天晚上都从您刚刚出来的那个门口直奔三鸦……您或许知道我原来曾住在那儿吧？我当然有我自己的大门钥匙，因此没有机会让人家如此殷勤地送出来。顺便说一句，您或许也听说过这句话吧：'天才永远没有自己的大门钥匙。'我觉得它对某些丹麦才子特别合适——最近我就遇见过一个这样的新作家。您大概很关心咱们丹麦的文学吧？不？啊，不可否认，丹麦文学有其特色——但平时我大多读法国小说。喏，到三鸦了——现在用上了透明灯饰，这倒是新东西。请进！"

他让我走进灯火通明的过厅，接着引我向左穿过台球房，里面有五六位先生正穿着衬衫打台球，然后走进一间无人的雅座。不等我们挂好大衣，就出现了一个脸色苍白的胖侍者，留着短短的络腮

---

① 比尔森，捷克地名，比尔森啤酒和德国慕尼黑的啤酒都很出名。
② 丹麦酿酒师雅可布森在哥本哈根建了许多雕像。——原注

胡子。他匆匆朝斯蒂芬森走来，帮他脱下大衣，说道：

"欢迎您来德累斯顿，教授先生！"大概是为了让人确信他熟悉顾客的惊人能力，侍者又急急地补了一句，"从丹麦来的？大概又是为了在这儿画画吧？"

"正是。喏，三鸦这儿怎样，亨利希？"

"老样子——跟原来一样好，谢天谢地，教授先生。不过，我们今年不再零售低度波希米亚啤酒，也就是教授先生有时喝的那种啤酒了。喏，当然，在人事上也有变动——教授先生或许还记得弗兰茨吧，那个红胡子的大高个？"

"记得——他不在这里啦？"

"复活节时，他在腓特烈施塔特新开了一家酒店——据说混得不错。但我还是要说：人贵有自知之明。"

"对，您说得对。您离开三鸦可不行，我们不能缺了您。喂——这儿只有我们两个吧，亨利希？"

"当然，教授先生！要比尔森啤酒吗？"

"对，两杯，并且要……"

"当然是要加盖子的，教授先生。"侍者补道，鞠个躬，把餐巾夹在胳臂底下，快步走了。

我在丝绒小沙发上坐下，怀着一种自卑的压抑感。在公共场所，陪着一个被侍者殷勤伺候得半像王侯半像伙伴的老顾客，总是会有这种自卑感；这时，对其他人的招待就像是纯粹出于恩赐。何况，这又是什么样的熟客呀！离开两年之后旧地重游，招待得就像昨天晚上才来过似的！斯蒂芬森显然十分得意。他把腿伸开，睐一眼沙发上方的镜子，用食指在脖子和小硬领之间抓挠着。

"这些侍者的记忆力真是惊人。"他感叹道，"他居然记得我总是要一杯加盖的比尔森啤酒。真想不到！我在柏林跟一个搬运工也有过同样奇特的体验。"

为了打发等啤酒的时间，他开始讲一些逸事。我觉得他好像在跟我玩猫逗老鼠的游戏，很想站起来一走了之。从隔壁传来单调的计数声。一个粗哑的嗓音大声唱道：

　　我胡闹，

　　你胡闹，

　　大家都胡闹！

侍者端来啤酒，马上又走了。

斯蒂芬森举杯致意，然后喝了一大口。

"嗯，"他说，"这可是——啊，对了，您抽烟吗？"

"这么晚不抽。"我答。其实我很想用烟镇定一下神经，但我身边没有烟，一想到接受他的东西，我又觉得恶心。

"啊，有原则！"他点着香烟后随口说，"不过，原则这玩意跟旅行带的行李一样——千万别带太多……譬如说，艺术也有种种原则……但咱们还是谈咱们的事吧。"

"对，我也寻思该谈正事了，"我激动地说，"有什么要我为您效劳吗？"

斯蒂芬森古怪地笑了笑。

"兴许有，可是现在我要说的不是这个……嗯……刚才我在台地上说，我来这里是为了画画。"

"这不会使我奇怪，因为您是画家。"

"不错……我当然要画画——但我并不是专为这个来的……我收到了明娜的几封信，她告诉我，您跟她订婚了。这才是促成我此行的主要原因。"

"我不明白，这事怎么会促使您赶到德累斯顿来？"

"或许，当您得知了明娜跟我有过什么样的交情后就明白了。"

"我了解您跟她交往的全部情况，然而，这更使我觉得您的出现难以理解。"

"真的吗？我觉得您一定会理解，她突然与另一个人订婚的消息令我极为惊讶。我……"

"对不起，惊讶？为什么？我觉得恰恰相反。您应该对此早有准备，听到这个消息您应当高兴。您以前向她献过殷勤，很遗憾您并非不成功。您自信赢得了她的爱，却未能使她成为您的恋人……"

"芬格先生，这样的指责……我必须断然地驳回这样的指责。"

"很抱歉！可是您不能责怪我。跟您的说法相比，我更相信明娜的说法。另一方面，因为您没有勇气承担订婚的义务……"

"订婚！真荒唐！芬格先生，您还太年轻，丹麦味太重，还热衷于咱们丹麦那种订婚四年、五年、六年的把戏。至于我，我告诉您，我不那么做。我可以为明娜做许多事，但是，给我强加这样荒唐可笑的事，让我当一个标准的丹麦未婚夫——不，我不干！"

"好极了——总之，您也有您的原则。可惜，明娜有德国人的心和德国人的头脑。她也许不能充分地评价您这种动机，因为订婚在德国也同样盛行。然而，更令人遗憾的是，您并没有把您的看法跟她说清楚。相反，您却使她以为在你们俩之间不应当有任何约束。"

"这点她想得不错……我希望她有她的自由。"

"而您也有您的自由——特别是后面这一点。"

"您这是什么意思？"

"毫无疑问，您利用了您的自由。我甚至可以点出某位女士，她相当富有，曾激发您与她结婚的愿望。"

斯蒂芬森嘲讽地笑笑，激动地用食指在脖颈和衣领之间抓挠。

"我必须承认，哥本哈根是谣言窝的'美称'确实名不虚传！这种流言蜚语居然在萨克森这儿得到了响应。我能想见，您没有向明娜隐瞒这种桃色新闻……"

"随便您怎么想，这不关我的事！但我必须提醒您，如果因为明娜行使了她的自由，您就感到吃惊和愤怒，那么，您的表现也不怎么合乎逻辑。"

斯蒂芬森显然对谈话转入的方向很恼火，但他还是把即将冲口而出的难听话忍住了。他沉默良久，眉头紧锁，仰脸盯着天花板，深沉地呼吸并叹气。"这是什么意思？"我想。台球房里的声音更加吵闹了。那位歌手用感伤的颤音拖着长腔唱道："晚安，我的心肝宝贝。"好几个人也加入了合唱，很不和谐地号出"心"这个字。斯蒂芬森笑了笑，揉揉眼睛，突然好像心不在焉地望着我。

"您不理解我。"他说，低沉的嗓声又恢复了柔和、斯文的音色。

"您刚才说什么来着？对，她只是行使了她的自由，我不该对此恼怒。然而，情况根本不是这样！我一点也不觉得自己受了亏待。更不是因为她——就像您确切表述的那样——行使了她的自由，绝对不是。如果我听说她是跟一个已认识很久的年轻人订婚，她跟男方的家人经常来往，而男方的经济状况又能保证不久之后就结婚——比方说，跟那个她常有来往的犹太小伙子——我记不清……"

"赫茨，您大概是指他吧。"隔壁又传来了嘲讽取笑的合唱声："……心——肝宝贝①。"

"对，赫茨——她当然可以嫁给他。为什么不行？不是很阔气，但还算殷实。假如是这样，我就弃权，一言不发地举手赞成，尽管并没有人征求我的同意。"他补充道，带着点公子哥儿式的自嘲。

"您最后这些话我觉得非常正确。它是不是也适合目前的情况呢？"

"不完全适合……您不妨设身处地为我想一想……明娜和我是作为朋友分别的，但我们都知道，我们的相互关系不只是朋友。虽然双方都有完全的自由，但也说好了不中断联系。结果，我们经常而有规律地保持了一年半的通信，这事您大概知道。不错，我不怎么容易多愁善感，即使明娜有一点儿这样的倾向，我们谁也没有用说心里话和做温存保证来淹没对方。但幸运的是还有所谓'从字里行间看情意'的艺术，凭着这个我可以毫不吹牛地向

———————————

① 这里是双关词，因为德文的"心"与"赫茨"恰好谐音。

您保证，在三四个月以前我收到过一封信，那是一位爱上我的女士写来的。"

我不由得想起了明娜心爱的丹麦语小字典，不敢反驳他的话。

"这时，我突然收到了明娜的通知，说她跟一个年轻人订婚了，可是她跟这个人才认识三个星期！而且——请别见怪——他没有能力很快就娶她，为她提供家庭的舒适与安全。请原谅，我再次提到您的经济状况自然让您很难堪。我知道，没有能力养家，这想法本身就使人感到屈辱，更何况是让别人说出来。但是我恰恰认为这一事实至关重要，因为这表明明娜所考虑的不是'理性婚姻'。"

"这些话我都对明娜说过。也就是说，您必须明了——因此您不要——您必须明了，这件事是严肃认真的……"

我有些结巴，很恼火自己透露了我们曾经在一起谈到过这种可能性：他有可能想破坏我们的关系。斯蒂芬森喝了一大口啤酒，用一只眼睛透过杯盖窥视我，接着怡然自得地啜吸着啤酒，就好像笑着说："哟嗬，我的朋友，这回你可露出马脚来啦！你们已经讨论了这类可能性！"

"严肃认真？哦，是的。"

"对，也就是说——我们俩……总之，这不关您的事。"我粗暴地冲出了似乎半缚着我的罗网，生气地看着他。

"那要看情况。这事跟我有关，先生！您的结论经不起检验……顺便说一句，我很清楚是什么使您走上了歧途。您当然把我所说的'理性婚姻'视为庸俗的东西。您忘了我并不赞成这种丹麦人的偏见——也不赞成所有世界性的偏见……恰恰相反，一般说来，我认为所谓'理性婚姻'是最有希望成功的。且不说婚姻本来就是一件——我不想说它是坏事——但无论如何，它是一件反常的事……不过，这里且不谈这个吧。您强调的是激情——请原谅！——痴情，爱情，随您怎么说。对，对，请不要误解我。我毫不怀疑，就您而言，这一切都是存在的，我甚至愿意承认，明娜也对您有情。只不过最重要的是，这种爱情是什么类型的？"

"让她自己对这个问题做出决定，不是最自然不过的事吗？"

"您想到哪儿去了！她根本没有能力这么做……譬如说，我确信，她有些烦躁，想摆脱一种不大明确和不够令人满意的关系，这种情绪对这次突如其来的新恋情起了不小作用。此外我还疑心，您与鄙人同是丹麦人这一纯属偶然的情况，也促进了某种情感与情绪的转移……"

我不由得想起了明娜写给斯蒂芬森的第一封信，那些话证实了这一推测。我面对他那探询的目光慌乱地垂下了眼帘。

"有利的环境和寂寞也发挥了作用，另外，我毫不怀疑，您有许多优秀和可爱的品质……"

"您的废话还有完没完？"我喊道，跺着脚站起来，"我很明白您的意思，但是活见鬼，这关我什么事？我不承认您有权自封为明娜的监护人。"

"我才不在乎您承认不承认呢！问题根本不在这儿！我当然有权尽我的一切力量阻止明娜做出难以挽回的蠢事。正因为我以前对她的态度是这次仓促订婚的部分原因，所以这甚至是我的义务……

我不知道，您这样嘲讽地笑是什么意思？"

"我以为，义务感也属于您不屑一顾的世界性偏见。"

"恰恰相反，这正是我所拥有的……也许还有一个原因对我影响更大，那就是我爱她这个事实——对，我爱她！"

他也站了起来。我们隔着小桌对峙着，怒目相视。我忽然觉得，此刻最自然、最得当的做法就是像一对丛林中的老虎那样扑上去，看谁先把对方的咽喉咬断。可是我们却不是这样，而是继续讨论，甚至继续一起喝啤酒，最后在分手时彬彬有礼地互道晚安。这种自我嘲讽的想法使我超脱出眼前的状况，恢复了一定程度的自制。"既然已经开始，那就把这出闹剧演到底吧！"我心想。我一推桌子，摆脱了感到窘困的位置，来回踱起步来。

我们隔壁的醉鬼们正满怀激情高唱《莱茵河畔的守望者》。

"那么，您到底想要什么？"我终于发火了，"您或许以为能使我放弃明娜？"

"哦，不——我不要求不可能的事。"

"说得好！这么说来，您真的明白这是不可能的？"

"当然，这理由就像纽伦堡人不能吊起人一样，因为他们'必须先捉住他'。"

"我想，我'捉住'了明娜，同样她也'捉住'了我。"

"这是空话，而且是过了时的空话。没人能'捉住'另一个人。您真的认为订婚就能吓住我？就好像我不能早早就跟她订婚似的！"

"您没有那么做，这就更说明了您的愚蠢！"

"也许在这点上您有道理。但我还有机会，她必须在我们之间进行选择。"

"她已经选择过了。"

"没有，她没有。在她以为我不愿娶她的前提下，她答应了您……假如明娜在您向她求婚之前确知我爱她，并且渴望跟她结合，那么您是否能否认您会碰钉子？……现在好了，那前提是错误的。您若是正直的人，就不会因为她在那种情况下所做的允诺而约束她。"

"不管是什么样的情况，只要她自己不认为是约束，我从来就没有想过要把明娜的允诺视为约束！"

"对，这正是问题所在，先生！我不怀疑明娜有不少这样的可敬的偏见，它们构成了女性的主要装饰——真的，我说这话是十分严肃的——我本人不想失去女人身上的这些偏见，虽然那无疑会使我们生活得更轻松和愉快。这是昂贵的奢侈品，但既然现代人存在这样的矛盾，又有什么办法呢……所以，明娜很可能把订婚视为永久的约束。她并不是性格刚强的人，但却有个性——因此不必强调您的权利，不必求诸她的忠诚。您轻易就能使她这种比较狭隘的——虽然是很可爱的——义务感继续有效；不用扯带子，但要长久地隐蔽地抓牢它，因为明娜不会松手。但我要求您自己松手——请听懂我的意思——并不是像您所说的'放弃'她，而是不要利用这种半合法的地位给予您的优势。我把您当作正人君子才这样要求您。请记住，这不是为了我——您当然是恨不得看见我吊死才好！——是为了明娜。我不相信您这个得到了明娜的允诺的人会希望，她被迫跟您走，哪怕只是由于内心的压力，同时却暗自伤心不能跟我走。如果您发觉——或者只是猜疑——她正想做这样的蠢事，您要知道，您的义务不是接受这种牺牲，而是让她睁开眼睛，把她没有勇气自己要求的自由还给她。很可能您已把我从她的心目中排挤出来了——若是这种情况，则事情已经确定。但也有可能明娜爱我们两个——各有各的方式。若是这种情况，她就要经过激烈的斗争才能做出决定。但必须让她自己去斗争。我们不要给她的斗争造成困难，不要逼她，把她往自己这边拉……明娜必须在咱们俩之间进行选择。因为她还没有选择，世界上也没有什么力量能使她免于这一选择。她应当自由选择——这就是我所要求的一切。"

"我决不会给她的自由制造障碍，无论是直接还是间接的障碍。我将服从她本人的决定，决不会试图改变它。我也期望您能这样……因为您安排这次会见的意图大概就是得到我这样一个声明，所以我认为，现在咱们可以分手了——作为敌人！"

"但无论如何是诚实的敌人，公开的决斗，并且使用相同的武器。"

我从衣帽钩上取下我的帽子，冷冷地鞠个躬，离开了房间。

台球房里的嬉闹已经停止了。几个穿衬衫的先生勾肩搭背，正互相保证着"绝对的"忠诚和"无限的"尊重。那歌手坐在球台的一角，唱道："我们的上帝是一座坚固的城堡。"我得出结论，他们已酩酊大醉。夜已经深了。

我幸运地找到了那个胖侍者，付了我的啤酒账。

29

那一夜我失眠了。我听着教堂一次又一次的钟声，在床上辗转反侧。有时，我的思想进入迷糊状态，接近了昏睡的边缘，但马上就有一股燥热向我袭来，我又醒了。认为一切都完蛋了的绝望使我涕泪涌流。

一件不幸的事看起来越是不可能，一旦进入了可能的范畴，就越是接近于实现。因为它已经越过了最危险的深渊，简直无法怀疑它也有力量征服那些较小的裂缝。既然它已从无到有，为什么就不能进而发展成为一切呢？有些确实的东西无可争议地出现于我们面前，但我们一争议，它们就几乎不存在了，因为其内在本质似乎随着不可争议性消失了。

有什么东西比一个忠贞女子的爱更可靠，更远离危险呢？我感觉到明娜爱我，我知道——正如斯蒂芬森也说过的——她有忠实的天性。

但真正可怕的却是像复仇女神那样，这种忠实又掉过头来反对我。她对旧情的忠实站出来反对她献给我的新爱。

我原来是多么安全地躺在我的幸福之中啊！但现在，却有一个陌生人以率直的语句告诉我，他希望夺走我的幸福。

可是我呢？我是尽情地嘲笑了他，还是把他当成可怜的傻子不屑一顾了？

都没有，我只是跟他吵起来——就好像我的幸福需要保卫似的！更糟糕的是，我跟他商定，正确的态度应该是怎样，从而承认了他有获胜的可能，承认了我并不拥有幸福，而是首先要去争取它。

危险不仅是可能的，而且是实际的，它威胁着我——我好似在梦魇之下，在危险的重压之下呻吟。

我原来是多么安全地享受着我的幸福啊！可是现在，我却预感到一种危险，仿佛在这段时间里，灿烂的阳光中不断有阴影在纠缠。我想起那封可疑的信如何把我从初吻的幸福陶醉中唤醒。我又感受到了在珊道，听见明娜寄给斯蒂芬森的信落进邮筒时那种突然的没来由的恐慌。我第一次拜访她家时嫉妒之情油然而生，那情景现在觉得真如同鬼使神差。我刚刚尝到重逢的欢乐，就被明娜的忧伤和斯蒂芬森那封满纸责备的信破坏了，他的信使我产生了愚蠢的嫉妒和不那么愚蠢的恐惧。我恳切地请求她不要回信，可是她却答："我必须回信。"她那特有的宿命论似乎也传给我了。第二天，她写好信，把信给我看。我们晚上坐在"大花园"的小山上，望着远处的百合岩，不是有忧郁的阴影掠过我们的心头，就好像我们正在向一座已经失去的乐园远望吗？

因此，在我们订婚的同时，似乎又产生了一种敌对的命运。它逐渐逼近，直至此刻——用贝多芬的话来说——已"敲响了我们的生存大门"。它当然会获准进入——强者的威胁是不会徒劳的。

我忘了，"命运叩门"时，正是要经受住考验的时候。如果必要的话，就把这个不速之客丢下楼去。否则，就很容易听任环境裹着命运的外衣狐假虎威地叩响我们的门。

在这种种艰难的思索之中，我陷入了昏昏沉沉的状态，一方面感到自己被瞌睡死死抓住了，另一方面，内心的恐慌却又使我惊醒。我感觉有奇形怪状的灰色庞然大物在黑暗中出现，慢慢地不可阻挡地朝我逼近。但这些不确切的说法表述得也不正确，因为这种神经过敏的印象是无法描述的，是无法概括的。这些感觉与幻象的可怕的两性体似乎从我们本性中处于意识阀之下的部分冒出，很难适应概念与想象的狭小范围，恰如史前时代的巨大怪物难以在当今的物种中取得一席之地一样。

最后，我终于摆脱了这种使人麻木的状况，穿上衣服走出去了。

那是个寒冷的拂晓，雾气弥漫，细雨蒙蒙。

到处都还关着门。我不得不空着肚子游荡了差不多一个小时，头又晕又沉，带着不习惯早起的无精打采。

终于，我找到了一家已开门营业的咖啡馆。

我在一个角落里坐下。侍者对我清早光顾自有看法，建议我要一杯塞尔特斯矿泉水。

"咖啡。"我不客气地吩咐道。

可是，还没有生火，我只好等候。

那是一种地道的、并不愉快的旅行途中的心情，想起住旅馆，想起赶早班火车。

旅行——离开这里！……昨天晚上，明娜就想到这点，我说服了她。而现在——我多么希望，我们已经上路，她就坐在我身边，而马车是预先就订好的。乘早班火车——去哪里呢？随便，只要能离开！

可是现在即使我有钱，也不行了。斯蒂芬森的确以他的坦率使我束手无策——这大概也是他的目的，尽管他不一定料到我们想过秘密出走。并不是我的自尊阻止我出走。当然了，一想到斯蒂芬森会有理由抱怨我的做法，我就觉得难受。更糟糕的是出走总会有这样的感觉：我是以狡猾的方式得到我的心肝宝贝的。但最严重的还是这种可能性：我甚至会使明娜受委屈。从我这方面来说，只有担心明娜经过深思熟虑后仍愿选择斯蒂芬森，出走才有意义。

但是，即使我征得她的同意后这么做，又有权阻止她做出这样的选择吗？

假如她日后发现，她的情感有失误，那么，过迟的悔恨又是多么苦涩！

不，我们必须留下，无论发生什么事。不过，我内心仍有一个声音在不停地唠叨："走吧，她肯定还愿意走。"

接着是这一天的日程该如何安排。一个大问题是我能否马上选个比较合适的时间去见她。

我的渴望与恐惧催促我去，但我的理性却说："干吗这么早就去打搅她呢？这会惊扰她，使她不安，而她需要清静。再者，这会证明你方寸已乱，失去了平时的镇静，显得心虚胆怯，也许甚至不可信赖。不过，假如你不去，就是给了他机会，让他跟她单独交谈。然而，这是你不能阻止的，因此，早去晚去都一样……对，他们甚至应该在一起谈谈。活见鬼，你可不能为他着想！好吧，要不然带她出走，要不然就别当百眼巨人①！"

---

① 百眼巨人，出自希腊神话，喻指警惕的监视者。

我决定像往常一样去工艺学院，下午才去见明娜。

30

我走进小客厅，明娜正坐在敞开的窗前。她见我进屋就站了起来。我马上从她眼睛看出，她哭过，而且哭得很厉害。

"他来看过你了？"我立刻问，同时握住她的颤抖的手。

"嗯。"

她让我握着她的右手，左手攥着一块小手帕紧按在胸前，好像胸口痛似的。

"他对你说了什么？亲爱的明娜——昨天晚上，我跟他谈话之后就想到……他……总之……你昨天是对的……无论如何，说到他此行的意图……很不幸……也许我这么想是出于自私……"

我简直不知道自己在说什么，即便最平常的话也说不出了：它们都憋在我的喉咙里。她把目光转开了。我窥视她的面部表情，等她说话——这时，她紧握一下我的手，突然把手抽回，跌坐在椅子上，双手捂住脸，压抑不住地痛哭起来。听着这撕心裂肺的哭声，看着这柔弱的少女身体在剧烈的哭泣中震颤，我感动得忘记了一切。我跪倒在她身边，拥抱她，把她搂紧，再三呼唤她的名字，用傻乎乎的话请求她别哭了，要她鼓起勇气并保重身体。过了一会儿，我也像她一样泪流满面。哭声渐渐止住了，她微弱地笑笑，用泪水浸湿的小手帕给我擦眼睛，同时温柔地握住我的手，连声低唤：

"我亲爱的好朋友！"

"是我，明娜——不管发生什么事，我都是……可是，你别这么难过，听话！你不要觉得不幸，因为你不会不幸……我宁可忍受一切，宁可失去你，也不愿看见你这样——他也这样想，我有把握……"其实，我根本没有把握，但认为这样说是我的义务，"咱们必须冷静，你必须坚强……你根本用不着考虑我……只需考虑你自己——怎样做对你是最好的……那么，对我们也一定是最好的……只要你选得对就行，服从你自己的本能，这是当务之急……只要你幸福，我们都会高兴。"

"我自己——不，我要最后考虑我自己……哦，如果我放弃你们俩就可以使你们幸福的话，我相信，我有把握做出这一牺牲——总比让你们当中的一个失望要好……可是现在，我把手伸给你们当中的一个，就得从另一个那儿抽回我的手。这我怎么能幸福呢？这是根本不可能的。"

"可能，亲爱的，这是唯一可能的，也能够办到。一定要首先给你造成巨大的痛苦。这当然会给你的幸福带来一道深深的裂痕，我明白。但幸福有的是时间，它要管你一辈子呢……你如果选择得对，就会渐渐心满意足。没有得到你的人，也会随着时间的进程安于现状，这是无法改变的事。不过，假如你选择得不对头，假如你的情感发生失误，那就会使我们三个都不幸。"

"真可怕！我竟然面对这样的选择！要是有别人能代我选择就好了！要是在这种情况下只有一种抉择，要求我：'你必须这么做，否则就是罪孽。'那有多好！……可是，不管我做什么，我都会作孽，因为我已经作了孽，并且还会继续错下去。"

"不，不，你不要屈从于这样的想法！别再把这种疑虑加进来添乱……"

"哈拉尔德！"她喊道，站起来，定定地盯住我的眼睛，"你能为我选择吗？你有这个勇气吗？请正确理解我的意思，我是说，你的信心是否坚定得足以问心无愧地说：'跟我走是你的义务。你已经许过愿，我不能再让你反悔，因为我深信，假如你不这么做，你就会倒霉。'"

这时，我突然发现我们的命运就在我的手中，心头不禁掠过一阵狂喜，我只需握紧它就行了，这种胸有成竹的意识竟使我一时忘记了责任的重大。但是，不等我答话，明娜已伸出手来，似乎要捂住我的嘴，带着忧惧的恳求眼神继续说道：

"但你要想到，哈拉尔德，你虽然得到了一个爱你的妻子，而你对她的爱更是远远超过了她的福分——啊，这我清楚——但她也许永远不会使你幸福，因为她有内心的创伤，永远不能彻底治好，甚至还可能死于此伤哩。我将永远不会宽恕自己背叛了初恋的恋人……家庭的幸福不可能驱散他的怪影，我要感谢他给了我最初的意识，最初的思想，以及我的独立自主，并且唤醒了我最美好的情感——新的生活以及新的情感，可以说都属于他。啊，他的形象对于我来说曾经是多么可亲啊——而此刻却成了怪影，谴责我，就因为我把这一切都给了另一个人，可是他却满怀信心地等着我，为我们的未来，为我们两个人而工作着。不，不——我永远不会幸福，也不会给你应有的快乐！"

我面对这种突发的绝望感到既麻木又惊慌。我避开她的目光，努力集中精神，理清我的纷乱的思绪。我完全明白，一个天性如此纯洁而天真的姑娘必然会对斯蒂芬森的举止做出这样的解释。在收到他那封摘录了海涅诗歌的信时，她就已经凭想象做出了这样的解释。昨天我跟他交谈之后，也毫不怀疑他会利用对明娜的了解，给这段离别的时间罩上讨人喜欢的、几乎是激情的色彩。但我却是用异常清醒的眼光观察的，去掉了任何浪漫的色彩。我觉得，明娜也一定会逐渐认清他的真正面目，弄明白为什么我觉得这个怪影的危险并不像她想的那么严重。然而很可惜，我对自己的事不大有把握。我暗暗告诫自己，由于我对斯蒂芬森怀着十分自然的反感，并非完全不可能对他做出不公正的事。在这种情况下……

我仍然在迟疑——有利的时机已经错过了！

"看，你有顾虑——你不敢，"她叫道，"你只需考虑我们俩，而受害最大的第三者对于你来说只是个陌生人，甚至是你所憎恶的人……你自己说吧，这一抉择多么令我害怕，因为我知道，不管我倒向哪一边，都会使一个我所爱的人不幸。"

"对，正是这点使我难以代替你抉择。我不明白……你说你爱我——我感觉得到，对此并不怀疑——但同时你又说，你爱斯蒂芬森。这对我来说是个谜。我以为，你对斯蒂芬森的感情不是爱，而是爱的回忆。这太脆弱了，不足以约束自己一辈子，尤其是在产生了一种新的爱情与之对立以后——新的活生生的情感必须得到应有的重视。"

明娜摇摇头。

"你真的同时爱两个男人吗？这不可能！"

"我不知道什么叫可能和不可能，我的朋友！但是请考虑一下你所了解的一切吧。然后告诉我，你是否还不理解为什么我必须爱他。我已经尽我所能告诉了你，他对于我意味着什么。你知道，我的爱在长期的离别中依然继续着！尽管我以为他的情感已经改变了性质。你曾经见到——你碰上我第一眼就见到了——甚至一本可怜的字典都会鼓舞我的激情，而我学习他的母语是希望以后跟他交谈……才过去几个星期，我怎么会对他无所谓了呢！假如这段时间他有什么可鄙的事，或是他爱上了别人，那倒也罢了——可是我听到的却是：他在频繁的社交活动中受到的诱惑比我强得多，却比我更忠实于自己的情感。而我盼望的正是这点……哦，我的举止是多么可悲可耻！但愿他看不起我，责备我——啊，我不希望这样，但这也许对我们大家都是最好的！不过，他并没有那样，而是匆匆赶来，就好像他这一辈子的幸福完全取决于我的判断——完全由我决定似的！我真不幸！想不到这么多的爱竟会变为惩罚——爱本来应当是最大的幸福嘛！"

她扭开脸，眼看要哭。

"亲爱的明娜，"我开口道，把手放在她的颤抖的肩上，"你说得对，我本来能想到这一切——也应该想到。现在，我宁可认为，你对我的情感并非爱情，而只是热烈的友情。"

"为什么？"她叫道，把泪盈盈的眼睛转向我，"为什么不许我两个人都爱？……也许爱的方式不同——你们俩不一样——我跟你们俩的关系现在也不一样。也许我爱你最迫切……"

"啊——明娜！"

"可是我爱他最深。"她小声补充道，垂下了眼帘。

我伸出的双臂垂了下来。我惊呆了，就好像当头挨了一棒。我感到，我的嫉妒心始终暗暗畏惧的某种强大力量正在反对我的希望，反对我的几乎成功的全部努力。爱情的这种难以战胜的先入为主使我呆若木鸡。但这时明娜以真诚的柔情抱住了我。

"不，你不要这么理解，哈拉尔德——哦，天哪，我伤害了你。我根本不是这个意思。我只不过是忽然想到，而一切言辞都只能蹩脚地表达出我们要说的意思……也许根本不是这样。我不知道，我什么都不明白。我只是感觉，你们俩都属于我的生活——正在往两边扯我——哦，天哪，我将会落个什么样的结局呀！"

"你将变成一个健康而真实的人，我心爱的姑娘。如果你能靠自己的力量经受住这种争夺的考验……苍天知道我是多么乐意帮助你，可是你看，我不行。没有人能行——连赫茨太太也不行，尽管她待你如慈母一般。我很想劝你跟她推心置腹地谈谈，其结果很可能会对我有利；但是这一切都没用，除了你自己以外，你不要去请教别人。你的本能也许会突然无意识地做出最佳选择……重要的是从现在起，斯蒂芬森和我都不应再加剧你内心的激动，尤其不能像今天这样轮番出现，使感情的天平时而向这头，时而又向那头倾斜。这样你可受不了——很可能会像刚才那样，做出昏头昏脑的决定。我们各自都已经见了你，为自己进行了辩护——从现在起……"

"为自己进行了辩护！"明娜叫道，真诚地看着我，"可是，亲爱的哈拉尔德，你根本没有这样做！"

"没有？"我尴尬地问，"你觉得我过于平心静气啦？"

"不，不，我亲爱的朋友！我太了解你了，你这么温柔和体贴，这么为我着想；你原谅了原本应该责备我的一切，这就使我更加内疚。"

"内疚？不是因为我的缘故吧，明娜？不，你无权这么做！……我有什么可责备你的？即使这段相识不能创造未来，难道就该埋怨它吗？为了我所感受到的爱，我非常感激你……"

"不，哈拉尔德，千万别这么说！"

"这使你难过吗？那我不再说了。我决不会给你讲我失去你的悲惨后果，以此来影响你……该忍受的必须忍，相反，我向你保证，我要尽我的全部力量，坚强地挺过去……尽管我不会忘掉你——也不愿意忘掉……"

我的嘴唇颤抖了，两眼噙着泪水。

"不，不，"我突然打住了，"我本来不想说这些。再说，你的心会告诉你这一切……我说过，今天斯蒂芬森和我都得同意不再来见你，直到一切都定下来。这段时间最好你离开城里——如果你乡下有亲戚，可以去……"

"在迈森我有个表姐——她丈夫在那儿有个庄园——我可以去看他们。今年夏天他们还邀过我，我甚至用不着写信。"

"那好极了，你可以明天就走吗？"

"明天？哦，好的，我想可以。"

"那就走吧，明娜，拖延没有好处。你若是拿定了主意，就写信告诉我你的决定。"

明娜点点头。她重又坐到窗边的椅子上，望着花园出神。

我拿起桌上的帽子，在手上转来转去，等她再转过脸来。最后，我走过去，碰碰她的肩。她掉过头来，哭红的眼睛惊讶地瞪着我朝她伸出的手，并且发现我的另一只手痉挛地攥着帽子。

"怎么，你想走吗？"

"是的，明娜，我想走——已经——我是说，你若是明天就动身，还得收拾东西。"

"我又不是去西伯利亚。"

"当然，但我还是得走——我想找人谈谈。"

"这不是真的，哈拉尔德！不过，如果你现在走，留我一个人想想，这也许是对的，尽管……我害怕这样。但我必须忍受……你什么时候再来？"

"我不再来了。"

她跳起来。

"不再来了？这是什么意思？……今天晚上你不再来找我啦？"

"我觉得不合适——咱们已经不再是未婚夫妻了。"

"怎么？还是！我想，咱们还是，只要——不管怎么说——并没有发生什么事……"

"还是——也许只是拖到你跟我解除婚约吧。你千万不要勉强，不要觉得是你解除了婚约。不管你做出什么决定，都会产生出一种新的关系。是我解除了咱们的婚约。你一定要感到自己是自由的。"

"啊，哈拉尔德，这是多么沉重而苦涩啊！昨天，咱们交换戒指的时候，哪儿想到竟会是这样！"

她低头盯着自己手上的戒指，两手交握，戒指熠熠闪亮。

"对了，戒指！"我叫道，怀着一种男子汉的气概，动手从指关节上往下脱戒指。

"不，别这样！"她叫道，把手按到我手上劝阻，"哦，千万别把戒指退还给我，也别要回你的！何必这么残忍呢？"

我微笑着叹口气，温柔地握住她的手，吻她的手，感激她的真情实感使我们避免了不必要的痛苦。这也许是所有痛苦当中最难忍的，因为戒指是婚约的神奇象征，唤醒了订婚关系的全部情感。因此，某些骑士宁可被剥夺骑士的头衔，认为这不如被执法者击碎盾牌那么可怕。

"你真不来吗，哈拉尔德？不管订没订婚，咱们和原来一样。"

"最最亲爱的明娜！你可以想见——我要如何克制自己才能够不来……真的，我简直不知道该怎么办，因为这也许将是我跟你在一起的最后一个晚上。"

我的激动压倒了我。我闭紧嘴唇，为了避开她的目光，我往旁边瞅，眼睛盯住灰色糊墙纸上的一个靴形斑点。那斑点并没有什么特别之处。但这时有一个吓人的念头在我脑海闪过：也许，你永远不会再见到它了。明娜发觉了我的痛苦，却无可奈何。我觉察到了这一点，尽管如此我仍死死地盯着那个斑点。大约过了一分钟，我才继续说道：

"这毕竟最为妥当……确实，咱们还是原样，但是咱们的关系将有所不同，那样会使咱们俩都难受。再说，现在，咱们做出这样的决定也是最正确的——我是说，这样做对斯蒂芬森最公平合理。"

"但愿他今天晚上来找我们！"

"他说过吗？"

"没有——但我想他可能来……也许只是为了不让你跟我单独相处——他也许以为你会像往常一样来。"

"你说得有道理——不，无论如何我不愿把阵地让给他一个人独占……要是他来，就派人去叫我。等等——看，这是我的笔记本。我把它留在这里。如果你派人把它送给我，我就明白是叫我来。你要让他知道，是你叫我来的，让他明白我并非不请自来，这有好处……再会，我的心上人——至少现在还没有人能禁止我这样叫你吧！"

我把手伸给她，她热烈地握住，同时以温柔的目光注视着我的眼睛。她露出害怕和询问的笑容，把头稍稍靠近我。这时，我把她拉到我的怀里。我们的嘴唇久久地贴在一起，就好像要把对方的生命吸进自己体内，以便安全而不受侵犯地占有。最后，我感到她在我怀里放松了。我稍向后退，胳臂依然搂住她的肩膀，这才发觉她已几乎站不直了。她把头垂到肩上，喘息和颤抖着。我小心地扶着她走向小沙发，让她坐到沙发上，把一个枕头垫到她的脖子底下。

接着，我打开门呼唤她母亲。老太太立刻从厨房的暗处出来了。她听说明娜不舒服，连忙又折回厨房去取水，然后匆匆地弓着腰进了客厅。惊慌的表情使她的粗糙的面容显得更怪样，但同时也具有了某种精神美，为她对女儿的深情慈爱做了令人感动的证明。

我见有她照料半昏迷的女儿，赶紧走了，因为我确信，要想使明娜平静下来，我离开是最重要的措施。

31

小屋的桌子上放着两封信，一封贴着英国邮票，另一封贴着德国邮票。我认得这两封信的笔迹，于是迅速拆开了舅舅寄来的那一封。

他像往常一样写得很简洁——由于工厂里的人事变动，我最好在四个星期内去伦敦见他。因此，我必须放弃工艺学院的学业和毕业考试，但是这不会妨碍我的事业。更重要的是，不要错过这个从事实际工作的好机会。几天内他将汇来一笔钱，足够我准备行装和旅费之用。他要我即刻回信，以便确知信已妥收无误。

这一通知使我陷入了极度的不安。

若是发生可怕的事，明娜和我的关系横遭破坏，那么，这真是我求之不得的事——假如那时候我还有所求的话！若是那样，就索性离开这个充满惨痛回忆的地方吧！不然的话，我也许还得在这儿滞留一段时间，还会碰上她。而在新的环境里，我会以全部精力投入工作。然而，我的心思当然不愿意去多想这种具有残酷前提的情况。

另一方面，假如她选中我，当感情波澜还在震撼她，她比任何时候更需要忠诚的支持之际，我却要在几个星期内离开她，这也太不合时宜啦！怎么能这时候离开她呢？须知每日每时的情感复苏正是她必不可少的生活条件。她以身相许之爱既不能够也不愿意离开她啊！去一个遥远的国度，天晓得要待多长时间，把她留在这里，重又依靠通信和——一本丹麦语字典，那可真够呛！

虽然那样我可以提早得到一个职位，从而能提早结婚，但这种可能性似乎难以弥补我此刻与爱人分离的不幸。

然而，我跟舅舅的联系完全靠通信——或者说，我并不了解他——因此，我不敢尝试改变他的决定。此外，恰好在必须回复他的时刻，我却不能把真相原原本本告诉他。

假如我受的是致命伤，那么，这不过是一小块英国橡皮膏——但如果我赢了，它又是一道专横的命令，撵我走，不让我享受赢得的幸福。这便是这封信并不令人欣喜的效果。我感觉比进屋时更加烦闷了。

外面大雨如注，狭窄的街道遮暗了室内的光线。我不得不坐到窗口去读第二封信。是我的朋友伊曼努埃尔·赫茨从莱比锡写来的。他这个名字是仿照康德取的。

他首先祝贺我订婚（他求我原谅，因为有好多事忙，他祝贺得迟了）。然后他写道，从母亲的来信得知，他亲爱的老父亲在布拉格患了感冒，还没有痊愈，他很不安。他担心母亲对他有所隐瞒，不愿惊扰他。因此，他请我坦诚直言，我对他父亲的病到底怎么看。

我自然是过分关注自己的烦恼了，没看出老赫茨的咳嗽有什么严重之处。

因此，这个问题并未使我多加思索，相反，我却以学者的认真研究起开头的贺辞来，自认为在其中发现了某种勉强的成分。

正直的伊曼努埃尔·赫茨开始引起我的特别注意。我记得明娜总是避免提起他，而斯蒂芬森昨晚说，明娜跟他如何如何，虽然纯属举例，却有某种特别的含义。这一切都指向同一个方向；况且我觉得，认识明娜但又不爱上她是不可想象的。因此，我的推测很快就变成了确信。

这么说，他也吃过苦头！他当时是怎么挺过去的呢？

他肯定不是个轻浮的人，但或许他天生就理智多于激情，因此，创伤没有到不可治愈的程度。新的环境和紧张的工作肯定也是他的良药。

想到我也要使用这种良药，尽管这使我难受，我还是渐渐沉入了去英国的梦中，并且在梦中把最重要的方面——工作——看作理所当然的事跳过去了，宝贵的自我意识使我浮想联翩：几年之后，我在华贵的马队当中驰过海德公园（我想象那里就像"大花园"一样），在闪耀着上流社会珠光宝气的舞会上翩翩起舞，或是作为贵宾出入位于密林与兽苑之中的古老贵族庄园，当网球冠军，骑猎能手，在正午的钟声敲响时准时露面。拜伦曾说过那是"心灵的警钟"。无论是在海德公园、跳舞场还是在贵族庄园，我都被年轻的小姐们簇拥着。她们堪称绝代佳人，个个都是百万金镑的继承人，对一个心灵破碎的男子向美人儿表示的崇拜绝不会无动于衷……但是，明娜的形象又在这一背景上清晰地显现出来。背景衬托了她的质朴的优雅，犹如一块华丽的挂毯在一个沉静女人的肖像后面闪闪发光。于是那些梦便化为乌有了。并不是因为我认为那些梦不可能实现，而是因为跟这个温柔和清晰的理想形象相比，即使它们能实现也是空虚的、无意义的。面对这一理想形象，我感到自己身上的一切优点都表现出来了，而所有粗鄙的可疑的成分都沉入了无意识的灵魂深处。

我对于自己不忠实地陷入了这种荒诞无稽的幻想而感到羞愧，便把它们作为祭品献到了明娜的圣坛上，赶紧抛开这些美梦（它们当然是一个刚刚担任初级职务的大学生难免会想入非非的），以便使自己的整个身心都投入拥有她的幸福或失去她的痛苦之中。

我渴望见到明娜。我无法想象，该如何才能独守枯灯挨过这个夜晚，并且明知她也在离这里只有几分钟路的地方寂寞独处。天色已黑，似乎不会有人来请我了。

现在我明白了，只有斯蒂芬森去雅格曼家，才会有人来叫我。我一直在依赖这个希望支撑自己。

最后，我点亮灯，给舅舅写回信，以患流感为借口把事情往后拖。

这时，门铃响了。

我把玻璃灯罩放到桌上——或者不如说是错放到了桌子旁边，不等我冲到门口，就听见了它在地板上摔碎的声音。我把门打开一点点，但进来的显然是个搬煤工人。

我既愤怒又绝望，正想把门关上，却听到一个稚嫩嗓音的小孩跟女佣说了几句话，其中有一处很像是提到了我的名字。

我屏息静听。疾行的碎步走近了，响起了轻轻的叩门声。

我打开门，眼前是个七八岁的小女孩。我认得这张哭过的小脸。她跟雅格曼家住在同一幢房子里。明娜的母亲常逗她和她的小妹妹玩。

"你找我什么事，小家伙？"

孩子瞅着脚底下，直抽搭。

"你有话告诉我——还是带给我什么东西？"

她哭起来，一只手揉眼睛，另一只手缠在一块手帕里。我把孩子拉进屋。

"到底出了什么事？或许是让你送个小本子给我吧？"

她干脆号啕大哭起来。

"天哪，这是什么意思？"我想，焦躁地踱来踱去。

"我没办法。"她终于开口说，"我有……我该……小雅格曼给了我本子……老雅格曼给了我点心……在路上吃……可是……"

我一跃而起，抓住我的帽子。孩子把手从手帕下伸出来，把弄脏的笔记本递给我。

"我没办法……一个坏小子……他推我……本子就掉到地上了……掉进了一个水坑……呜！……在蒂博瓦德广场……呜呜！"

我急忙掏出一枚硬币，塞进她的湿湿的小手，然后冲出门口，从女佣和搬煤工身边狂奔而过。他们的笑声伴着我下了楼。

几分钟以后——现在，这几分钟是多么宝贵呀！——我赶到了制绳巷。

32

明娜给我开门。她紧紧握了握我的手，低声说："谢谢你来。"

我立刻就戴着帽子进了小客厅。灯亮着。斯蒂芬森坐在那里，在跟雅格曼太太聊天，后者穿着印花布衫，戴着庄重的帽子。显然，这位不地道的求婚者是打着拜访的旗号来的。老太太正在谈论她的房客：

"人心不古，斯蒂芬森先生！是的，我们有时真盼望您再回来。不过，现在这位房客我可挑不出什么毛病……他也是画家，但不像您……他是搞装饰画的，您知道。"

斯蒂芬森已经站起来了。我们互相非常客气地打招呼，我甚至强制自己跟他握了手。明娜毕竟喜欢他，而她的情感当然能保护他，使我的反感有所收敛。他的瘦削而细嫩的手很凉——就像老话说的——也许这样心才显得更热。

我也握了握雅格曼太太的松软的手，扫视了一眼房间，然后对明娜说道：

"我想，我大概把笔记本落下了……"

"刚刚叫人给您送去啦。"母亲叫道，"我们寻思，您一定会找它。"

"那好极了——我的房东会收下的。"

斯蒂芬森嘲讽地笑笑，仿佛说："你们竟因为我费这么大事？"

"你今晚留下吧？"明娜说，又埋下头去看她正在翻阅的几本乐谱。

"芬格先生当然留下。咱们愉快地聚一聚。"母亲说。

我道了谢，坐到窗边。

栽种着蕨类植物的长形花箱已经被移到了窗台的外缘。明娜在烦恼之中仍然照顾它们，使她心爱的花草得到雨水的滋润。我们俩共同找到的那株单叶蕨立在屋中央，晃动着嫩叶，点着头。几片刺槐叶和一段弯曲的樱桃树枝，在射出屋外的灯光下闪亮。密密的细雨如低声的耳语。一段水槽也加入了它的絮叨。在幽暗的背景中，星星点点的窗口不规则地亮着灯。在它们之间是一个个楼梯间，就好像是被截断的光柱。

我沮丧地向外凝视，突然产生出一种人生悲凉的压抑之感。我冒出一个很怪的念头：这些光点是同样多的人的标志。他们也许除了狭小的环境、失望和空虚之外再没有什么别的共同点了。一种困苦而黯淡的命运，犹如这单调的黑暗，既分割又凝聚着这些灯光。

"可是，"我心想，"在那些屋子里，会有哪一处举行像我们这样奇怪的聚会呢？"

"愉快"实在不是此时心境的恰当写照。明娜心不在焉地弹了几个和弦，就好像她并没有多大兴致，却又尽力想打破沉默似的。一筹莫展的母亲发出一声深沉的叹息——这就是她所做出的贡献了。我感到有必要说点什么，然而斯蒂芬森抢在我之前开了口。

"迈森那一带风景美吗？"他问——显然是为了让我明白，他已经知道了那项决定。

"噢，不，恐怕不能这么说——它跟往南去相反。越往南去，萨克森就越美。你不是知道那句优美的诗吗？"

紧挨着迈森——

哦——可是布赖森？

她说这话时虽然有点费劲儿，却非常俏皮，引得我们大家都哈哈大笑，尤其是她母亲。

"啊，对，"母亲感叹道，"你怎么忽然想起要去看望威伦明妮？……整个夏天你都不在家……乡下的空气总该吸够了吧！依我看，如今人们对这种新鲜空气实在是小题大做了。"

她对明娜出行所做的这番天真的解释效果很不错。假如我们大家都了解实情，这种说法就太让人难受了。我们都会觉得还不如把大家都清楚的情况直说出来。有这位诚实的老太太在场，我们不得不保持更多的礼仪，比较适合掩盖我们的真实情感。

"咱们本来可以在一起度过这些愉快的夜晚！"雅格曼太太继续说，"譬如，咱们可以玩惠斯特纸牌。您记得吗，斯蒂芬森先生？当时您住在这里，我那老伴还健在，咱们常玩牌消遣。啊，天哪！那真是幸福的时刻——这样的家庭聚会——哈！——可以这么说……我总是挨我的老搭档骂。"

"但愿那不是我。"斯蒂芬森面带殷勤的微笑打断她的话。

"天哪，不是的，斯蒂芬森先生！您总是那么周到、体贴……可是我的老伴就往往很差劲，只要牌运不好他就生气，真的！运气不佳——可怜的雅格曼可受不了。"

"他是个打牌的高手，我记得。"

"牌技高超，对，您说得对——他干什么事都很灵，对，是这样，祝愿他进天堂……可是，这就像打牌一样——如果牌不好，那又有什么办法呢？"

不然就是搭档太笨，我心想。

"啊，天哪，对，我老伴本来不至于当个可怜的中学教员——

说什么好呢——人心不古，斯蒂芬森先生——啊，对了……还有命运，您知道的——运气不佳。"

斯蒂芬森极力做出同情的样子。我的目光则不离明娜：她仍坐在钢琴旁边，身子半转向我们。显然，这些话使她恼火；她唇边的微笑几乎变成了嘲讽式的。她耸耸肩膀。

"您给雅格曼先生画的像肯定很逼真。"我说。

"哦，不错，画出了这个老实人的某些特征。不过，他本人看起来可能更和蔼。"

"它使我想起父亲。"明娜说。

"噢，天哪，对，跟他本人一模一样。"

"我画这种简易的铅笔画有时运气还不坏。可是，明娜的那幅粉彩画却使我颇伤脑筋，结果还是没画好——真不该把它挂在墙上。"

"天哪，斯蒂芬森先生，您怎么能这么说！迷人的画！当时我们还没有彩色画——就是说，原来这儿有一幅两个小孩坐在小船上的。我觉得它很美，水蓝得那么可爱，可是明娜不喜欢把它挂在这儿，我只好把它挂到卧室去……喏，后来您好心地给我们寄来了沙发上面这幅漂亮的画……至于明娜的像，不，不许您那么说……一眼就能看出那是谁……"

"顶多只能模模糊糊地看出是谁。"明娜说。

"啊，你可真是个坏孩子！"

斯蒂芬森笑起来。

"您看，雅格曼太太！您的好心没用——救不了这幅画。不过，我可以画一幅新的——譬如说，画这样一幅铅笔速写。"

"今天您去画了吗，斯蒂芬森先生？"我问。

"没有，光线太差……只会搞脏画布，结果是明天看不得。"

"所有画家都用这样的贬词来说他们的艺术吗？"明娜问，"我觉得，从你们嘴里永远听不到别的，总是说'乱画'，或者说'乱抹'。"

"一点不错，"斯蒂芬森笑答，"这是个相当流行的艺术家调调儿。其中略有自我批评——但更多的也许是装模作样和虚荣。我要尽力改掉这习惯。顺便说一句，你们女士也有类似的毛病，譬如刚才你说'胡乱弹'就是。"

"啊，不能这么比较！"明娜叫道，为他的艺术抱不平，"这是拿我开心。"

于是，我们两个都请她认真弹琴。她转过身，面向钢琴，弹起了肖邦的一首前奏曲。斯蒂芬森走进门厅，然后拿着他的速写本回来。我寻思，他是想画弹琴时的明娜——显然，他观察她的位置偏后了——但是，很快我就发觉，我本人才是他作画的对象。他未经允许擅自画我，这使我有点恼火。可是斯蒂芬森笑笑——不容否认，在他的笑容里有讨人喜欢之处——用铅笔指了指明娜。"如果他真的是为了她才画我，"我想，"这可是个怪念头。不过，也没有什么不好。"我像小耗子一样静静地坐着，倾听琴声。

前奏曲一首接一首。她弹得心不在焉，远不像往常那样富有表现力。这本属意料之中，可是却使我苦恼；因为我为她感到骄傲，乐意看到她露一手——即便是面对斯蒂芬森。顺便说一句，他听得并不特别专注，因为他在一心作画。他不时地向前探身，想看得更实在些，或者用铅笔在空中测量。

明娜弹了半个小时，然后转向我们问："听够了吧？"

不等回答，她又跳起来嚷道："你们在干什么？"

"噢——还不错，"她越过斯蒂芬森的肩膀仔细观看说，"挺像的。"

"还行——嗯。"

"哎，看哪，画得真好！"母亲惊呼道。

"但愿——我想——"明娜说。

"什么？"斯蒂芬森问，抬起眼来。

"没什么，说不定是我看错了——听起来也太狂妄。"

"肯定不会的，旁观者清嘛——你比我熟悉这张脸。"

"我想，下巴应该再大一点。"

"的确！"斯蒂芬森量了量，改了改，向前探身观察，又改，"是的，确实好多了。我甚至认为还可以再大一点。你眼力好，明娜！"

"也许还可以让喉结再凸出一点。这是他的特点……瞧，更像了！"

我好奇地站起来，欣赏我的肖像。画只是匆匆几笔，但线条坚实而飘逸。因为我对自己的侧影不熟悉，所以对画得像不像无法发表特别的意见。但明娜很满意。我也暗自高兴，因为她对这幅画做了一份小小的贡献。斯蒂芬森的微笑流露了艺术家作画成功时常有的那种孩子式的欢乐。他在画上签了名，署上日期，用小折刀裁下那页纸，交给明娜。

"谢谢！"她真诚地说，并不感到惊讶，"我非常高兴！这样一幅画比相片好多了。它更有情趣，我想，让人想起古代，那时候可不是人人都有成打的相片分送给朋友和熟人的。要是能得到朋友的画像，不知有多高兴呢！"

"这一点我从来没想过，"斯蒂芬森说，"我更爱考虑画的艺术价值。不过，你刚说的确实很有意思。"

"很对，"我说，"这正是肖像艺术的宝贵之处，它不仅具有世代相传的高贵特点，而且没有无聊的民主弊端，不会使张三李四都拥有我们所珍视的相同的画像。"

"啊，对，"雅格曼太太叫道，"比起我年轻的时候，世界毕竟进步多了！照相术是一项奇妙的发明，也最逼真。"

明娜听了这句插话后笑了。它跟老太太自以为随声附和的观点并不一致。

"是的，您说得完全对，"斯蒂芬森以他那讨好的随和打圆场道，"摄影艺术中有一种修版术，能产生奇妙的效果。"

"你就从来没尝试过画自己吗？"明娜问。

"还没有。真奇怪，佛罗伦萨的乌费齐恩画廊至今还没有提出要求，把我的自画像收进它那绝无仅有的自画像珍藏中去。"

"若是我现在要求你呢？"

"那我就在晚上一个人独处的时候试试，假如旅馆的镜子不使我过分走样的话……可是现在，我得抓紧时间给你画一张。"

"真的要我坐？这是我最不舒服的。"

"我已经好久没麻烦你了。"斯蒂芬森温和地说，带着一种少有的忧伤语调。我感到很新鲜，那弦外之音似乎是说："谁知道今后我是否还能这样做。"

明娜没有再表示反对，坐下了，按照他的指点变换了几个姿势。他开始专心作画。但不久他又停下了，因为不满意灯光；我帮他把灯移好。这时我发觉，那个有破洞的旧灯罩已经换成新的了——看来是为了对斯蒂芬森表示敬意。但究竟是明娜还是她母亲如此体惜他的审美感，姑且只能存疑。明娜得考虑更重要的事，大约不会想到灯罩上的洞；而雅格曼太太不仅对"画家先生"深为崇敬，而且从他在这里做房客时候起，就对他有一种慈母般的柔情。她不时从侧面亲切地瞅他一眼，一边织袜子，一边晃着大脑袋，就好像对自己说："啊，天哪，真的，你又坐在这儿了！天哪，你为什么不早点来呢？"

毫无疑问，如果由她选择，那我马上就得走人。虽然我知道，明娜决不会找她商量，而且从明天起，就可以摆脱她的影响，但我毕竟有一种失宠的难受滋味。

明娜则相反，把她的友情均匀地分给我们俩，并且态度自然而有把握，这颇使我惊奇。在这两个似乎对她的未来拥有同等权利的追求者之间，她应付裕如，毫无困难。她得到了我的一幅画像，却并未显出她的欣喜。然后，她又请斯蒂芬森画一幅自画像给她，绝不让一方得到好处而让另一方做出牺牲。即便在这种公平之中有一点技巧和心计，那也主要是出于她的自然的情感和无心的圆通。她跟我们俩闲聊，话题围绕着德国的戏剧和表演艺术。可是因为斯蒂芬森正在画她的半侧面像，她很少朝他看，答话时，目光和表情也大多朝着我。他在用心作画，但喜欢她说话，以便她的脸保持活泼的神采。

但是当他画嘴边的重要部位时，她不得不闭口了。于是她让母亲为古代的戏剧大唱赞歌。看来雅格曼太太以前不常看戏，但她对德弗里恩特①很崇拜。当然了，她在她父亲开的酒店里看见他的次数要比在舞台上见的多。从其他对艺术更有鉴赏力的人那里听来的话，在她的糊涂头脑里跟自己的少许记忆搅和在一起，使得她非常感伤，就好像她曾经在塔利亚和墨尔波墨涅②的殿堂里生活与活动过似的。

"啊，天哪，是的！当时真是名伶辈出！那时您真该看看我们的戏剧，斯蒂芬森先生！戴维森——对，您一定听说过他吧？您知道，他在波希米亚车站对面盖了一幢漂亮的别墅——当时这可是新鲜事哇——现在自然有许多了。是的，他赚了许多钱。不过，即使花钱看他也值得。演靡菲斯特——真是惊心动魄——现在我可是绝对不能再看了——他后来也疯了，您知道。然后是艾米尔·德弗里恩特——啊！他完全是另一种样子——庄严、理想——扮演《华伦斯坦》中的马克斯——叫人感到高雅，现在根本演不了那么传神——我可怜的雅格曼也这么说——最后，他根本不想再去看戏了。您还记得吧？您称赞在这里看到的东西，他总是说，不，您真该看看这个，看看那个。他崇拜的是施罗德-德弗里恩特夫人③——对，我也记得她。

"了不起的悲剧大师——表现力——完美的表现力，可怜的雅格

① 德弗里恩特（1803—1872），德国名演员。
② 塔利亚和墨尔波墨涅都是希腊神话中的文艺女神，分别主管喜剧和悲剧。
③ 施罗德-德弗里恩特夫人（1804—1860），德国女高音歌唱家，曾饰演韦伯的歌剧《魔弹射手》中的女主角等。

曼说。只要是她演出，他从不漏过一个晚上。那还是在我们结婚以前。啊，天哪，是的——诸如此类的艺术家——那可真是光辉灿烂的时代。"

"对，到处都这样，雅格曼太太。在丹麦，老辈人也说，他们在剧院简直受不了，我们真可怜，再也看不到真正的喜剧了。"

"就是，您看看——世道不好，斯蒂芬森先生！……不，那时候可不一样——住在德累斯顿真棒！没有这么多的苛捐杂税——啊，有钱什么都能买到！现在可好，肉价涨了三分之一以上——唉，真是的！"

她摇摇头站起来，叹着气向门口走去。

明娜笑着朗诵道：

爱情、忠诚与信条

都已从世上溜掉，

咖啡何其贵，

金钱何其少！

"嗯，至少你还没忘记你的海涅。"斯蒂芬森说。

"哦，当然！"她热烈地叫道。

我想起斯蒂芬森曾经卖弄他对海涅的了解，脸上露出了不悦的神色。明娜看出了我的脸色，叹了一口气。斯蒂芬森把速写本放到桌上，两手交叉垫在脖子后面，向后仰坐着。

我想，我们大家都吃了一惊，被出乎意料地拉回到现实中来了。我们都感到，要摆脱这些是多么不可能。

雅格曼太太端着餐具进来了。明娜站起来，帮她摆好餐具。我们吃东西时兴致都不高，这从大家的沉默上就能看出来。

画像还差一点没画完。喝完茶，斯蒂芬森马上又动笔画。

"好了，现在行了——天晚了，明娜明天上路还得早起。"他画了一刻钟之后说道。

我向他走过去，不禁发出一声赞叹。这张像画得不如我那张那么果断与活泼，但正是这种踌躇赋予它某种亲切的魅力，表情同样欢快，虽然只是轻轻地勾勒出来；画外却似乎别有一番情思。

"还可以画得更好些，但是我不敢再'润饰'了。"

他又用小折刀把这页纸裁了下来。

"这张像归谁呀？"明娜问。

斯蒂芬森把画递给她。

"给你——以后，你再给我们俩当中你认为最需要它的人。"

在他略为发颤的声音中有一种深沉而悲伤的真诚，此刻听起来真让人感动。这是整个晚上他针对即将降临的决定所做的唯一暗示，在此之前，斯蒂芬森比谁都更注意使谈话保持在无害的范围之内。这种出人意料的直言几乎把我们都惊呆了——或许连他自己也吃了一惊。但是我却很高兴，我们毕竟没有一晚上都避开真情瞎说一气，而是终于有一刹那正视了它——这如同一种良心的慰藉。是的，我甚至对斯蒂芬森表现出的道德勇气感到某种感激。但是这立刻就掺入了一种苦涩：我意识到了他的优越。若是我尝试说这类话，肯定不会成功，肯定会说得笨拙、别扭，造成令人难堪的不快，而现在我似乎如释重负地松了一口气。正像昨天在台地上一样，今晚他成功地把一切都维持在中立的范围内。现在，他却跨出了这个圈子，用大胆的手去触及我们忌讳的东西，他又成功了。这一成功有他的自信做基础，正是这个迫使我默然承认——面对情敌这是最最难堪的事——承认他比我更有男子气概。当然，我对自己说，这只是表面上的假装的男子气概，实际上只不过表明他更熟悉社会生活，尽管如此，我仍然感到羞愧不安。

明娜没有搭腔，低垂着目光收下了那张纸。她把它放进纸夹，跟我的像紧挨着。我觉得这种靠近是个好兆头。

我也没忘记寻找糊墙纸上那个靴形的斑点——在这种亮度下找到它可不容易——以便抹掉先前我告别明娜时那一闪念所包含的噩兆。当时我想："也许，你永远不会再见到这个斑点啦。"要是我现在不去细看它，噩兆依然会有效！这些天我就像个老太婆一样迷信，因为对于我来说，只有我和明娜的命运存在，一切都必然与这一点有关。

雅格曼太太坐在椅子里，睁着眼睛打盹。她对于令我们激动的事全不知情，却机械地喃喃说道：

"真漂亮！——啊，天哪——这当然可以说是天才！"

为了推迟告别的时间，我们又扯了一会儿闲话。终于，我们告辞了。

明娜端着灯送我们下楼。大门还开着。

我让他先出门。他转过身来，摘下帽子，向我伸出手。

"芬格先生，您昨天晚上说，咱们彼此作为敌人分手。您看，现在咱们却相当友好地共度了一个晚上。实际上，咱们不会相互仇恨；因为在咱们俩当中，不论谁是幸运儿，另一个都必然希望他幸福——为了明娜的缘故！"

"说得对，斯蒂芬森先生。可是，咱们该分手了！再会！"

我们分道而去。

雨已经停了。浮云间不时有星星在光洁的屋顶上方闪烁。湿漉漉的石头路面与人行道远远地泛出空寂而幽暗的光泽。

33

第二天，我照常去工艺学院，但是在去之前先给舅舅写了回信。

下午，我去看望赫茨夫妇，以便向朋友报告他父亲的身体情况。老人躺在床上。他咳嗽，有点发烧。

赫茨立刻问起了明娜——她为什么不一起来？

"我们以为你们会形影不离。"赫茨太太补道。

幸亏绿色的百叶窗放下来了。不然，这句话使我产生的痛苦一定会惹人注意。我感到自己的脸色变了，透不过气来。我尽量用平淡的口吻说了她已去何处，并代她问好。

老夫妇非常惊讶明娜如此突然地不辞而别。其实，在前天，连她自己也对此事一无所知。

"昨天她才收到信，"我说，"她表姐希望她马上去——表姐身体不好——我想是忧郁症吧。"

"噢，那我就明白她为什么非去不可了。"老太太说，"若是有人生病，明娜总是这么关心。"

"恰好是现在，真遗憾。"赫茨抱怨道，"我真盼望她来。她可以弹琴给我听——通客厅的门可以敞开——她弹得真好。"我赶紧摆脱这个危险的话题，讲起我舅舅的来信，他叫我去英国，比预计的时间提早了很多。

"这个月就去！"赫茨惊叫道，"德累斯顿就像一家旅馆，这个来，那个走。只有像我们这样的老人才安然不动，直到在这里入土。去年，画家霍伊姆搬到柏林去了，而格林教授，一位很有学问的康德派哲学家，几年前迁往汉堡……嗯，你年轻，总得去见世面——不管是早一年还是晚一年！"

"也许，在德累斯顿少住这一年对有的人来说很要紧哩。"赫茨太太说。

"对，可怜的明娜——"赫茨的话被自己的一阵干咳打断了。

"我还没有告诉她，想到要离开她，真使我难受。我一直在琢磨是否能说服舅舅放弃这一决定。"

"不，不，亲爱的芬格，"老人急切地说，伸出手来，"别这样做。工作是不能以我们的——我们的兴趣为转移的……义务第一！工作越早越好……男人爱工作，女人爱家务！"

"你别说这么多话，太吃力了……不过情况确实如此——我们两个老人以前也深有体会……你别太担心。明娜是个明事理的姑娘，是个忠厚人。她信任你……请相信我，她熬过这段时日会比你现在想的更容易。"

"我希望这样，敬爱的赫茨太太。可是我想，您一向比明娜平和、文静，因此，您年轻时经受这样的分离就不那么痛苦。"

"不错，这是真的。"赫茨说，"明娜会更难受……但是——我们大家都必须奋斗——各人有各人的事——奋斗符合我们自己的利益。"

"不管怎么说，这不属于那种使人失败的奋斗。"老太太以愉快的口气说，"我想，创伤并不可怕，困难是可以克服的，你知道。你尽管放心，我们会尽我们的力量照顾这个好姑娘。只要有几个我们这样的老人帮助她，她就不会缺少朋友。"

"恐怕无法给她找到比您更好的朋友了。想到她在这里有第二个家，任何时候都能得到理解，并且心里珍藏着我们共同的宝贵回忆，这使我深感欣慰。"

我站起来，跟赫茨握手。

"现在您务必要休息，别再说话——我真希望我能为您弹琴……我回到家，就给您的儿子写信，向他问候。"

"对，请代问好——叫他别担心……我是说——他是个关心体贴我们的好儿子……不过，你也看见了，没什么大不了的。"

赫茨太太点点头，面带平静的坚强的笑容。

"你想到把情况告诉伊曼努埃尔，真是太好了——你们已经很久没见面了。他非常喜欢你——你去英国一定要顺道看看他。"

"这事我已经计划好了……再会！"

在谈话中，我有一瞬间忘记了我的爱情正处于岌岌可危的境况。现在，虽然我又重新意识到了这一点，却觉得危险小了些。我本来更愿意给未来涂上明丽的色彩，可是自从与明娜谈过话以后，我却没有这么做。这一对可亲的菲利门和巴乌希丝夫妇①的形象与我们的恋爱田园诗紧密交织在一起。这次短短的聚会就足以使它色彩灿烂，从而驱除对悲剧阴影的任何恐惧。此刻，当我面前阴影逼近之时，我同往常一样在这两位老人处找到了对幸福的坚定信心。他们的信心自然是基于不知内情。这种情况也许在别人眼里会使他们的信心失去价值，但却使我觉得更加宝贵，因为我需要一个曾感受到震撼的支点。他们的信心不会落空，我暗自说，一切都会好起来——老赫茨不会死，我也不会失去明娜。

这个结论并不怎么合乎逻辑。假如我不是这样为我自己的命运心烦，我就会在这次探病过程中发觉许多令人担心的迹象。一个更强有力的雄辩家——最强有力的雄辩家——会说出他的结论："多数否决。"

34

我写好给伊曼努埃尔·赫茨的信，然后就外出散步。

昨天雨后，天气发生了变化。多云，冷风飕飕，宛如十一月。我在别墅区溜达，漫步穿过公园，那里有衣裙俗气的胖保姆推着婴儿车走来走去。我走遍"大花园"，探寻我们共同走过的小路。最后，我在那个观赏风景的小山包上坐了很久。正值落日时分，很像

① 希腊神话中的一对夫妇，曾殷勤招待微服巡访的宙斯和赫耳墨斯。

一周前的那个晚上，可是一切迷人的光色都不见了，远方的山岭也看不到了。我的头很沉，一片茫然。我拜访赫茨夫妇后振作起来的乐观情绪又消失了。而那种认为一切都完了的悲观倾向却又并未取而代之。一种颓唐的不安充塞了我的心。

我回到住处，躺在不舒服的沙发上——沙发很短，我只好把腿架到扶手上。我没点灯，因为一盏路灯射进室内的光线已使我能够辨清物品，不会受黑暗之苦。我既不想睡觉，也不想做事。我一连几个钟头地躺在那儿，脑海里闪过最近几天里经历的一切。材料够丰富的，我仔细地重温每一句话，以及说话时的口吻、表情、姿势和动作，就好像我这样做有一定的目的——比方说，在我身后某处坐了个秘书，我正在口授一切叫他笔录似的。

我终于上了床。那些意念既已涌出，就再也挡不住了。但它们不像先前那样循序出现，排成一目了然的检阅队形，而是乱哄哄地争先恐后。假如说，在米特拉达梯国王[①]的军队里，所有士兵都同时考验他那出名的记忆力，互相冲撞，揪住他叫嚷："你还记得我吗？我叫什么名字？我是哪国人？在哪里立过战功？又在哪里负过伤？"那么，这位博闻强记的国王就会处于跟我现在类似的状况。乱纷纷的意念使我辗转无寐，一直到黎明降临。

上午我很晚才醒来，后脑感到又痛又沉。我不想去工艺学院，还剩下两个星期的课程已无关紧要，何况昨天听的课我已全都不记得了。我出了门，希望消除头痛，便来到外城附近和剧院广场上漫

---

① 即米特拉达梯六世（？—公元前63），本都国王。

步。但是我很少在上午由明娜陪着逛街，因此觉得既生疏又无趣。我所见到的一切都使我反感。在这种心绪中，即使到了柏林或哥本哈根，我也会同样厌烦。

只有一件事打动了我。在剧院海报上写着《海尔布隆的小凯蒂》。原来，我们曾经想今晚一起来看这出戏的！

不久，我又转回住处，不舒服的感觉取消了环境的概念，把我隔离在空空的房间里。我躺到床上——沙发太难受了——继续体验那乱纷纷的回忆，犹如亚历山大大帝①临终时告别他的战士。这些回忆在上午漫步时一直纠缠着我，宛如送葬的行列，在每一条大街小巷都有新的人群加入——最后，我在守墓卫兵旗帜的阴影下睡着了。

第二天早上起床，我感到浑身无力，灰心丧气地面对着这支被我召来的讨厌的大军，却又无法驱除他们。

如何跳出这个魔圈呢？

"在这种难熬的等待日子里只能是消磨时间，"我想，"要不就是回避自己以及自己的心事。"我想起曾在拉森等待的那一天，当时毕竟有一本厚厚的小说陪伴我。

我立刻赶到一家租书铺子，要借《三个火枪手》②，希望这本书管用。在等候取书的时候，我随手翻开了桌面上的一本厚书。我的目光忽然扫到了"明娜"③这个名字，顿时好像被捅了一刀。"明

---

① 亚历山大大帝（公元前356—前323），马其顿国王。
② 《三个火枪手》是法国作家大仲马（1802—1870）的名著。
③ 明娜在德国是个较常见的名字。这本小说的主人公恰好也叫明娜。

娜无与伦比的美丽和天使般的性情战胜了他的一切顾虑。"我还记得这句话的每一个字。我信手翻来翻去——几乎处处都有明娜：她在月光下荡舟于山中湖泊，她着装准备参加舞会，她哭着撒娇地投入母亲的怀抱。

"这本书可以租吗？"我问取来《三个火枪手》的租书人。他说可以，我就把两本书一起带回了家。我根本没看作者的姓名——作者名和书名我早就忘了。我在拉森看的那本小说比这本书强多了，无论内容或者文笔都堪称真正的杰作。假如这本书的女主人公是叫阿黛海德或玛蒂尔德，我肯定会读不上十行就把它丢到一边。可是现在，我却老老实实地逐行细读下去，明娜这个不断出现的名字使我陷入既兴奋又舒服的情绪之中。那些平庸人物所经历的时而琐碎陈腐、时而荒诞无稽的故事情节，正好可以使我的想象无暇旁顾，从而避开了自己的心事。

傍晚时分，我中止了这种麻醉，去找赫茨夫妇。

"赫茨先生还躺在床上吗？"我问为我开门的老女仆。

"是的，先生还躺在床上。"女仆答，摇摇头，"请到客厅，芬格先生——我去叫太太。她听说您来一定会很高兴。"

客厅带有双重特点，既整洁又冷清，是房间几天不用所特有的冷清。椅子都放在该放的位置，但有一张椅子上却丢着一支拂尘。靠门口的桌角上堆放着好几天的报纸，平平整整，像送来时那样原封不动地折叠着。清风从敞开的窗口吹进来，把一封拆了口的信刮到地板上。尽管这一切都很自然，老女仆的忧虑面容传给我的凄怆感却更强了。街角上各种车辆交汇传来的震耳噪声使我心烦意乱。

过了几分钟，赫茨太太进来了。我仍然手持帽子站在那里。她的眼睛熬了夜，并且哭过，她的笑容似乎只是出于习惯才挂在唇边。

"我丈夫睡了，亲爱的朋友，"她说，跟我握手，"他的病情没见好转。"

"更糟了？"

"是的，热度升高了——他咳嗽时两肋疼。一边肺受了损害。"

"天哪，您认为不会有危险吧？"

我吓得周身发冷——倒不是因为这个好老头的生命垂危，而是因为我的固执念头，认为他的痊愈与我的爱情幸福有联系。

"天哪，"我心想，"莫非他会死，我也会失去明娜？"

赫茨太太对这些一无所知，以为我的激动只是出于对她丈夫的同情与友爱。她以领情的目光感谢我，答道：

"一个年老体弱的人得这种病，危险是始终存在的。我必须做好最糟的准备。"

她坐到沙发上，请我坐在她旁边。

"我看得出，您很惊奇我说得这么平静……这大约跟我的性格有关。我相信，跟自己的亲人永别，这对于年轻人来说要比对来日无多的老年人更可怕。您可能在想：'假如我有失去明娜的危险，我就会截然不同，我会痛不欲生。'——天哪，她可真冷酷无情！"

我不敢望她。老太太怎么会这么想？她干吗说出这些话？尽管跟她料想的情况不同，这些话却猜到了我内心最隐秘的想法。这难道不是一种预兆吗？也许这意味着我应当向她坦白。我拿不定主意，只是茫然地喃喃说道：

"当然不——您怎么这样想！我可没有这种想法。"

"看，你已经热泪盈眶了！"她叫道，像慈母一般抚摩我，"你心肠很软——简直软得出奇。不过，别不好意思，至少，面对一个女人用不着。你将是一个好丈夫……你问我怎么这样想？你这个想法是非常自然的。等你跟明娜结婚后一起过日子，你们俩在挚爱中白头偕老时——恩爱夫妻是可以白头偕老的——请相信我，你就会觉得死有所不同。你会认为死只是短暂的分离，甚至连短暂也说不上……对，你不是唯物论者吧，芬格先生？"

"唯物论者？不，肯定不能这样称呼我，但是……"

"但是？你恐怕对来世还有疑问吧？也许你还没有多考虑死，这是对的：来日方长，生活还会让你充分地思索……至于我，我始终希望将来能为我丈夫合上眼睛。如果我死在他之前，想到要丢下他孤苦伶仃度残年，我就痛苦极了。对于一个一直受到服侍与照顾的老头儿来说，那更要糟得多——我们女人比较会照料自己——何况，我还有伊曼努埃尔呢——感谢上帝！"

"您想得真周到，敬爱的赫茨太太。但你们二老都还会活很多年，因此您的愿望也还能实现。"

"也许吧——明娜快回来了吗？"

"我不知道。"

"你还没收到信吗？"

我有些慌乱，并且觉得这一定使她感到有什么事不对头。可是赫茨太太笑道：

"其实，她才走两天。这也太急了。她大概已经通过你知道了赫茨的病情吧？"

"不——我——真的还没有写信。"

"没有？这可根本不像你，芬格先生。"

老太太盯着我，好像突然领悟到明娜这次外出不大对头。幸而她自己的烦恼严重地扰乱了她的心。要不然我的窘态一定会暴露我，而她也就会从我口中获悉一切。

此刻，她那女性的敏锐感觉被削弱了。她撇开了她的想法，目光越过我，叹了一口气。

"我想今天晚上写信——我把写信推迟到来过这里之后，这样就能向她转达您说的话了。但是，您不想亲自写信给她吗？让她直接从您这儿得知情况也许更好——她一定会马上赶回来……"

"我非常希望她来。但是把她叫回来，就好像是为了告别，我又觉得太难受。我不敢。也许这是迷信，不过还是别说不吉利的话吧。"

"但是我呢？我可以叫她回来吗？"

我的希望又重新活跃起来。我看到了一条可靠的获救之路：只要能让她在做出决定前赶回这所房子来就行。这里的一切都会为我辩护。若是她沉默，这些虽然无言却颇为恳切——若是她直说，它们将雄辩而令人信服。在这里，斯蒂芬森算老几？一个病弱的或许是临终的老人的祝福，能确保她跟我的结合。我的良心不许我怂恿明娜找这对老人请教心事，但无疑准许我充分利用这次巧合，这就像是命运的指点。

"对，你写吧，亲爱的朋友！可是不要夸大危险——这也是为了她。她是好孩子，会伤心的！她自己最清楚该怎么做。因此，别催她来——也许她表姐更需要她呢。"

"啊，那就没有什么话好说了。"

"那我就不明白了。你在德累斯顿只还剩下几个星期，难道竟愿失去这好几天时间？难道你还没有告诉她，你很快就要去英国？"

"我——今天晚上就给她写信……我总不好在她走的第二天就叫她回来呀……不过，这两个消息将促使她马上赶来——很可能明天就……请告诉我，我能为您做点什么吗？去抓药——不用？也许需要我今天晚上再来，帮您守护病人？"

"大部分时间都由我自己看护，另外还有个护士——是个修女。再说，看起来你也需要休息——你一定是用功过度了，亲爱的！大概是因为明娜不在，为了打发寂寞，你学习过度疲劳了吧？千万别这样，听话！好吧，再会！"

我径直回到住处写信。

又可以给她写信了，我感到多么快乐！我真想一页又一页地写下去，但实际上却只是尽可能简短地通知了老赫茨的病危情况，还有我舅舅改变了决定，使我在德累斯顿的时间缩短了。我真想把后面这个消息保留到她做出决定之后。那时候，如果她决心跟我，再口头告诉她。可是，她到赫茨家却不可能不知道这件事。

虽然我认为，我有义务不暴露内心的情感，可是信中仍不知不觉地带有一种特有的情调，流露出我对她的绝望与忧惧的思念。写完后通读的时候我大吃一惊，但又对此感到高兴。

我立刻揣着信来到邮局。信已赶不上晚班火车了。其实，我尽可以把它随便投进某个邮筒。

能够跟明娜联系，而且是以一种无人能够指摘的方式给她写信，这使我心情大为舒畅。

第二天一早，我去赫茨家。

赫茨的热度在夜间曾升到相当高，但此刻已退，这是早晨常见的情况。我只是跟女仆说了几句话——赫茨太太正在休息。我说晚上再来。

白天，我看小说，沉湎于回忆，消磨时间。我的脑海里反复浮现如下的想法：现在，她一定收到我的信了……从迈森到这里一定还有火车（我找来房东的报纸，证实了这一点），她只需乘一英里路的马车就能赶到车站。也许——对，很可能——她今晚就来。有可能——甚至可以说十拿九稳，我将在赫茨家碰见她！她会马上赶去……她会深感震惊——慈爱的赫茨太太会把我们当作订了婚的恋人——也许老头儿会恢复知觉，高兴地看到我们在一起。等到太晚或夜深的时候她要回家，我当然送她——对，这完全是我的义务——整个事情就自然而然地好转了，好像从来就没有斯蒂芬森插进来一样。

送信的时间快到了，我紧张起来——也许，求爱者盼望自己所爱的人来信都像我那天一样。可是，时间悄无声息地过去了。最后一次邮件也送过了。我透了一口气。

我准备去赫茨家，屋里已经相当黑了。

突然，这时门打开了一道缝。

"有您一封信。"女仆说，塞进来一份白色的东西。

我惊呆了。在这个时候——这不可能！

信封又大又硬——这安慰了我。很可能是书商送来的。

我迅速划亮一根火柴——随即喊出声来：是明娜的笔迹！

35

我的手颤抖地点亮灯，险些把灯罩打碎。

没错。桌上放着那封奇特的信，里面包含着生或死——对我来说或许是比生死更庄严、更可怕的东西。

有一瞬间我极想逃跑。然后我急切地撕开信封。

映入眼帘的第一件东西是明娜的铅笔像。

正如铅匣里的鲍西娅小像向巴萨尼奥①揭示了他的幸福选择那么突然，这可爱的面容却宣布了我的不幸命运。

房间围绕着我旋转起来。我坐在沙发上，手里捏着她的信。

字母在跳动，相互掺杂混合。过了几分钟之后我才能读下去：

我的真心相爱的朋友：

　　一切都过去了！我必须是他的。我犹豫过，并且愿意继续犹豫下去，可是觉得结果不可能是别样。我感到自己没有力量与初恋决裂，无法拉起你的手开始新的生活。

---

① 鲍西娅和巴萨尼奥是莎士比亚名剧《威尼斯商人》中的主要人物。

啊，这将是我写给你的最后一封信。我真想把我心中思考的一切都说出来，那会是整整一本书。然而我又觉得，在我做出决定之后再写这一切，你一定会觉得无所谓了，何况你已经知道了一切。但有一点我必须告诉你，免得你误解我。

我做出这一抉择，并不是因为相信跟随斯蒂芬森会比跟随你更幸福，完全不是这样——不，我无法解释清楚——也许你已经理解我了。我是说，我做此决定并非考虑我自己——对，我要特别指出（因此我才写"完全不是这样"），如果没有以前的事，没有内疚感，或者简而言之，如果是刚开始的事，那么我会更有把握：嫁给你比嫁给他更幸福。可是，你看，现在——事情既然已经如此——我就不会再使你得到应有的幸福了。我会感到自己背叛了初恋。这种感觉也许会消失，但也可能强烈得像病态一样，那么，你和你的温柔体贴的天性就会受到难以言状的痛苦。

你也许认为，我担心离开斯蒂芬森会深感内疚，这是由于我对他有偏执的想法。其实并不是这样。我很清楚，他决不会开枪自杀，甚至说不上他会不幸，尽管他确实热恋着我。但也许我会给他造成无法弥补的伤害。像他这样的人会遭遇到许多危险。要给你讲清楚我的意思是困难的。看来有可能是我虚荣、自负，或者过高地估计了我的影响——尽管——不，你把我想得太好了，远远超过了我的实际情况；也许你过分低估了他。我只能说，他坚定不移地相信，跟我共同生活——仅只跟我——定会使他的事业和他的艺术锦上添花（我真不好意思这样写，但这是他的原话）。过去我有时也这样想，但跟他不完全相同——觉得婚姻与家庭生活对一个艺术家有好处，可以使他与生活联系得更紧密，使他的艺术和煦融融——我表达得不好，但你已经懂了。可是当时（我们曾坦率地争论过，他当时住在这儿，我希望他娶我），他总是强调，艺术家必须自由自在，没有这种牵挂，因为他要为他的艺术理想奋斗。现在，他自己转而同意了我的观点。他说，他已经体会到了，他不能缺少我，他变僵化了，变迟钝了，没有了生活的寄托；他向我伸出手，正是这只手以前曾把我从虚无与堕落的泥潭中拉出来——现在我却……不，不！你看，这是我的义务，我的命运——对，我的命运！

上帝保佑，在若干年以后，岁月已冲淡了激情，但愿我们能够重逢和团聚。我知道，岁月不会损害我们的友情，咱们俩谁也不会忘记谁。不过，你大概会去外国生活吧。要是有你这么个朋友在附近，那真是太幸福了。

别了——我心爱的朋友——别了！

明　娜

我把信读了又读。那亲切的语调安抚了我的痛苦。是的，甚至有一刹那给我注入了断念。但是，反作用紧跟着就开始了。

不，我不干，我不承认这一决定！这一切算什么？我是她所爱的人——我！她跟他的关系只是回忆与义务，还有"命运"。好一个命运！把她的生机勃勃的热情的生命当作铺路石，放到他那萎靡不振的生活之路上……再说，一切都是我的过错。为什么我不承担做决定的责任？我真是个懦夫！什么高尚，什么忧虑，什么机会均等，都只不过是我缺乏坚强意志的借口。还有就是我被他吓住了。然而，就像确证以前说过的话，他确确实实是"为他自己"说了话。他不能缺少她——是的，这我相信，既然他已经厌倦了轻佻女子，又被那些交际花愚弄过。于是，他忽然想到，是否还能得到这个最好的姑娘——只是出于对以往的回忆！或者，只是由于他不能容忍别人得到她。大概就是这样……对，我是个懦夫，是个傻小子！一个男子汉难道会放弃这样一个女人？

我就这样责备着自己——对，我甚至责怪自己那天夜里在珊道镇没有溜进她的房里去。那样她就是我的了，她也就别无选择了。我完全忽略了，要让这种事发生，除非我们俩具有完全不同的性格。因为从一种行为方式过渡到其反面越容易，使它们区分开的性格障碍往往就越深。

可是现在——现在怎么办呢？去找她，收回一切，用她的话约束她，自己承担一切责任——不论对过去还是对将来？但是，她可能已不在迈森——或者至少明天我到达时她已不在那儿了。

我头痛，我的乱糟糟的想法发疯般地跳来窜去。我不能固定它们。我是多么需要跟别人商量一下啊，最好是跟一个头脑清醒的老人！我那慈母般的朋友，赫茨太太，似乎是我唯一可以求助的人了。

对，我要跟她说说心里话——马上就去！

36

这时候，门开了，伊曼努埃尔·赫茨走了进来。

他那诚实而并不英俊的脸现出忧虑的表情。

"赫茨——你回来了！你父亲……"

"家父病重……我收到了家母的电报……勉强赶上了火车……家父认出了我，但他发高烧。我担心他……恐怕不行了。"

若是别的时候，这话会引起我极为深切的悲痛。但现在，我的第一个念头却是：赫茨先生正躺在临终的床上，我怎么能用自己的烦恼去打扰赫茨太太呢？赫茨将与世长辞，我觉得这是自然的难以避免的。与此同时，我也感到自己的希望破灭了……尽管如此，我还是尽量说了些安慰的话。

"家父已几乎不省人事了，因此我跑来……跟我去吧，芬格，今天就在我家过夜；我知道，家看见你会高兴的。"

他眼含泪水。我迅即抓起帽子，吹熄灯。刚好这时他发现了明娜的小像。

"哟，多么迷人！我忘了祝贺你！你明白——在这样的时刻——但现在我诚心诚意地恭喜你——因为我可以说……在这件事上我不只是随便说说而已——明娜，是的，真可以说是福气！"

他像钳子一样紧紧握住我的手。

"谢谢，亲爱的朋友！"我喃喃地说，让脸避开路灯射进屋里的昏暗光线，"你真好，你自己正在忧虑之中——我知道你很有同情心。"

我们走下楼梯，他仍然继续大谈明娜的优点。

"嗯，"我心想，"你真是直心眼。"他确实是这样：自己直爽、痛快，便以为别人也同样。

"是的，你确实有理由夸自己幸运——明娜——这样的好姑娘！我是多么嫉妒你啊！当然，并不是真嫉妒，尽管——明娜大概告诉过你，我很喜欢她——不光是作为朋友……"

"没有，她没有对我提过一个字；虽然我知道她喜欢你，她却很少谈起你。但我必须承认——因为你自己也提到了——我猜疑过这一点。"

"是的，你瞧，我从来没有对她明说过，我是指表白自己的心迹，但女人总是能察觉。不，我……把我的情感都藏在心里。我想，当时她的心对这种情况并不敏感——她父亲刚去世不久，此外还有别的事，但也许这方面你比我更清楚……我跟家母坦白过——对她隐瞒是没有用处的，她能看透别人的心——她真可以说是个知人者！家母也是这个意见……尽管她很愿意要明娜做儿媳。接着，我就去莱比锡了。但我从来没有忘记她！喏，你可以想见，我得知正巧是你得到了她，该是多么高兴。"

我感到再这样说下去，我一定会忍不住叫喊起来。幸亏我们已来到赫茨家的拐角，他开始诉说父亲的模样已经大变，脸颊全凹进去了。

医生刚刚来过。我从赫茨太太的表情看出——或者是感觉到——她已经不抱多大希望了。病人不省人事地躺着，体温高得吓人。

伊曼努埃尔·赫茨和我走进客厅。我谈起一个瘦弱的老太婆，她由于肺炎已经几乎无望了，却又恢复了健康。我还听一个医生说过，恰恰犹太人有这么强的生命力，即使高龄也往往能战胜这样的疾病。这显然鼓舞了我的性格开朗的朋友。

他常去病人的房间，在里面或长或短地待一会儿。他母亲则一直守护在那儿。有时我也跟他去，但大多是枯燥烦闷地留在客厅，蜷坐在椅子里。我虽然待在气氛悲哀的房子里，却并不分担人家的悲哀与忧愁。我自己无限悲伤，却又不能哭。时间这么晚了，明娜恐怕不可能再来。我对一切都感到漠然和厌倦。是的，我真的厌倦了，并且感到这种状态将继续下去，而且会越来越厌倦，直到死亡最后结束这种厌倦。我真愿意顶替赫茨，如果说我还有什么愿望的话。

午夜，我终于沉入一种像是完全麻木的半昏睡状态。这时伊曼努埃尔进来了，说："他认出了我——家父恢复了知觉——你也来吧。"

病人见到我虚弱地笑笑，说："亲爱的芬格！"紧接着他又喃喃地说："明娜！"

"她明天就到。"赫茨太太说。

"到那时她会为您弹琴。"我补了一句，尽管觉得好像说不出话来。

"贝多芬。"老人小声说，闭上了眼睛。

赫茨太太把枕头垫好，然后量他的体温。体温计已降到了摄氏41°以下。

过了一会儿，他开始讲话，讲时间和空间是直觉形式，而灵魂则是一种"物自体"，一种本体——一种思维实体——他不停地重复这些话。

儿子被这些似乎困扰着死亡的念头感动了，很不安，握住他的手说："现在，你不要再思考了，爸爸，你应该休息。"

"明天你的老朋友屈内兴许会来。那时你们还可以在一起讨论哲学。"赫茨太太说。

"明天？"他叹道——用一种相当奇特的声调。

赫茨太太扭过脸去。

"是的，对，等他来吧。他比我们懂。"

"俱往矣。"老人说。

"阿门！"那位修女喃喃说道，手画十字。她还以为他是在呼唤某个圣徒或先知呢。

伊曼努埃尔和我听后忍不住笑了笑。我真奇怪竟还有使我感到好笑的事。唉！其实，谁也不会比赫茨本人对这一误解所含的幽默更感到有趣，可是他对外部世界已经没有知觉了。

赫茨无声无息地躺了很久，然后开始说胡话。那零零碎碎的字句表明他在回顾柯尼斯堡和里加的岁月。有好几次我听到他说："别敲钟！"——这一定跟他不久前讲的那个交易所故事有关。我眼前浮现出阴雨天喝咖啡那一幕无拘无束的情景。酒精灯的火焰在明娜可爱的脸上闪烁，那张脸跟我凑得很近，朝我亲切地微笑着。赫茨太太发觉我脸上有泪，便握住我的手——为我的同情心而深受感动。

拂晓时分，伊曼努埃尔和我在客厅睡着了。这时，老赫茨悄然死去了。虽然他太太一刻未离他的床边，一直密切地观察着他，却说不清他咽气的确切时间。

那个修女护士早就酣然入睡了。

37

三天后，赫茨被安葬于宽广墓园。

我不知道德累斯顿的犹太人是否已不再严格遵守犹太人的葬仪，这个非正统的家庭是否已脱离了犹太教。当时我没有去想这些事；我什么都不想，也不晓得是否致了悼词，主持葬礼的究竟是犹太长老还是基督教士。假如有目击者坚持说，主持者是个回教苦行僧或是个巫师，我也无话可说。整个葬礼在我眼前如一场杂乱的梦。我只记得，高高的白杨树发出使人昏昏欲睡的飒飒声，几只小鸟在耀眼的清冷阳光下啁啾。然后我看见，在我右边不远，是明娜身穿丧服的身影。我觉得，她恐怕也跟我一样。我们埋葬的不是一个知心的老朋友，而是我们自己的短暂而愉快的共同生活，我们的幸福爱情。在墓园门口，我们相互紧紧地握手，久久不放——因为这将是许多年中的最后一次。

明娜已把一切都告诉了赫茨太太。

"你做得对，"第二天老太太对我说，"可怜的明娜！她也以为自己做得对。不过，这使我万分难过，尤其是为她难过。"

我听她说，斯蒂芬森近日将回丹麦去办理一切，明娜不久也去。我一心想离开这里。我舅舅不反对我马上就动身。赫茨去世后才一个星期，我就做好了启行的各项准备。

赫茨太太在告别时把海涅那首小诗的手稿送给了我——此刻，它是多么适合我啊，但又是多么苦涩！不过，我仍然十分珍惜它。我把它像圣物一样收藏起来，坚决不肯卖掉。英国收藏家们虽千方百计地搜求，却都是绝望而去。

在紧张的、简直是无休无止的工作中，一年又一年过去了。一开始，不难理解，除了工厂的工人与职员外，我几乎谁也不见——这种隐居后来成了我的习惯。我跟舅舅相处得很好，但却并不知心。他对我的能干感到高兴。过了几年之后，他担心我过分劳累，变成一个他所说的"事业单身汉"，因此要我多参加社交活动，说像我这样地位的人必须建立一些关系。

我依从了，稍稍改变了我的生活方式。

生活中既没有海德公园的马队，也不可能去贵族庄园度假，但我确实结识了许多正直的市民——他们几乎全都是富有的厂主。年轻的女士们并非百万英镑的继承人，但也并非因此就不漂亮——她们当中没有一个会空手出嫁。顺便说一句，英国女子的长形脸不大令我满意——我心中另有一个完美的典范——我的冷淡常常激怒我的伙伴们，他们认为这是虚伪。

　　我终于认识了一个年轻姑娘。她给我留下了一定的印象。不久后舅舅提起她，说她对我有意——这种说法当然是大大恭维了我。她是一个纺织厂厂主的独生女，按照丹麦的标准，她父亲已经大大超过了小康水平。她对我很友好，尽管是在社交礼仪的范围内。我并不完全确信舅舅的说法有道理，他说，我只要稍有好感就能赢得她的心和她的手①。但有时，我也确实设想过这样一种可能性。我觉得，情况大体上还可以，我们已经开始发展到一种不再是"社交"的关系了。

　　那是圣诞节过后不久——我离开德累斯顿以后的第四个圣诞节。一天晚上，在一个音乐会上，我经人介绍认识了一位德国音乐家，他大概比我大几岁。他演奏了一首小提琴短曲。那是个小型的、不对外的音乐会——他虽然完全有资格登台，却很少在较大型的音乐会上露面。他教授小提琴和钢琴，收入颇丰，外表有某种高雅而又落拓不羁的特点。

　　我们俩凑巧一道回家。这个德国人很健谈；他尽情取笑英国人的音乐悟性，颇为幽默地讲了几则趣闻。其中之一是一位年轻的阔小姐来找他，想在八天之内学会《月光奏鸣曲》（当然是第一乐章）——要知道，以前她还从来没有摸过钢琴！

　　我们到一家餐馆吃晚饭，要了啤酒。

　　"祝你健康！"我说，向他举起杯子，"确实是好酒！"

---

①　赢得姑娘的手，这里是指给她戴上婚戒。

"还行，"德国人嘟哝道，抹了抹上髭，"可我还是要说，要是能去三鸦酒店，面前摆一杯美酒，就像我以前常享受的那样，那才是神仙呢！"

"您也熟悉德累斯顿！"我脱口而出。三鸦！跟斯蒂芬森喝酒的那一幕又清晰地浮现在我眼前。

音乐家若有所思地笑笑："还算熟吧，可是我没想到您也去过那里。住了很久吗？"

"住了几年，我上工艺学院——离开那儿已经四年了。"

"哦，我比你早几年——在劳特巴赫演出……演歌剧。那可跟伦敦不一样！啊，是的，是的！"

他用手指轻敲桌子，眼神迷茫："伙计，要德国酒！回忆德国得喝德国酒。"

艺术家生涯！青春的黄金时代！我心想。他也怀恋他在德累斯顿的往事。可是，他的思念跟我的相比，又算得了什么？酒端来了，他斟酒。"为我们在'易北河佛罗伦萨'的岁月干杯！"我们碰杯后一饮而尽，随后便久久地默然出神。

"您大概也常去——我是说去三鸦吧？"他以心不在焉的口气问。

"不，我只去过一次。也许您住在那附近？"

"对，近得很。"

"什么地方？"我脱口而出，我的心在剧烈跳动。

"不知您是否还记得一条小巷——制绳巷？"

"制绳巷！"我重复道，目瞪口呆。

他笑笑："您或许也在那里住过？"

"不，我没住过，但我常去那儿——我认识那里一家人。"

"真巧！嗯……在那样的小巷里，大家相互都熟悉。也许您凑巧听说过我住的那一家吧——房东是个中学教师……"

"雅格曼！"我叫道。

音乐家刚好把一满杯酒举到唇边，一激灵，把酒泼了出来。金色的酒珠在他的燕尾服翻领上闪闪发亮。

"对，我在那一家住过。"他说，仔细擦干净翻领。

我知道眼前是谁了：他是明娜有点孩子气的初恋的对象。斯蒂芬森曾经目睹明娜跟这位音乐家吻别。

"我常去那一家，"我说，"其实，户主是寡妇，因为雅格曼已经去世了。"

"真的？那女儿……她还在吧？"

"当然。"

"嗯——明娜……是个漂亮的姑娘。"

我们俩都盯着酒杯，仿佛我们跟海涅一样在酒杯里看到了一切——

　　　首先是恋人的形象，

　　　映在莱茵美酒中的天使般脸庞……

"您知道她——明娜·雅格曼——后来嫁人了吗？"他最后问。

我告诉他，她已经嫁给了一个丹麦画家，并且对画家的地位与经济状况做了说明，还介绍了我从熟人处听说的情况：她生过一个女儿，但一年前夭折了。

音乐家默默地坐在我对面，频频喝干杯中的酒，却常常忘了给我斟酒——他又要了一瓶，并且斟了一杯献给"漂亮的明娜"。我也不出声——我们"耗尽了我们的沉默"。

那天夜里我上床休息时恍然大悟，我险些因头脑迟钝做出一件不诚实的蠢事，尽管并没有人会说我不诚实，而且谁都会说我聪明。从那天起，我就再也不到那位纺织厂主家里去了。

我舅舅责怪我喜怒无常。但我诉说思乡心切，要去访访旧友。一星期之后，我到了哥本哈根。

我在哥本哈根熟人不算很多，而且熟人当中没有谁跟斯蒂芬森有直接交往。多亏我们的首都爱传小道消息，我听到了许多第二手和第三手的消息。我在丹麦打听一个德累斯顿旧交的命运，这几乎不会引起人注意。而且即使有人猜测其中深刻的含意，我也不在乎。我想知道实情。

一般人都认为，他们在一起生活得挺快乐，他们是爱情婚姻，青春之恋——也许甚至是初恋哩。但也有人说，斯蒂芬森有时跟别人调情——一个说话尖刻的人说他跟人私通——但几乎总逃不过明娜的注意，而她的反应非常强烈。相反，也有个别人说她温柔而单纯。"单纯！"好几个人嚷道，"她常常萌生种种奇特的想法——但这些并不是人人都喜欢的。她对别人的过失有非常敏锐的眼光。""不管怎么说她很有趣。"一个上年纪的人说。"但是她没有什么兴趣爱好。"一个比较年轻的作家评论。然而，一个住在斯蒂芬森家楼上的女士断言，她至少是个热情的音乐爱好者，一弹琴就是半天。大家很惊奇，因为从没听她在晚会上弹过琴。至于她的仪表，大家都异口同声地赞叹不已。

我在哥本哈根已经待了两个星期，一直还没有见到明娜。我可以径直去拜访她吗？这个问题我反复掂量了不知多少遍。一天晚上，天已不早，我走进了港口咖啡馆。在店堂里仅有几个顾客。我正找座位，忽然听见从旁边的雅室里传出一个绝不会认错的嗓音：斯蒂芬森的嗓音——只不过比以前甜腻了一点。我悄悄地坐到一个最便于观察那间雅室的位置上。

在这伙活跃的人当中我只认得明娜。我看得见她的侧影，稍显迷惘的侧影，离我十几步远。斯蒂芬森想必是坐在墙角的沙发里，我只能见到一段沙发扶手。一个不停地嬉笑的金发女郎把胳臂支在扶手上，显然在跟他谈话。她的脸显现出某种俗丽。她时刻把头侧到一边，略呈红色的头发拂着半裸的肩膀，肩膀从一条宽宽的黑色纱巾下露出来。她不断向那个传出斯蒂芬森声音的角落送媚眼，表明她正处于——若不说是阳光灿烂的欢快情绪之中，那也至少是灯火通明的精神状态。有一位先生叫她的名字。这名字在跟斯蒂芬森有关的议论中我已经听说过了。明娜靠着椅背，目光盯着脚下，但是显然在密切地监视他们。侍者过来了，问我想吃什么。我很为难，因为我担心嗓音会被明娜听出。恰好这时，那伙人大笑起来——只有明娜除外——通常，不怎么风趣优雅的笑话往往会激起这样的笑声。在笑闹声的掩护下，我才得以完成了作为顾客的义务，而没有暴露自己。

一个身材魁梧的大胡子先生坐在明娜旁边。他立刻引起了我的注意。有谁不认得我们这位抒情大诗人呢？至少从相片上认得他那高大的身姿和诺曼人①的面孔。他正以大家的名义对明娜的冷漠表示愤慨，尽管是以一种带点亲昵的方式：

"为什么您在我们中间像尊雕像一样枯坐，斯蒂芬森太太？您就随和一点吧，不要做德国小市民……您是在艺术家当中……干了您这杯！"

"我累了。"明娜说。

"那正好要喝。"

"我不喜欢香槟。"

"啊，原来是这样——不合斯蒂芬森太太的口味——太多法国味，太清淡——机智太多而内涵太少！但是，莱茵葡萄酒您总喜欢吧，怎么样？……好，侍者！"

侍者连忙赶来。

"请别再开玩笑了。"明娜半嗔半笑道。

"当真？不要？"

"不要，但我谢谢您的好意……您就让我一个人静静坐一会儿吧——我累了，头痛。"

"你是不是想回家了？"斯蒂芬森的声音传来了——这次显得很不高兴。明娜没有答话，而是捂着手帕打了个呵欠，往椅背上一靠，目光低垂。她真的好像很疲劳——不是那种急性的，是一种慢

---

①　诺曼人是指8—11世纪从北欧向其他欧洲国家远征的日耳曼人。

性的疲劳。她的脸几乎没变样，但是脸蛋儿不再那么丰满了。我发觉她说丹麦语非常纯正——外国口音不重。

她周围的谈话又热闹起来。不妨这么说，谈话主要围绕着美学。不断听到诸如易卜生[①]、左拉[②]、陀思妥耶夫斯基[③]、瓦格纳、柏辽兹[④]、米勒[⑤]、巴斯蒂昂–勒帕热[⑥]的名字，甚至科学家如达尔文[⑦]和斯图亚特·穆勒[⑧]的名字也不绝于耳。虽然讨论的内容极为驳杂，我却不怎么惊奇，因为在回到这儿的短暂时间里，我已经熟悉了这儿的气氛。一开始，它曾给我很深的印象。天哪，这些人一定什么都听过，什么都读过——他们竟有这样的修养、这样的见识和这样多的兴趣！但过了不多久，我的看法就变了。我猜，那些说得最多的人是最没有兴趣的。许多高声谈论艺术的人学问并不比我深，而我有其他事要做，"跟不上时代"，又因为在英国生活，读的东西跟丹麦流行的文学很不相同。我甚至怀疑斯蒂芬森也是这种情况。他现在越来越谈笑风生，显然是想在金发女郎面前炫耀一番，而后者也确实对他崇拜极了。那位诗人也怂恿他越来越走极端，使我觉得他把大伙儿都戏弄了。

最后，斯蒂芬森滔滔不绝的言辞变成了关于未来艺术的一次完美无瑕的讲演。他故作惊人之语，如"艺术中的民主公式""对

---

① 易卜生（1828—1906），挪威剧作家。
② 左拉（1840—1902），法国作家。
③ 陀思妥耶夫斯基（1821—1881），俄国作家。
④ 柏辽兹（1803—1869），法国音乐家。
⑤ 米勒（1814—1875），法国画家。
⑥ 巴斯蒂昂–勒帕热（1848—1884），法国画家。
⑦ 达尔文（1809—1882），英国科学家，进化论的奠基人。
⑧ 斯图亚特·穆勒（1806—1873），英国哲学家、经济学家和逻辑学家。

生活的科学描绘"（与"装饰性的奢华"相对），最后竟用语不当地说，画笔在真正现代化的画家手上，一定要成为社会创伤的探针。

"那么我建议你，首先把画笔洗干净。"诗人插话道。

哄笑的声浪有片刻时间淹没了讨论，但斯蒂芬森的空洞言论仍像软木一样漂浮在上面。明娜抬眼看着他。难道她的心真会被这种冗长的空谈打动？我想。我看不见她的眼睛里的神情。但恰好这时她把头转向了我，目光半垂，刚好是侧脸。我险些被她唇边的充满蔑视的冷笑吓住，还有那阴沉的眉宇和眼中射出的愤怒。她就是这样看他的，然后才把头掉开，因为她发觉这表情太直露了。这时，她绝未料到正好是把脸转向了我，而我可以把她脸上的意思读出来，犹如读她的母语，而其他人却顶多只能辨出个别字来。"可悲的家伙！"那紧闭的嘴唇低声说。"扯谎家，吹牛家！"那宽展的额头喊。"不忠实的小人！"那清澈的眼睛叫道。它们本来十分温柔，现在却如此冷峻。而那整个苦恼的脸则惋叹道："想不到他竟然是我的青春之爱！"

"可是拉斐尔①呢？"一个年轻人反对道，"对他可不能完全……"

"呸，拉斐尔——一个靠岁月流逝出名的家伙！"诗人透过黑色而略有灰斑的大胡子哈哈大笑道，"不过是几百年的光阴造就了他！把斯蒂芬森冷藏几百年，你们将会看到他变成什么样的名人！"

"对，不过，"金发女郎喊道，"那时候，我们现在这一切——我

---

① 拉斐尔（1483—1520），意大利文艺复兴盛期画家、建筑师。

们的艺术——一定也过时了，就像现在那些已过时的东西……"

"哦，当然！"诗人叫道，"你的名字是大傻瓜！是这样的，小姐！一切都是相对的！即使我们这位伟大的斯蒂芬森也不是绝对的。因此您要当心，不要对他太认真！"

"嗨，你真能胡说八道，"斯蒂芬森说，"好吧，就算一切都是相对的——但我们……"

这时，他住口了，因为一声大笑惊呆了这伙人。那笑声我永远也忘不了。笑的人是明娜。她站起身，用手帕捂住嘴，转过身去，然后又忍不住笑起来。

"有什么好笑的？"斯蒂芬森的声音听起来十分恼怒。

"没什么，只是太滑稽了！"明娜喃喃地说。这时，她的目光从我身上扫过，但只是停了微乎其微的一刹那，我无法确定她是否看见并且认出了我。她慢步走向空无一人的邻室，那里的煤气灯已经熄灭了。

"你去哪里？"斯蒂芬森问。

"这里太憋闷。"她答，随即消失在黑暗之中。我听见她打开了一扇窗户。

不知疲倦的斯蒂芬森重又絮叨起来。接着，诗人的高大身躯起立，走进了黑房间。我穿上我的裘皮大衣，我也觉得这里憋闷。当我向侍者付账的时候，一个男人的大嗓门从黑房间里传出来："侍者，拿杯水来！"

随后，诗人又回到那伙人当中。

"别再说废话了，斯蒂芬森。你太太不舒服。说实在话，她比你的全部未来艺术都更有价值！"

第二天，我收到舅舅的一封信，信中向我提出，如果能离开丹麦的话，就去斯德哥尔摩和圣彼得堡一趟。他想介绍我认识在那里做生意的朋友。

是的，我可以离开丹麦了，我已经看够了——可是我无能为力。我能够逃离这个地方，却甩不掉我在这里获得的绝望印象；它日夜烦扰着我。只有在波的尼亚湾①晕船时我才有足够的力量战胜它一夜。在圣彼得堡，我逗留了大约一个月，坐着三驾马车沿结冰的涅瓦河面奔驰，每隔一天就去参加晚会直至凌晨三点钟。我后悔自己因为心里不自在，没能迷恋上一个俄罗斯淑女——归根结底，我觉得她们比英国女郎强。

当然，在回英国之前，我还得去德国参观一些工厂。趁此机会，我又到了萨克森，德累斯顿强烈地吸引着我——我找了个借口，说要去看看工艺学院，跟学院的董事会建立联系。

半路上，我在莱比锡拜访了伊曼努埃尔·赫茨。他娶了一个丰满的犹太女子，已经有了好几个孩子。他的性格更不安分了，但除此以外他仍和以前一样善良。他说起母亲时热泪盈眶。他母亲一直跟着他住，但是在半年前去世了。他已经写信告诉了我。老太太被葬在德累斯顿，就在她丈夫旁边。

"明娜怎么样？"他问，"家母去世时，她来过信，但她谈自己的情况很少。你见过她吗？"

---

① 波的尼亚湾，位于瑞典与芬兰之间。

"只在路上见过一次。她没发觉我。"

"嗯。你认为她幸福吗？"

"也许吧。当然，她有过悲痛——孩子夭亡了。"

"是的，她写信告诉过家母。啊，这事对于做母亲的人来说一定很可怕！"

随后，他开始大谈反对俾斯麦，大谈一份他也投资入了股的自由派报纸。

38

回到德累斯顿，我立刻去制绳巷。雅格曼太太早就搬走了，谁也不知道她住在哪里。我忧郁地望着小花园里的凉亭，那里一切依旧。我又来到猫咪酒馆，问雅格曼太太是否还常去光顾。那里的人知道得比较详细。明娜的母亲已经在几年前去世了。

我在城里闲逛，重访我们珍爱的那些地方。这是我的虽然苦涩却又不可缺少的享受。时间没有使那些地方保持原样。台地上，陶尼阿芒蒂小咖啡馆已被拆掉。我不能再在廊柱间坐下来遐想。当初就是在那里，我产生了去拉森的念头，后来又在那里遇到了斯蒂芬森。我们最后一次漫步时经过的街道已不复存在，在漂亮建筑林立的新区，再也找不到那些旧街的踪迹了。在"大花园"和公园里，灌木的叶芽抽出了新绿——已经是三月底——万象更新了。但是在黑色的树干上，我还是看到了标牌上不变的名称，当年我们曾一起研究过它们。其中有一种名称颇具异国风味，如果让毛利人或者塔希提人①读起来可能十分顺口，但是明娜念时却做了许多滑稽的鬼脸。我久久伫立，凝视着枯枝和小标牌，仿佛那是一个应该和必须猜出的谜，却又猜不出。真的，我感觉无法理解这整个事情。我不明白，这丛灌木怎么依旧立在这里，仍然使用原来那个难以发音的名称；我更不明白，自己怎么会来到这里；我尤其不明白，明娜为什么不在这儿，我又为什么不能去制绳巷拥抱她。总之，我什么都不明白！

最后我转身时，看见离我十步开外有几个孩子。他们正凑拢脑袋叽叽喳喳，然后笑着跑掉了。"他们显然以为我疯了，"我暗自说，"谁知道呢？孩子的嘴巴往往道出真情！也许这就是疯的开端！"

在归路上，我经过那幢文艺复兴风格的漂亮别墅，明娜和我曾戏称它是我们的别墅。一个新的谜。当时很自然，我们俩要共同建设一个家，但建设这样一幢华丽的住宅，只是狂妄可笑的梦想。如今，我倒是很可能买得起这幢别墅，而不是带明娜去一个简朴的住处了。真不可理解！也许，我觉得一切都不明白。这已经是疯了？实际上，并没有什么要理解的。对于清醒的头脑来说一切都明明白白，必然如此。可是我却觉得不会如此！疯了！日光岩！"为什么不呢？如果我住进日光岩，毕竟有个好处，绝不会有拿破仑跑来驱赶病人，再让士兵们进驻！"我想。

日落时分，传来了信号枪响，宣布易北河涨水了。第二天早

---

① 毛利人，南太平洋新西兰的土著居民；塔希提人，太平洋东南部塔希提岛的土著居民。

晨，我还在迷迷糊糊，第二声枪响又惊醒了我，宣告了发大水的危险。我马上起床。我住在美景旅馆，恰好在河边。从前一天晚上起——看门人说——人们就站在桥上，通宵观看涨水；现在桥上已挤满了人。就看这座桥本身吧！平时，它架在高高的桥墩上傲然俯视河水——此刻只剩下一列低矮的桥拱。桥下是湍急的泥浆，泥浆挟带着倾覆的小船、梁柱、木板、木桶和灌木，摇摆翻滚，沉沉浮浮。我挤到桥上。整个码头都不见了，新城一边的草地也不见了。那边，花园淹在水里；这边，浪花与旋涡拍溅着台地的石壁。

"啊，我们可怜的小拉森！"我心想，"那里不知是什么样子？我们在一起欢度了许多时光的房子是否已经被淹？是否已经被冲毁了？"

我想得知确切消息的欲望简直无法抗拒。几个钟头以后，火车就载我到了皮尔纳——再往南去就没法过易北河了。过了桥，我掉头回顾这座小城：自从那天去拉森之后我就再也没有见过它。当时，从船舱的窗口看，它被夏日的阵雨冲刷得湿亮湿亮的，而日光岩顶上却罩着神秘的光。现在，小城和那座住着疯子与精神病人的城堡都沐浴在阳光之中——但那是一种冷森森的令人疲沓的光，毫无春天的气息。

我走过韦伦的乡村和市镇，攀上有名的切勒台地。那本是游客必经之地，现在却凄清无人。我熟悉的具有巴洛克风格的陡峭的萨克森山景使我激动，但是又使我感到愠怒。我真希望一块高悬的岩石落下来砸中我。大约四点钟，我到达棱堡，登上晒台，俯瞰着脚下可怕的荒漠景象。

在台地上，只有槭树梢露出水面——宛如河边的一大片灌木丛，河水几乎完全吞噬了玫瑰园。河水注入了拉森谷地，而平时那里只有一条小溪。那三幢小房子掩在玫瑰园的几棵树后面，挤在巍然的岩石与急流之间，呈现出破败的景象。第一幢半淹在水里；那个采石场主的房子位置略高，而且建在两三米高的地基上，大门还可以出入，但河水也在拍击着台阶，如冲击一块暗礁。我们常去闲坐的小凉亭已经连棚架一起被水冲毁了——只有一块木板从门口向一侧伸出，在高出水面几英尺处晃动，宛如一块跳板。第三幢房子也吃水很深。由于我带了旅行望远镜，一切都看得清清楚楚。在对面河流拐弯处的平坦河岸上，举目所见，唯有向后倒退的河岸，无边的青草一直延伸到水中。

一幕悲惨的景象——并无惊心动魄之处。从高高的立脚点看，宽阔的河流从容徐缓，但是能感到那巨大的不可抗拒的动量。以前，它安静平和地流过我们的田园生活，恰如动荡不安的忙碌生活流过欢乐的人们。如今它闯入了田园生活，摧残洗劫，但破坏时却是心平气和的。它不动声色地漠然流过——如同生命，如同命运。

冷风乍起，天空阴云密布，甚至飘起了雪花。一幕悲惨的令人沮丧的景象——但我宁愿它如此，不愿它变成欢腾的河流过明媚的景色。这样重访拉森，我还能够忍受。另外，原来我没有和明娜到过这上面，这也使我欣慰。

然而，一个平淡乏味的情况妨碍我过分沉浸于悲伤的心绪之中：我饿坏了。吃饱饭以后，我发觉要去拉森已嫌太晚，便推迟到第二天。我沿着一条林间小径向下往易北河走了一段，后来小径与通往拉森的路分岔了，但路口有标明"禁止通行"的牌子。我不禁想起那个粗鲁的管林人，希望能碰上他。这条小径无疑能通到明娜和我从采石场回家经过的那条路。但是越往下走，刺骨寒风扑打到脸上的融雪就越密。这迫使我很快就掉了头。在高地上不难找到歇脚处，但处处都不合我意，我的烦恼甚于忧郁。我觉得，这次出来真是做了一件蠢事。太阳黯然地落山了，我回到那个穿堂风强劲的房间。在松涛的单调呼啸声中，我终于睡着了。

第二天是十分晴朗的春日天气。景象未变，但据说水位已开始下降。我正要去拉森，一个客人忽然从桌边起立，朝我喊道："啊，是您，教授先生，真没想到！"原来是那位小学教师施托希先生。我不知遇见他是喜还是恼。不过，当他跟我纠缠不休，一心要陪我同行的时候，我真恨不得他见鬼去。由于发大水，他宣布学校放假，然后跑到这棱堡上来，想"看看全景"。我没有办法，只好让他陪同；我不能再推迟动身了，除非我想在棱堡上再住一夜。

"看，这回吃午饭您可有伴了——也许是一桌酒席哩。"他喊道。我们直奔桥头。他回头指指一辆停在旅馆前的带篷马车，拉车的两匹马还冒着汗气。"他们从皮尔纳来——我认识这辆车；车夫是个坏蛋，敲旅客的竹杠非常刁钻。"

一顶女帽在车窗口出现，一块长长的黑纱巾向旁边飘舞。

"嗬，还有女的！我敢打赌，是个年轻女人——这是您的福分！"

"快走吧。"我不悦地说，匆匆赶往石桥。我们疾步往下冲了一段路，来到略为平坦的路段。不出我所料，他立即谈起明娜来。他装作不知道我们订过婚的样子——但也许他真的不知道。

"您大概还记得我那小表妹明娜·雅格曼吧？啊，当然——我撞见您在树林里向她献殷勤……啊，想想吧，她末了儿还是嫁给了您的同胞，我跟您说过的那位画家——真是一言难尽哪！您大概没忘记吧？我告诉过您，她有一点……"

"哦，是的，这一切我都记得很清楚。"

"您在丹麦没见过她吗？那个国家并不大嘛。"

"我这些年一直住在英国。"

"真没想到！是的，我已经感觉到了——在您身上确实有点英国味。"

我想把话题引到洪水以及它给穷苦居民造成的危害上。据说只有两家旅馆和易北河边三幢房子的主人免遭损失。

到拉森后，我跟他告别，并且故意卖弄我的英国味。这使得诚恳的小学老师没兴致再陪我同行了。

易北河的洪水没有能淹到这么远，但小溪还是猛涨了。不过，那架横过小溪的简易木板桥依然还在。我过了桥，向侍从官别墅走去。当然，别墅已经关闭了。我走过那条桦树小径，突然来到了我的目的地——"索菲憩处"岩洞。长椅搬走了，我坐到石桌面上。鸟儿在周围欢快地啼鸣。灌木似乎在用无数绿色的小鳃吸入春天的空气。阳光下，树木的叶芽映着蓝天发亮。

我再度产生了那种奇怪的感觉，仿佛什么都不明白：我不明白我何以在此，而她又何以不在此。我不禁想起那只小萤火虫。它天天晚上待在台阶的同一个角落里，向着雌虫闪闪发光。我觉得，假如我坐在这里，把我的全部意志都集中于思念上，就一定会把明娜召来。

有人说，濒死的人能在几秒钟内回顾他这一辈子经历的重大事件，就好像他的意识业已超脱了尘世的时序限制。此刻，我的青春已在我心中死去。它在最后又回顾了爱情的全过程，回顾了我在这些纸页中倾诉的一切，以及许多半遗忘的小事。我觉得仿佛自己居高临下地看见了一切，就好像从山崖上俯瞰我这个爱情的诞生地一样。有一件事我以前不曾觉察，现在却明白了——我们几乎都是无可奈何地听凭环境摆布，不曾在任何一点上坚定地高呼："应该这样！"斯蒂芬森的举止虽然带有某种自主的表象，但是本质上也具有同样的特点。他显然是屈从于他的嫉妒的思念，要在无可挽回地失去明娜之前见她一面，心想：且看结果如何——谁知道呢？——也许她会跟我走哩！

但是现在又怎么样？难道现在已经无可改变了？不是还有时间吗？应该挺身而出，大声疾呼："我要！"婚姻已不再是不可解除的——更何况她的婚姻是不幸的。我心里觉得更有把握了，就仿佛她对我说了这样的话：她所憧憬的一切都已经无可挽回地失去了。她已经把斯蒂芬森看透了，她已经仔细权衡过了，认为他太轻浮——而他也早就疏远了她。此外，正如他经常自夸的，他是个摆脱了一般偏见的人。他恐怕不会主张不幸的婚姻也不能离异，恐怕也不会认为有权强留不愿留下的妻子。诚然，当自由理论用来反对自由主义者本身时，他们往往是不高兴的。但即使他的虚荣心有抵触，归根结底，只要明娜情愿我情愿，他能够违抗吗？

可是，到底明娜情愿吗？她已经进行过试验，结果失败了。为何不放弃不可能的事，去实现可能的事呢？她对我仍保持着挚爱与信赖，这一点我深信不疑。

另外，我情愿吗？是的，我情愿。在我们的关系上，我第一次这么说，而且是欢欣鼓舞地这么说。明天晚上，我可以赶回哥本哈根，后天就找她谈。

啊，人的奇异的梦想天性！也许，明娜在我身边的那些日子里，我也未能感到像此刻这么幸福。此刻，我回顾我们的第一次青春之爱，展望它将在经历了考验的夫妻之爱中完成，并且这两部分将在我的炽热意愿中融合为一。

关于失去的乐园与未来的乐园的神话竟是如此真切：幸福其实就是回忆与希望。

39

这时发生了一件事，当时我觉得是不可思议的，现在重新回忆，也还是同样的感觉。

石子路面上响起了轻盈、敏捷的脚步声。我吓了一跳。那情形跟当年我坐在这里，明娜朝我走来时的情景完全相同。我以为这一定是幻觉——真的，听起来就像我非常熟悉的那种脚步声的重复和模仿。"如果这幻觉继续下去，"我心想，"我就会看到她——那么，我怎么办呢？天哪，难道我真的要发疯了吗？就像我昨天半开玩笑讲的那样？……"

我惊叫一声，从石桌上跳下来。这时明娜也惊叫一声，在岩洞前站住了——是的，是明娜，并非幻想产生的错觉！

我们还没能镇定下来，斯蒂芬森也出现了。他面带惊讶而又略带嘲讽的微笑跟我打招呼。那笑容清楚地说：这真是个巧合，巧得像事先计划好了似的。

接着，是理所当然的惊叫声："你在这儿？""这真是意想不到的事！""我还以为你在英国呢！""可我以为你在哥本哈根！"这些话把双方的窘态掩盖了几分钟。

心中的爱人突然出现了，这不可避免地带来了狂喜。等最初的狂喜平定之后，我感到一种痛苦的失望。"先生和太太一起旅游"——这情景跟我所耳闻的他们之间的别扭关系是多么不一致，跟那个令我兴高采烈的计划又是多么不协调呀！

"我猜你们是去南方，去意大利吧？"

"不，我们只想在萨克森转转。"

"你大概在德累斯顿有事要办？"

说来奇怪，明娜显然是我们当中最先镇静下来的。她只是呼吸仍有点急促、不均匀。

她的音容笑貌，甚至她的举止动作，都表现出对此次重逢的欢欣。

"你大概要回皮尔纳吧？好极了，你可以跟我们同车。"

"对，座位足够，"斯蒂芬森说，"不是双座马车。话说回来，如果座位不够，我宁愿爬到车夫座位上去。"

他强做出平常的谦恭笑脸，嘴唇也同样，但眼睛却办不到。他显然很不高兴，可是明娜没有察觉——或者是根本不在乎。

"是的，我们的谈话可能使你厌烦，隔了这么多年，我们有很多话要讲。"明娜说。

于是，我们马上就动身往回走。在学校教室的一个窗口里站着那位老师。他把身子探出窗外，眼睛久久地瞪着我们瞧。明娜笑道：

"哈，我的表哥还在这里！你还记得他在林间小路上遇到我们的情况吗？现在不知他做何感想？但愿他别把眼珠瞪出来！"

她继续大笑，有点激动地开着玩笑。

"现在到那座可爱的旧磨坊了。那时，我每天清早带小姑娘们来喝新挤的牛奶。你干吗不来呢？对了，那么早你肯定还在呼呼大睡呢。你们总是这样。"

"但你从来没有告诉过我，你清早在这里呀！"

"难道一定要用汤匙喂你们不可吗？"

"我嘛，最爱吃干的，用叉子。"斯蒂芬森说。

明娜惊讶地看了看——并不是看他，而是看他那个方向，仿佛奇怪怎么从那儿冒出一句评论来。

开始上坡，谈话停止了。明娜爬坡很困难，喘息和心跳迫使她不时地停下歇息。斯蒂芬森走在前面几步远——她挽住我的胳臂，靠着我。

吃饭时的谈话相当沉闷，而且内容空洞。但是，当马车载着我们飞驰的时候，明娜舒服地倚在角落里说：

"好啦，哈拉尔德，现在你得告诉我这些年你的生活情况了——想到什么就讲什么。"

我尽量满足她的要求。明娜不停地端详着我，她的目光使我有时心慌意乱——她一直微笑着，但有时好像心里在想完全不同的事情。有时她笑出声来，对，她甚至拿英国的美人儿跟我逗趣。

"咳，什么呀！"我有些生气地叫道，"美人儿！我从来没见过谁赶得上你这样美丽！"

明娜往后一仰，用手帕捂着嘴笑。

"嗯，至少你得了一次极妙的恭维。"斯蒂芬森插话说。

他坐在前座，大多是望着窗外，一支接一支地抽烟。当他插进一句话或者提出一个问题时——关于伦敦的艺术情况之类——明娜就用吃惊而冷峻的眼神看他，就好像看一个孩子，这孩子不听话，却又满不在乎，总以为可以装作若无其事的样子随便插嘴。这种态度显然使他极为恼火。每次他都尽快地住口。我很难堪：如果目睹他们相亲相爱，我会感到非常难受；可是，看到他们之间的别扭关系如此明显，我的心又痛楚地抽紧了。我不理解明娜干吗这样做——竟然当着我的面！

本来，我想闭口不谈我跟那个德国音乐家的巧遇，但是说到那一段的时候，我还是如实讲了。明娜没吭声，只是凝望着窗外。

"奇怪，这个世界真小！"斯蒂芬森说，"人总是巧相逢——直接或者间接地相逢。"

"然后，你就动身出来了？"明娜突然问。她把头转得像鸟儿一样快，用锐利的目光望着我。

这个转折使我感到意外。

"是的——然后……然后我就出来了。"我结结巴巴地说，面红耳赤。

斯蒂芬森用讥讽的目光打量我们，好像是说："现在要发表公开声明了吧！请吧，我不听，你们不会受干扰的。"明娜瞟了他一眼，他立刻止住了微笑。

"告诉我，哈拉尔德，"她问，弯着腰，"为什么你不进来见我们——那天晚上——在咖啡馆？"

"什么咖啡馆？"

"港口咖啡馆——你心里明白……你以为我没有看见你？我当然看见你了——但是在最后——你还记得吗？——就在我笑斯蒂芬森，笑他们所有人的时候。"

斯蒂芬森摆出一副极为庄重的面容，用食指在脖子和衣领间来回抓挠——这是他最爱做的动作。

明娜把头转得离他更远，面带揶揄的笑容看着我。

"那些人我一个都不认识——再说……"

"……你不希望当着那些人的面见我——这点你做得对！"

这时，斯蒂芬森觉得不能不维护自己的尊严了。

"我必须指出，这是一种极怪的口气，竟然如此谈论跟我们来往的朋友。"

"那是跟你来往，不是跟我。我只是硬着头皮作陪。"

"很抱歉，我未能给你找到更好的朋友！但他们几乎都是最有才智的人士……"

"也许吧。但我不属于这伙人，哈拉尔德也不属于。"

斯蒂芬森闭紧嘴唇，恶狠狠地瞪了她一眼。

"你自己心里最明白，你应该属于哪里。"

明娜一惊，用手按住胸口，仿佛被捅了一刀。我觉出这话里有话，就好像酒里下了毒药。我忽然感觉，我在这里就像个教士，正在送一个被判决的犯人走向断头台，仿佛对面坐的是警官。

我痛苦得难以形容——但我感到，无论如何，得使谈话转到不那么危险的轨道上去。皮尔纳已经在望。我问，他们是在皮尔纳过夜还是跟我一起去德累斯顿。

"不，我们留下来过夜——也许我们去波希米亚几天。"斯蒂芬森回答。

明娜把身子探出了车窗，接着又转过身来面向我。她脸无血色，愁容满面。

"你还要在德累斯顿停几天吗？"她问，但她问话时的眼神简直像恳求。

我沉吟了一下，没有马上回答。是否利用这个机会稍稍点明我的意图呢？如果我有心这么做，那可不能再浪费时间了。

"当我在'索菲憩处'意外地碰见你们时，"我谨慎地说道，"我刚好决定今晚就去哥本哈根。"

斯蒂芬森听后做了个不由自主的动作。然后他坐直身子，显出很不以为然的神情。这一枪射中了靶心。这一切我都看得很清楚，尽管我的眼睛一直望着明娜，而她也目不转睛地凝视着我的脸。在她那奇妙的棕绿色眼睛深处，我觉察到一道越来越亮的金光。

"我明白了。"她说。更确切地讲，她只是嗫嚅，因为她的嘴唇几乎没动。

"现在，我自然得改变计划了。我在德累斯顿有好多事要办，得住几个星期……如果有必要的话，也可能住许多个星期。"

"我真高兴。"明娜说。

斯蒂芬森又摆出了他习惯的姿势——他似乎有心做一个尖刻的评论，譬如说，我不必因为他们而改变计划啦。但是，他忍住了。

我们谁也没有再说一句话。

我先前已经说过，我住在"美景"旅馆。因此我知道，明娜若是有心，可以跟我联系。我也不怀疑她会这么做。在这点上我是笃定的。与此相反，倒是他们这次奇怪的旅行使我很不安。"他们到底来这儿做什么？"我寻思，"他们显然不会去波希米亚。"

为什么我以为这是显然的事，我却不清楚。

> 车子辚辚声震桥，
>
> 桥下流水浊滔滔。
>
> 我又要告别幸福，
>
> 告别我挚爱的恋人。

我们过了桥，斯蒂芬森叫停车。

我久久地握紧明娜的手，然后向斯蒂芬森鞠躬，匆匆地赶往火车站。

40

我到了德累斯顿，一时难下决心离开波希米亚车站。尽管斯蒂芬森断言，他们要在皮尔纳过夜，我却猜疑他们今晚会赶回来。

晚班车呼啸着进站了。在一节车厢的窗口，我果然看见了斯蒂芬森的面孔。他一个人走下车。我向他冲过去。

"明娜在哪儿？"

斯蒂芬森冷冷地瞅着我，似乎想拒绝回答这个不合时宜的问题。但他随即改变了主意。

"问得好，芬格先生——你应当知道。她在日光岩。"

"日光岩！"我喃喃说道，好像还没听懂。我头晕目眩。在半昏暗的站台上，旅客与搬运工的喧哗使我很难受。

"日光岩？这是什么意思？"我揪住他的衣服，一方面为了站稳，另一方面也防止他溜掉。"你是说，明娜她……"

"哦，别这么激动！"斯蒂芬森似乎出于好心地说，"她并不是疯疯癫癫或精神错乱，只不过是心情忧郁，爱激动。你也亲眼见到了……总之，把她交给医生护理是上策——这又算得了什么？在我们这个神经质的时代有好多……她宁愿去日光岩，因为她思乡心切——当然，也为了避开哥本哈根的闲言碎语——尽管我说过，现在这类事很平常。思想开通的人都已经摆脱了这种偏见。"

在他解释的过程中，我的朦胧的疑惑变成了可以理解的狂怒。

"这是你搞的，你——你！"

我的声音喑住了。我举起攥紧的拳头在他脸上晃动，他躲开了。一个警卫向我们走来。斯蒂芬森跟他嘀咕了几句话，耸耸肩，消失在拥挤的人群中。我靠着一根柱子。四周是匆匆的旅客蜂拥而过，车站职工在喊叫，汽笛尖鸣……

我稍微平定了一下内心的激动，问栅栏旁的职员，是否还有车开往皮尔纳。回答是要等第二天早上。

第二天，我乘头一班火车前往皮尔纳，上气不接下气地赶到日光岩，很幸运，马上就跟主任医生见了面。

我自称是斯蒂芬森太太和她丈夫的朋友，昨晚遇见了她丈夫，答应向他定期报告病人的情况，因为我要在德累斯顿住一段较长的时间。因为我很为我的女友担忧，只跟斯蒂芬森先生谈了几分钟，就马上赶来了。我恳切地请求医生告诉我全部实情。

主任医生叫我放心，眼下不必担心有危险。这是一种谁也不肯早些找医生的病，而精神病院主要是为了让病人与精神上的干扰隔离。他要观察病人大约一个星期，然后才能为我提供进一步的说明，到时候他乐意效劳。

八天以后我再次去拜访。医生说，明娜虽然患了抑郁症，但还不至于疯，只要治疗得当，在医院为她提供的良好环境中生活，就不会疯，直到完全恢复安宁。她现在正处于一种十分神经质的激动状态。但她的真正危险是心脏病，这可能在几年前就已经种下了病根。她可能伴着这种病到老，但也可能突然死去。主要须避免惊扰。他揣测，原来她经常受到这样的刺激。

"告诉我，"他突然问，"您是她和她丈夫的朋友——他们在一起生活得快乐吗？"

我考虑了一会儿，掂量我是否有权直言相告。

"不，"我答道，"可以说，他们并不快乐。"

"这就对了！或许这是主要原因。毫无疑问，她最好别再回到他身边。也就是说，到出院时，而这又不致使她过于痛苦的话。至于她丈夫，我觉得他是个通情达理的人……您说呢？"

"我完全同意您的意见。"

我太激动了，这逃不过经验丰富的医生的眼睛。他笑笑，用微微眯起的眼睛锐利地盯着我，但是并无恶意。

"不过，病可能还会拖很久。我已告诉她，您来过这里，她让我问候您。您暂时住在德累斯顿？那好，如果您想打听情况，可以每周来一次。我想这对她有好处；但是，再过一段相当长的时间，我才敢让您跟她见面。"

我满怀信心而返。我的决心坚定不移，把我的整个生命献给明娜——不论我跟她结婚与否，也不论用什么方式最有利于她的康复。假如说，她再也不可能幸福了（为什么她就不能？），那么，我要竭尽全力，尽量减少她的不幸。这样，我也就心满意足了，绝不顾虑这对我的前途有多大妨害。如果她适合留在故乡，我就在德累斯顿谋个差事；如果她需要南方的气候，我就安排她去南方生活。可是我觉得去南方不大可能。最可能的是把英国作为新住地，这对她的康复最有利。不过，这一切并没有使我多操心。真正令我不寒而栗的乃是意识到她头顶上悬着一把达摩克利斯之剑①。即使医生准许她出院，那把剑仍将高悬。是的，即使剑被取掉了，我的恐惧仍会时时想象它存在。但我发誓，这种恐惧只会使我的爱情更加坚定，使我的柔情更加持久。即使发生了家庭争执，我也不会让她一个人生闷气或者怨恨懊恼，因为内心有一个声音告诉我，等我回来再想抓住她的手，在她的眼中再想看到爱，也许那只手已经冰凉，那双眼已经无光，人已经去世了！

我舅舅给了我半年假期。我像往日一样，租了个简陋的房间，埋头钻研陶瓷，希望对我们的工厂有用。而在这方面，不论是实例或者资料，德累斯顿都给我提供了最有利的条件。

41

五月三日下午，所有的花园和草坪都已碧绿如茵，我像往常一样去"大花园"散步。

在公共草坪边上，我的目光被一幅肖像画吸住了。肖像挂在一家古董店的橱窗里。

我冲过去：不错，正是斯蒂芬森给明娜画的那幅粉彩画。

然而，它此时又是什么样子啊！

粉彩已大片大片地剥落，尤其是头发部位。前额上也有一处，

---

① 古希腊传说，达摩克利斯坐在用一根马鬃悬吊的剑下面，喻指危险时时存在。

两腮上斑痕点点。有一只眼睛已经明显透出了底色。

肖像嵌在一个破旧的被虫蛀过的画框里，下面贴了个标签：

"佚名大师作——18 世纪中叶"。

我走进那家昏暗的店铺，里面堆满了旧破烂儿，让人难以转身。

古董商是个瘦高的老头，他想必从我说的德语中听出了我是外国人，也许甚至嗅出了某种英国味，便叫了个吓人的价钱。他说，这是稀世的名画之一，很可能出自孟斯①的手笔。

我很快就打掉了他的威风，但毕竟还是以大大超出其真实价值的价钱买了这幅画。

我不想夹着这个大纸包进"大花园"。

但我想随便走走，于是就沿着约翰尼斯街走下去。

当然，我买这幅画并不是为了收藏，而是因为无法容忍它挂在那里示众，以后又挂到陌生人的家里——被当作孟斯的作品！

我打算把它带回住处烧掉。

我站在阿尔贝特桥上，忽然灵机一动：何不把它丢进易北河呢？那么，我就用不着再打开它，看到它了。

桥上几乎空无一人。

我走到中央桥墩的栏杆旁边——面向激流，大水还没全退。

我向四周扫了一眼，附近无人。于是，我松手让画像跌落下去。画像消失在水中。我听见它撞碎在桥墩的防波堤上。

我心情沮丧地回家。

---

① 孟斯（1728—1779），德国画家。

桌上放着主任医生的一封信。

明娜已于当天清晨——真令人意外——因心脏病猝发去世了。

42

第二天，我收到了一个写有明娜笔迹的小包裹，上面还盖了医院的封印。

首先是十一张写得密密麻麻的信笺，另外有三张是空白的，因为写到那儿就中止了。

日光岩　188×年4月17日

亲爱的朋友：

医生告诉我你来过，向我转达了你的问候——他还答应等你再来时代我问候你。知道你就在我附近，这使我无限欣慰。

我想给你写信——只能断断续续地写，因为写信总使我非常激动。医生强调我必须避免情绪波动，一般我能遵守，但我必须写信，因为只有这样我才能避免无休止的不安。我有一种预感：我会突然死去——医生一听我这么说就笑我，但我自信能看出他也有同样的想法。也许这只是病态的幻觉，但是万一这事发生了，知道你能得到我的问候，对我毕竟是一个安慰。

我心中有许多话要跟你讲。我已把你的信和一些小物件收拾到一起，以免它们落到别人手中。这封信每写完一段，我就把它装进这个小包，小包上已经写好了你的姓名和住址。

也许将来有一天，咱们会一起笑这个怪主意。但愿上帝成全！

今天晚上我不能再写了。晚安，我的朋友！

4月18日

你可知道在我进医院之前，是什么促使我克服极大的困难，专程去拉森一趟？为什么我要去那个岩洞？不单是和你同样的原因，我还有一种预感：在那儿一定会碰上不寻常的事。然而，并不是现在已经发生的事——这其实比想象奇妙得多——不，我以为我再也受不了激动，它会使我非死即疯——我宁愿那样，总比我现在的心境好。

真没想到遇见了你，这是何等的幸运啊，哈拉尔德！我看见你还是原样，你也觉得我还是原样——这是对你而言，对他来说当然不是。

我十分清楚，我对他的反感如此明显，这使你很难受，但我只能这样。我的心绪坏极了，我心中产生了那么多的苦与恨。

这你肯定无法理解。

一个人怎么可能讨厌自己曾经爱过的人呢？

或者我不妨这么问——因为这肯定正是你无法解释的——你当初怎么会爱上这么一个人呢？通过日常的共同生活，你已经彻底了解了他的性格，想不到你对他鄙视到了如此程度！这里并不是我一时的狂热，因为当初我就看出了他的一些底细。

我对此想得很多。为了让你正确了解我，我必须告诉你，我是怎么想的。

斯蒂芬森天生有一些高贵的萌芽——不然他大概不会成为艺术家，哪怕是现在这种水平的艺术家。如果这样一个年轻的并未完全堕落的人爱上一个年轻姑娘，他就会变得文雅与高贵，而姑娘所了解的也是一个与他的真实情况不同的人。

这并不是欺骗。相反，她了解他，爱他。正如他也因为他们的关系而发生变化一样——在她身上也发生了相应的变化：她心胸宽广了，性格坚强了，眼界扩大了。

这一切都是美好而真实的。

但是随着时间的推移，不同的人出现了差别：那些高贵萌芽强旺的人，向自己的理想发展，并且越来越坚强；而另外一些人却不能保持原来向上腾跃的高度，甚至会跌落得更低。

4月20日

上面写的这一段使我十分吃力，十分激动。想起这些我非常伤心，把这些表达明白又非常艰难。昨天我没能继续写。

我不打算再继续说明这些思考——尽管你正确理解我对我来说是至关重要的，因为只有这样，我才能求得你的谅解。

不过，你一定已经理解我了。我并不是说完完全全，但在这件事上一定已经理解了。

我想给你讲讲我在丹麦的生活情况。

啊，对！你还记得西格琳德如何谈起她的生活吗？

平素唯见异乡事，

无亲无故在身边，

往事依稀频入梦，

犹如未识自黯然。

然而，这倒并非因为我是外国人，虽然也跟这一点有一定的关系。

一开始，我确实感到一切都好极了——思想自由、开放，诸如此类。

但不久后我就发觉，其实质是多么空乏——斯蒂芬森就在我身边，我眼前始终有他这个空乏的榜样。归根结底，毫不奇怪，我不适应这个由我丈夫的朋友们——至少在名义上——形成的小圈子。当然，个别人跟我比较合得来，但没有一个像你。偶尔遇到一个跟我意气相投的人，却多半不属于我们这个圈子，只是稍有接触，便很快就退出了。我们这个圈子都是丹麦最有见地的人士，代表了这个小国的知识精英，差不多每次聚会我都听到这么说。是的，这个圈子也是"最高雅的"，因为别的人多多少少都是傻瓜，而且是真理与正义的"不共戴天"的敌人。哦，这些事我可以写得很有趣，因为我记性很好，并且听过许多精彩的妙论！

有一段时间，我真心努力去适应，尝试着妥协——这是我的义务，斯蒂芬森说。我对自己说，也许他们有道理，是我不对，可能是我固执、偏激。我开始跟着别人对我感觉高贵的东西耸肩膀，我试图去赞美我内心厌恶的东西，我装作相信美德这个词意味着伪善与荒谬——不，"一种猥亵"，斯蒂芬森的一位有见识的女友这么说。总之，我试图跟着我不幸陷身其中的狼群嗥叫（你们丹麦确实有狼——你还记得你怎么取笑我吗？但是没有狮子！就连你在港口咖啡馆见到的那位诗人也算不上，尽管他"吼叫得好"，有时也能"温柔得像夜莺"）。幸而，这没能改变我的不屈从的性格——或许这要由你来负主要责任。我忠实于我自己，而这是你给我的一大帮助。

4月26日

我们应酬极多，因为斯蒂芬森对娱乐有真正的嗜好。

这种应酬往往要延续到深夜。因为我必须早起——按照德国的规矩,我是个相当勤快的主妇,不过,话说回来,我们要想过得去也必须这样——所以这种应酬对我的健康危害不小。

有时,我试图避开这种应酬,斯蒂芬森却始终反对。本来,若不是我的嫉妒心捣乱,我也许真能实现我的意愿呢。

我因为嫉妒而受的苦,简直无法让你了解。我想,男人不会明白这一点,尽管你们的性别曾产生了相当多的奥赛罗①。

据说,如果妻子不仅失去了对丈夫的爱,而且失去了对他的尊重,他们已不再有真正的夫妻生活,那么,她就会无动于衷地看着他宠爱别的女人。可是我恰恰相反。我的爱情越冷漠,我的嫉妒心就越强烈。作为画家的妻子,我有特殊的敌人:模特儿。当他画女模特儿时,我甚至跑到门边去偷听。毫不奇怪,我在难以忍受的晚会上与睡意苦斗,只是为了监视他。

这些努力取得了可怕的成果。我早就怀疑那个你曾经在港口咖啡馆见过的金发女子。有一天——就在那天晚上之后不久——他借口画女模特儿,把自己和她锁在画室里,被我捉住了。我耐心地盘问他,一直到他坦白。因为他陷入一种唠唠叨叨的懊悔状态,他自己抖搂出来的事远

---

① 莎士比亚名剧《奥赛罗》的男主人公。

比我预料的多。结果证实，他的不忠可以追溯到最初的年月——是的，甚至可以追溯到他经常……

不，我写不下去了。

4 月 28 日

孩子死时，我的悲伤是无法形容的；但是一年之后，我却把此事看成是幸运了。我给你讲过许多我父亲的事——你瞧，当时我害怕变成一个类似的母亲。因为我发觉自己身上也开始了同样的僵化过程。我小时候就已经感受到了其影响，后来就更加熟悉了。

现在，再没有什么义务阻止我深居简出了。我的生活仅仅是阅读大作家的作品，弹奏乐曲。舒伯特、贝多芬和瓦格纳，我有他们的钢琴总谱——那是一个通向我的心灵的世界，与我被迫接触的这个世界截然不同。

你知道，我是多么热爱音乐，但是弹琴过多又会伤害我的神经。我曾在开玩笑时跟你说过，要是我希望摧毁我的理智，那就要借助于弹钢琴。也许，我真的想用这种天国的毒药从精神上剥夺自己的生命。

假如当时我看得到出路，假如我知道现时所知道的事，那我肯定会更加珍惜自己。

4 月 30 日

一个多星期以前我写过："这倒并非因为我是外国人，

虽然也跟这一点有一定的关系。"但现在我越想越觉得后半句显然比前半句更接近实情。去年，我常常想念故土，想得要命。由于一次十分离奇的巧合，我想起了当初想家最强烈的情况——但我过去常说："没有什么巧合！"——咱们就随便怎么称呼它吧：我生动地忆起了咱们在"索菲憩处"相遇之前一个小时的事。

去年夏天，我们在措辛厄岛上度过了几周。你一定听人赞扬过这个森林覆盖的小岛之美。斯蒂芬森也突然被其美誉吸引了，于是他建议到措辛厄岛上去消夏。至少，这肯定不是巧合：刚才提到的那个金发女人也光临该岛——她跟她的一家风琴师亲戚结伴在那里租了房子。

在七月晴朗的一天，我们大家一起出游，去布莱宁格教堂，你大概听说过这座教堂吧。从高高的透孔的木质塔楼上，可以俯瞰海峡和诸岛的美妙全景。眼看雷雨要来。云层使水面差不多呈黑色，可是在远处地平线上有一道金色光带，光线从那里越过菲英岛的山毛榉树和斯文堡的红色屋顶射过来。这使我梦一般地想起了咱们在拉森那次雷雨之后的情景——你恐怕也绝不会忘记吧。

我已经很久没有想起你——我害怕想。这时，我在归途中陷入了回忆。我不受干扰，因为基本上是一个人走，斯蒂芬森和那个金发女人不知怎么就不见了。最后，是风琴师的太太陪伴我，但她很少打扰我。我清楚地觉察到她同情我。我们快回到小镇了，那失踪的一对才从他们的迷途返回，这时，就连风琴师的太太也对她的亲戚极不客气。

我的小小寝室坐东朝西，闷热得厉害。窗子在清朗的月夜也大敞着——室内被水面的反光映得颇为明亮。我久久不能入睡，快睡着的时候，又被音乐声吵醒了。是管乐——大概是在一条船上。演奏的是一支进行曲，但不是丹麦的曲子。我不熟悉那曲子，但立刻就知道是一支德国进行曲。我也不知道是怎么突然晓得的，只是感觉到，德国人就是踏着这勇敢的旋律行进的——为了愉快地把生命和鲜血献给德意志。这种感觉攫住了我，简直无法形容。水面把音乐声传得很远。音乐声终于消失在远方了，我仍久久地躺在那里流泪。我想德国，想我的父亲，他非常喜爱普鲁士的进行曲。接着，我又想到你，因为我常常心血来潮，觉得我父亲可能喜欢你。我知道他向来讨厌斯蒂芬森，母亲的态度则相反。

夜间怎么会在丹麦的水面上奏起了德国进行曲呢？我不得而知。我也不想去琢磨。恰恰是这种莫名其妙以及它似乎专门奏给我一个人听——因为别人都睡得很香，听不见——使我觉得这件小事倍加珍贵。我把它像一件秘密的宝贝那样珍藏于心底。

第二天，我心情不好，只好留在家。斯蒂芬森怪我敞着窗子睡觉，说夜里的风很伤害神经。但我清楚地觉察到，他猜疑我的健康状况不好另有原因。"咱们别再研究原因了，"我说，"说是想家，其实就差不离。因此，你得答应我，如果我的健康状况恶化到不得不住进精神病院，千万不要在丹麦。送我回皮尔纳的日光岩去吧。从那儿的窗口，我就能看到我可爱的故乡。"这些话使他深受感动，他甚至流了泪。虽然他根本不愿听这样一种可能性，但他毕竟还是答应了我的要求。

他遵守了他的诺言，因此，咱们才能在拉森相遇。

就在咱们见面之前，我经历了一件小事。

在棱堡的餐厅里有一架百音盒。我们到达后正在喝咖啡，一个小姑娘往里面塞了一枚硬币。那乐器开始奏乐——正好是那天夜里我在措辛厄岛上被惊醒的同一支曲子。乐曲一结束，我就走到百音盒旁。唱片上标的是：《托尔高进行曲》。托尔高——弗里德里希大帝在那儿打了一个胜仗，我在小学就知道。那时我们必须称他为"普鲁士的弗里德里希二世"，可是我父亲总叫他"腓特烈大帝"。"他为我们战斗过。"他说，"没有他，我们就没有这一切。"他指的是"帝国的强盛"，使用的是毛奇将军的说法。

你可以想见，这给我留下了不寻常的印象。接着是咱们相会，那就显得更加神秘莫测了。

今天，我在一本杂志中找到一篇纪念弗里德里希大帝逝世一百周年的文章：《从山崖到大海》。当然，我马上就捧着它读起来，想看看托尔高是怎么回事——可是文章中提到这一点并不多，相反，却写到了其他许多内容，出乎意料地吸引了我。在学校里我讨厌历史，对地理和自然却非常喜欢。我常说："那些古人跟我有什么相干！"可是现在我觉得，这个人似乎跟我有关。我怀着我父亲的心情感到，他也为我战斗过。因为我似乎觉得，这个勇敢的英雄征战整个欧洲，夺得了许多我认为是最宝贵和最神圣的东西。不过，对这些我恐怕无法解释明白。

5月2日

"太阳啊，我很快就会接近你。"这位老国王在他临终时说，坐在无忧宫①窗口的安乐椅中观赏日落。多么感人啊！这只垂死的雄鹰遥望着太阳。"他望着天国之光"——你还记得你们大学鹰徽下面刻的这句拉丁文吗？我几乎每天都经过那里，想到你曾经走上这段台阶，因为你告诉过我，你在那里听了一年课。人本身只是一只折断了翅膀的可怜鸟儿，从来就没有什么用处。人到底是朝着什么观望呢？

啊，哈拉尔德，我真希望知道你对死的想法。你相信有天国的重逢吗？要想象这点是困难的，但是另一方面，我也无法想象自己像一盏灯那样熄灭。

我常常想起老赫茨。我曾在不同场合多次听他谈论灵魂不死之说。如果我没有弄错的话，这主要是他所崇拜的康德的学说。因此，无怪乎我这个可怜的无知的人没有完

---

① 无忧宫，在德国波茨坦的王宫。

全听懂。尽管如此，他的话当时就感动了我。后来，在一些寂寞和忧郁的时刻，他所阐述的深刻观点又出现了。有一句话——我以为它就像整个问题的关键——几乎是刻在了我的记忆中，因为赫茨每次都重复它："我们并不了解自己的真实情况。我们所称的自我并不是真实的自我（他用了个很怪的字眼："物自体"），而是它在我们的意识中反映出来的样子。"对于这句话，我经常以我自己的方式琢磨；因为我很想知道我实际是什么情况，希望它比我了解的自己要好一些。有时我甚至想象，我不了解自己的情况，因为它并不显现在意识的小镜子里。你也因为同样的理由并不了解你自己的情况。但我相信，只要我确实爱你，就可以看出一点儿——这两样东西即使不一样，也是非常接近的。总有一天咱们会感到，当初咱们分开只不过是一场理不清的噩梦。

这些想法自然是奇怪的，也许甚至是愚蠢的；但它们也是令人鼓舞的，至少对于我是这样。

也许你会感觉它们既不愚蠢，也不陌生。因为你告诉过我，你父亲是叔本华的信徒，他常常给你讲他的观点。诚然，我没有读过叔本华的著作——我怎么敢去接近一个哲学家呢！——但我清楚记得，老赫茨常提到叔本华是康德学派的一个大思想家，尽管叔本华不大合他的口味，太神秘了。因此，在这里我以某种自我克制写下来的东西，让你听起来却可能很熟悉哩。

我实在高兴我的抽屉上有一把好锁，因此能把这些字纸锁起来。因为我猜疑，如果教授看到这些愚蠢的想法，会立刻把我转到城堡对面那个专门关不可救药者的部门去……

我手拿这一页纸静坐良久。啊，只剩下一张纸了，而且这一张纸连一面都没有写满。实在用不着匆忙。我觉得，值得我阅读的一切似乎都在面前这最后一页纸上。

就这样，我久久地流连于那些深深打动我的想法上。明娜说得对。它们确实使我想起我亲爱的父亲，想起我跟他一起多次到林中漫步——他一边走一边沉湎在有关自然意志的玄学思索之中，谈它如何体现在树木与动物的生命之中。我跟明娜订婚时曾深感遗憾，未能带她去见父亲，因为父亲一定会成为她的好公公，而她也会成为父亲的好儿媳。他们俩都有独特的天性，有许多共同之处。他们俩都很喜欢动物与植物，对自然界的各种美都异常敏锐。他们俩都有一种忧郁的气质，再加上一点逗趣儿的幽默。我没能让她作为我的新娘去见父亲。现在，他们却已经相见了。他们属于另一个世界，而我却留下了，孤零零的——啊，多么孤独！

但是在最后几行，明娜却显得栩栩如生！我简直难以相信她已不在人世。我已无法再见到她了。从深沉的思索中涌流出来的小小戏谑，拿正直的教授开心的狡黠讥刺——她早就发现教授是现代科学的典型人物，认为一切神秘主义都是可疑的、病态的——这些都是她早就有的亲切的方式。我仿佛看见了挂在她唇边的微笑，现在——啊，啊……

现在只剩下这本薄薄的手稿的最后一页了。

我终于鼓起勇气，继续读下去：

　　但是，我为什么要说到死呢？这可真够怪的，因为我已经很久——很久没有像今天这样轻松和充满希望了。

　　天气好极了。整个上午我都坐在教授的园子里缝补衣服。他是个了不起的人。

　　明天，我要告诉你，我是怎么把时间打发过去的。

　　但今天晚上我不再写了，我要读席勒的作品；最近，我在翻阅《席勒全集》的最后一卷时想试一试，看我是否能读懂《论崇高》。医院的图书馆里除了席勒之外就没有什么了。

　　晚安，哈拉尔德！

读了这些信我深受震动，心情肃穆庄严，泪流满面仍不能释怀。要知道，我在她死后还没有哭过。

最后，我翻出小包里的其余东西，找到了一封揉皱的翘棱的信——也就是那封曾被她珍藏在胸前的信——我把信贴在嘴唇上，像个孩子一样泣不成声。

我再一次通读了这些信纸。不知怎么，我写下了这样的字句：

"我可曾后悔？时至今日——已经五年过去了——我仍不能回答这个问题！"

就好像我愿以整个世界为代价，放弃我们的爱情，放弃我对明娜的思念——就好像有什么幸福能像我的痛苦这样宝贵似的！

我自作主张地操办了丧事。令我高兴的是——是的，真让我高兴！——我在宽广墓园找到了一块墓地，在一棵大杨树下，紧挨着赫茨夫妇的安息之地。

在坟上，我让人竖了一块萨克森蛇纹石碑。但在明娜的名字下面，我并没有刻上《圣经》中的格言，而是刻上了古老的民歌《精灵山》中的那句迭唱：

　　自从我初次见到她。

附　录

吉勒鲁普自传

1857 年 6 月 2 日，我生于普赖斯特的罗霍尔特。我父亲是牧师，名叫卡尔·阿道夫·吉勒鲁普，母亲名叫安娜·菲毕格。1860 年，父亲在洛兰岛的兰纳（我至今还记得那里的一些情况）去世后，我于 11 月到了表舅约翰尼斯·菲毕格牧师家里。他是哥本哈根一所教堂的牧师，写了不少书，例如《施洗者约翰》（1857），《故事集》（1865），《十字架与爱》（1868），《无休止的争吵》（1878）和《我的一生》（1898）。1874 年，我以优异的学习成绩从霍斯莱乌中学毕业。在此之前，我曾经多次尝试写作；刚毕业我就写了一部悲剧《大西庇阿①》和一部正剧《阿米尼乌斯②》。两部剧本都拿给爱德华·霍尔姆教授看过。他鼓励我，并且把后者又拿给克里斯琴·莫尔贝奇看。可是，后来我却研究起神学来，在乡下住了多时（西兰岛南部的瓦伦斯韦，当时表舅在那儿当牧师，1881 年以后在法尔斯特岛的霍斯莱乌）。乡村生活给我留下了难以磨灭的印象，并且在我的所

---

① 大西庇阿（公元前 236—前 184），古罗马共和国的伟大人物。
② 阿米尼乌斯（公元前 18？—公元 19），古代日耳曼民族的英雄。

有小说中都留下了痕迹。1878 年 6 月，我以优异的学习成绩获得了神学学士学位。我立即开始写《一个理想主义者》（1878），该书于11 月出版，正巧跟我表舅写的《无休止的争吵》同一天。两本书都是署的笔名。由于这两本书引起了某种轰动，我结识了赫夫丁、德拉克曼①、山道尔夫、鲍克瑟纽斯、勃兰兑斯兄弟、雅科布森②和许多艺术家。接着，我又不停地写作，在《遗传与道德》（1881）中选择了科学的方向。那是一本谈进化论的书，获得了大学的金质奖章。诗集《山楂》（1881），小说《日耳曼人的门徒》（1882），还有一本纪念达尔文的挽歌集《精神与时代》（1882），便是这个时期最值得注意的作品。一份小小的遗产使我 1883 年能够去国外做长途旅行。我在罗马逗留了三个月，与克伦贝格一起研究水彩画，后来我又研究了粉彩和油画。归途中我经过瑞士、希腊和俄国，然后取道斯德哥尔摩，圣诞节期间回到家里。与此同时，两个短篇小说《罗慕路斯》（1883）和《G 大调》（1883）发表。随后，我又出版了旅行印象集《古典一月》（1884）和《漂泊之年》（1885）。在后面这本书里，我与乔治·勃兰兑斯的信徒们彻底分道扬镳了。我的第一部受到热烈欢迎的著作问世，即诗体悲剧《布伦希尔德》（1884），这本书我从学生时代就开始写，是献给尤金妮亚的。从 1885 年夏天到1887 年秋天，我住在德累斯顿，写了有关法国大革命的一些剧本，如《圣茹斯特③》（1885，1913 年在德国修订后上演，但一直没出

---

① 德拉克曼（1846—1908），丹麦作家。
② 雅科布森（1847—1885），丹麦小说家、诗人，自然主义运动的倡导者。
③ 圣茹斯特（1767—1794），法国革命家。

版）和戏剧诗《塔米里斯①》（1887）。后者与《布伦希尔德》一起，使我获得了一项由国家发给的终身年俸。1887 年 10 月，我和尤金妮亚·本迪克斯结婚，她的娘家姓豪宇兴格。我们定居于海勒鲁普。诗体悲剧《哈格巴特与西格娜》（1888），长篇小说《明娜》（1889），诗集《我的爱情之书》（1889），剧本《海尔曼·万德尔》（1891）和《乌特霍恩》（1893，曾在达格马剧院上演了一百多场）都是在海勒鲁普写的。我还写了一篇评论瓦格纳的歌剧《尼伯龙根的指环》的论文，翻译了埃达②里的众神曲。

　　1892 年 3 月，我迁居德累斯顿。悲剧《亚纳王》（1893）和诗体喜剧《毒药与解毒药》（1898）在达格马剧院上演。在《寓言集》（1898）、《从春到秋》（1895）和《两片断》（1910）之后，我告别了丹麦文学。长篇小说《磨坊》（1896）、《在边境上》（1897）、《占卜者》（1901）、《鲁道夫·斯田的乡村实践》（1913）和《生活成熟》（1913），都是用德文创作的。我初次用德文写作是《莫尔斯牧师》（1894），德文从此成了我的正式艺术手段。剧本《祭火》（1903，曾在德累斯顿和德绍的宫廷剧院上演），《完人之妻》（1907，曾在斯图加特的宫廷剧院上演），诗体小说《朝圣者卡马尼塔》（1906），《漫游世界的人》（1910），《金枝》（1917）和《上帝的女友》（1916），主要是属于德语文学的，就像《生活成熟》那样，几乎全是在德国得到了真正的理解与评价。四十年前，我在第一本书问世时曾受德国理想主义影响。过了三年后，在获得金质奖章的论文中我又成了

---

① 塔米里斯，希腊神话中的一位诗人，曾与缪斯女神抗争。
② 埃达是中世纪冰岛学者记录的神话传说。

英国自然主义的信徒。后来，我又回到了黄道十二宫下我的合理位置，只不过这一次引导我的星宿不像《一个理想主义者》那样是黑格尔，而是康德与叔本华。

著作年表

1857 年　6 月 2 日生于西兰岛的罗霍尔特。

1878 年　《一个理想主义者》，小说，以笔名发表。

1879 年　《年轻的丹麦》，短篇小说。

1880 年　《安提柯》，短篇小说。

1881 年　《山楂》，诗集。

　　　　《遗传与道德》，论文，获大学的金质奖章。

1882 年　《日耳曼人的门徒》，小说。

　　　　《精神与时代》，纪念达尔文的挽歌集。

1883 年　《罗慕路斯》，短篇小说。

　　　　《G 大调》，短篇小说。

1884 年　《布伦希尔德》，诗体悲剧。

　　　　《古典一月》，希腊游记。

1885 年　《漂泊之年》，游历见闻录。

1885 年　《圣茹斯特》，五幕历史剧。

1887 年　《牧女与瘸子》，田园诗。

　　　　《大号》，戏剧诗。

《塔米里斯》，又名《与缪斯抗争》，戏剧诗。

1888 年 《结婚礼物》，喜剧。

《哈格巴特与西格娜》，五幕历史剧。

1889 年 《我的爱情之书》，诗集。

《明娜》，长篇小说。

1890 年 《理查德·瓦格纳及其名作〈尼伯龙根的指环〉》，论文。

1891 年 《海尔曼·万德尔》，悲剧。

1893 年 《十克朗》，短篇小说集。

《乌特霍恩》，五幕剧。

《亚纳王》，五幕历史剧。

1894 年 《莫尔斯牧师》，短篇小说。

1895 年 《从春到秋》，诗集。

《古代埃达的众神曲》，译诗集。

《大人》，剧本。

1896 年 《磨坊》，长篇小说。

1897 年 《在边境上》，小说。

1898 年 《毒药与解毒药》，五幕喜剧。

《寓言集》。

1901 年 《占卜者》，长篇小说。

1903 年 《祭火》，剧本。

1906 年 《朝圣者卡马尼塔》，小说。

1907 年 《完人之妻》，剧本。

1910 年 《漫游世界的人》，小说。

《两片断》，含《海边的别墅》和《犹大》两篇未完成作。

1913 年　《鲁道夫·斯田的乡村实践》，小说。

《生活成熟》，诗选。

1916 年　《上帝的女友》，小说。

1917 年　《金枝》，小说。这一年荣获诺贝尔文学奖。

1919 年　10 月 11 日逝世于德累斯顿附近的克洛彻。

1917 年评奖简况

（节译）

巴黎大学名誉教授　阿·约利维

1917 年底，几乎所有的欧洲国家都卷入了战争，战事的持久跟它的结局同样难以预料。这些国家的作家自然也无法超脱于战事之外，都纷纷在家乡和前线履行自己的公民义务。他们当中没有一个人能够获得诺贝尔奖，这是不言而喻的。

1916 年，瑞典学院评选出一位瑞典诗人——魏尔纳·冯·海顿斯坦，瑞典文学的一位大师。1915 年出版了他的最后一部或许也是最优秀的著作《尼亚·迪克特》。那是一本新诗，让人联想到歌德抒情诗中最完美的作品，有的甚至可以跟它们相媲美。这次评选是成功的，没有什么人说三道四。但是，1917 年瑞典学院又该选谁呢？按照传统进行了预选，许多热心帮助瑞典学院评选的行家都提出了建议，结果有两名候选人脱颖而出：丹麦的小说家卡尔·吉勒鲁普和亨利克·彭托皮丹。这两个人究竟选谁好呢？"每一个人都拥有足够的拥护者，都拥有影响力甚大的选票。"1916 年的获奖者海顿斯坦赞成吉勒鲁普。既然这样表了态，他也就不会再选彭托皮丹。

　　亨利克·彭托皮丹是一位老式的贵族，一名绅士，他的不幸是生在这样一个时代：他那个阶层的人们已开始在瑞典的公众生活中失去了意义与影响。他向来讨厌现实主义，这种现实主义在瑞典他那个时代以前就已经有了。有一次他满怀鄙视地写道，他讨厌这种"拙劣的现实主义"。对于他来说，一部艺术作品若不产生于理想主义，不与日常的现实相分离，不涉及文学创作的重大题材，从而美化人类的心灵活动，或者描述历史的光辉时代，揭示一个种族的内在本质和一个民族的英雄气概，那就是不可想象的。吉勒鲁普最初站在乔治·勃兰兑斯一边，扮演了革命者的角色，可是后来又跟他闹翻了，离开了他，去德国寻找自己的灵感，特别是向席勒的著作求教。他吸收了席勒的理想主义并使之体现在自己的作品中。他还上溯日耳曼的起源；他热爱理查德·瓦格纳的音乐，再三提到，《尼伯龙根的指环》的题材与英雄形象为日耳曼各民族揭示了内在的本质和深刻的特点，是指引通往充满尊严的人生的好向导。

　　因此，海顿斯坦赞成吉勒鲁普的作品。那么，他的艺术弱点是什么？海顿斯坦在步入文坛之初是个出色的、成功的论战家。他对那个时期始终有一种回味，并且态度十分明确。当时在哥本哈根还有一位教授讲文学史，他的重要的著作，尤其是关于 18 世纪丹麦文学的著作，在丹麦享有极高的声誉，在所有斯堪的纳维亚国家，尤其是在瑞典，也很有分量。他叫维尔海姆·安德森，他的看法颇受斯德哥尔摩的评奖委员会重视。早在 1916 年，维尔海姆·安德森就梦想见到一位丹麦作家荣获诺贝尔奖。然而众所周知，那一年是瑞典诗人海顿斯坦胜利了。1917年，维尔海姆·安德森又做出新的努力，他也支持吉勒鲁普当选；但是他在1917年正打算出版一本关于亨利克·彭托皮丹的专著，这就显得尤为奇怪。

当时，在哥本哈根大学还有一位著名的语言学家任教，名叫奥托·耶斯帕森。他的声望在瑞典差不多跟在丹麦同样，在瑞典学院的评委会当中完全可以与维尔海姆·安德森的影响相抗衡。他坚决支持彭托皮丹当选。诺贝尔奖评委会举棋不定。为了摆脱僵局，维尔海姆·安德森建议在这种情况下让两人平分该奖。结果就这么定了。事后维尔海姆·安德森胜利地宣布，两位获奖者实际上旗鼓相当，而且有意思的是，他们俩都出身于牧师家庭……

由于第一次世界大战和敌对行动结束后依然存在的不安定状况，诺贝尔奖在1916—1919年间没有举行任何颁奖仪式。

评吉勒鲁普

哥本哈根大学丹麦文学教授　比勒斯科夫·延森

　　吉勒鲁普的第一部重要小说题为《日耳曼人的门徒》(1882)。这一说法也适用于他的全部作品。吉勒鲁普最喜爱的作家是席勒。他发现自己与这位德国古典大师之间有某种类似，因此颇有些自豪。若不深入了解自歌德、康德和席勒以来的德国思想史及其在丹麦的影响，就无法熟悉吉勒鲁普的文学世界。吉勒鲁普的作品形成了1790年前后开始的哲学与文学运动的照准点。当时，认为所有大思想家的思想和感情都普遍适用的观点得到了承认。席勒吟道："你们拥抱吧，千百万世人！"康德在人性深处发现了"绝对命令"。歌德则宣布："纯粹的人性补偿所有的人类缺陷。"按照德国的理论，为了适应人类的整体性，人牺牲了个性追求的种种脾性与激动，通过这一行动取得了一种新的和谐，改过自新的个人变成了真正的人，宇宙在这种净化的人性中达到了全盛时期。

　　德国的古典主义也代表了一种有道德的理想主义。这在文学的领域里表现为崇高的伟人形象，表现为男人和女人，他们具体地体现了思想与原则：浮士德，伊菲格涅亚，华伦斯坦。丹麦文学渗透了德国的古典主义和浪漫主义，也是一种具有普遍性的特征。丹麦浪漫派的领头人欧伦施莱厄 1805 年在童话剧《阿拉丁》里使《一千零一夜》的故事得以新生。他还在各类文学作品里采用了斯堪的纳维亚古代的神话与传说。从 1835 年起，安徒生[①]利用民间童话为故事基础，写出了许多新的、富有艺术性的、对我们了解人来说十分重要的故事。但是，在这个世纪中叶，出现了一种对浪漫主义理想的严厉批评。在黑格尔的哲学中，个人的自我否定达到了高峰；万物的生命似乎只是一种永恒观念的实现。据此衡量，个人的作用似乎是微不足道的。与此相对，克尔恺郭尔[②]重新解释了人对于自身及其亲友所负的责任。克尔恺郭尔的学说是以批判的理想主义为基础的，它从根本上摧毁了浪漫的理想主义。1870 年前后，达尔文主义、实证主义和自然主义也开始反对起理想主义来。这一强大运动的主要代表是乔治·勃兰兑斯，他生于 1842 年，是一个天才的文学批评家、充满激情的演说家和很有魄力的政治家。吉勒鲁普，这个德国与丹麦的伟大理想主义传统的继承人，恰好在勃兰兑斯主义达到顶峰时长大成人了。

由于父亲和母亲方面长辈的关系，卡尔·吉勒鲁普和丹麦的路德教派有紧密的联系。1857 年 6 月 2 日，他生于一个乡村牧师的住宅里；父亲是阿道夫·吉勒鲁普牧师，1860 年去世了。他的一个表舅也是牧师，住在首都，这时便收养了小卡尔。表舅名叫约翰尼

---

① 安徒生（1805—1875），丹麦著名作家，其童话家喻户晓。
② 克尔恺郭尔（1813—1855），丹麦哲学家。

斯·菲毕格，对小卡尔的思想发展有着决定性的影响。菲毕格既是学者，又是作家。在探索我们的精神遗产之最终起源的过程中，他作为训练有素的语文学家，不仅像每个新教神学家那样掌握了希腊文和希伯来文，而且掌握了古代北欧的语言文字和埃及文，还能阅读原文的波斯和印度经典。他从广博的书籍中汲取了好几部文学作品的素材。其中有一首长诗吟诵西西弗斯，这个希腊社会的英雄象征没能把岩石滚过山去。此外，他还写了诗歌《托钵僧》，表述了这一原则：爱情比信仰更重要。

菲毕格的精神世界十分广阔，其中心是基督教，围绕这一核心汇聚了精神生活的其他启示。在菲毕格牧师的家里，德国的理想主义被看作是每天都不可少的面包。1874 年中学毕业后，年轻的吉勒鲁普很自然地投身于神学研究。可是没过多久，实证主义思潮便深刻地影响了这个年轻大学生的思想。当时，对《圣经》的历史评析已经取得了巨大进展，例如，到处都在热烈地讨论第四福音书的真实性问题。吉勒鲁普很快便凭着青年的热情站到了激进的批评一边；可是当他通过了结业考试时，他的信仰却已经丧失了。与这种背离基督教的行为相适应，吉勒鲁普还接受了乔治·勃兰兑斯的文学观点，成为他的追随者和热诚的学生达数年之久。在一首题为《问候你！》的诗中，他甚至称勃兰兑斯为"我们神圣思想的骑士，我们的圣乔治"！

吉勒鲁普早就爱写诗，在青少年时代就特别喜爱席勒和海涅，后来，英国诗人如拜伦、雪莱和斯温伯恩[1]也成了他的榜样。可是，

---

[1] 斯温伯恩（1837—1909），英国诗人、剧作家、评论家。

吉勒鲁普首先发表的文学作品却是散文。属于勃兰兑斯学派这一点促使他选择了具有紧迫现实意义的问题，因此他首先开展了与神学家的论战。他的第一本书题为《一个理想主义者》（1878）。主人公是个年轻的学者。他激烈地抨击神学，但自己却认为人死后身体入土，精神则回归宇宙精神，灵魂也回归上苍在我们的头脑中启示的永恒思想。这个语文学家不是基督徒，正如书名所指明的，他是个理想主义者。第二部小说《年轻的丹麦》（1879）讲的是一个出身于牧师家庭的年轻作家的故事。他因为出版了一本不信教的书而引起轰动。他身患无法治好的肺病，躺在父亲的寓所里跟死神搏斗。父亲问他是否作为基督徒而死去。"不，"他答道，"我要带着我平生信仰的世界观死去。"这是在雅科布森的《尼尔斯·吕涅》问世一年之前，具体地表现了一个坚定的无神论者的生死斗争。1859年，著名的瑞典作家维克托·雷德贝里[①]在他的小说《最后一个雅典人》中，以有力的笔触勾勒了一幅古希腊人与基督教冲突的画面，把基督教士写得思想十分卑下。勃兰兑斯称赞了这本书。1874年，该学派的另一位作家又把它译成了丹麦文。于是，吉勒鲁普把它作为自己的一本描写公元2世纪情况的小说《安提柯》（1880）的样板。书中各基督教派别竞相把对方革出教门，罗马人则把顽固不化的基督徒丢去喂狮子。一个只相信科学的希腊医生大骂"基督教跟异教徒的迷信一个样"。

在这些最初的尝试之后，吉勒鲁普1882年发表了他的小说《日

---

① 雷德贝里（1828—1895），瑞典浪漫派作家。

耳曼人的门徒》。主人公尼尔斯·姚尔特生在石勒苏盖格地区一个农民家庭里，家乡是 1864 年被俾斯麦强行从丹麦夺走的。他心中充满了对德国的仇恨，但是命运的嘲弄却让德国的古典作家，主要是席勒，使他的思想有较大的活力并使他成为一个真正的人。经过艰巨的努力，姚尔特当上了公立小学的教师，然后又通过了中学毕业会考，开始在哥本哈根大学学习神学。因为德国的理想主义是一种不依附于基督教教义的博爱，它在这个年轻神学家心中埋下了怀疑的种子：他的信仰渐渐崩溃，莱辛的《智者纳旦》给他指明了通往自由思考的路。他在神学考试的笔试中对第四福音书的真实性表示怀疑，结果系里和教会都拒绝让他报名参加口试。他既是胜利者又是失败者，回到了边界另一边的故乡。他在一个年轻姑娘那儿，一个牧师的外甥女那儿觅得了善良、聪明的生活伴侣。他摆脱了自己以前的所有宗教的和沙文主义的偏见，努力向他的丹麦同胞宣传适应时代的放弃说，认为我们应当忍受这个人世的邪恶，而且不要天国的极乐作为报答。

继引起颇多争议的自然主义之后，斯拉夫现实主义的心理学又在吉勒鲁普的作品里站住了脚。屠格涅夫的小说给了他的两本小书特别明显的影响。这两本书发表于 1883 年，即《G 大调》和《罗慕路斯》。前者同屠格涅夫的长篇小说《烟》一样，一对男女在长久离别之后重逢，重新点燃了他们认为早已熄灭的爱情之火。海伦娜在屠格涅夫的同名小说中为她所宠爱的动物尽心尽力，而罗慕路斯在吉勒鲁普这儿则是一匹受到骑师虐待的良种马。一天，年轻的女主人公，一个端庄优雅的女骑手，看到了马受虐待的情景。她用鞭子责罚了那个残暴的骑师。《罗慕路斯》成了描写一匹马的构思巧妙的故事，叙述小马驹的欢乐，叙述这匹纯种骏马在生活中的庄严与悲伤的时刻，叙述这匹良马之死。这部作品是在威尼斯写成的。1882年至1883年，吉勒鲁普外出长途旅行，游历了德国、瑞士、意大利和希腊。在这次漫游过程中，吉勒鲁普追溯了他所受的教育之最初源泉。希腊神庙的壮丽和魏玛的理想主义精神使他对现代文学中的丑陋特点感到扫兴。他解释说，自然主义包括了精神的整个存在，不仅包括当代法国人喜欢的生活阴暗面，而且包括人类最崇高的向往。从这时起不断有两个意象在吉勒鲁普的思想中闪现：在追随德国古典大师方面他赞颂自由意志，因此也赞颂人的道德责任；而在叔本华的影响下他又不停地探索跟人的生存紧密结合在一起的痛苦。

在吉勒鲁普的晚期作品中，对崇高思想的探索越来越明显。他在1884年和1895年写的仿古剧和现代剧给我们展示了具有巨大精神力量的男男女女，即尼采所谓的传奇英雄或超人。在《明娜》（1889）和《磨坊》（1896）这两部长篇小说中，他给读者展示了地地道道的普通人。后来，在19世纪末年，悲观主义笼罩了吉勒鲁普的全部作品，无论是属于哪一种体裁的作品。

吉勒鲁普早就是理查德·瓦格纳的崇拜者。在旅行途中，他在莱比锡观看了歌剧《大歌唱家》，在罗马更是欣赏了四联剧《尼伯龙根的指环》的全套演出。这组四联剧给他展示了一种既壮观又新式的艺术。他为这个德国伟大人物的榜样所鼓舞，也着手处理相同的题材：齐格弗里德和布伦希尔德之间悲惨的爱情故事。在诗剧《布伦希尔德》（1884）中，吉勒鲁普呼唤伟大的心灵只能爱一次的坚贞，但更重要的是歌颂女主人公的精神力量，她在恋人被害后从容登上火刑的柴堆，作为妻子躺到丈夫身边而"含笑死去"。悲剧英雄式的品格创造了其自身的法则。

诗的优美使人物和情节的严谨得到了缓和。吉勒鲁普让希腊悲剧的三一律和诗歌十分灵活地交替变换，就像《尼伯龙根之歌》的特点那样。此外，他还采用了斯堪的纳维亚的埃达神话的头韵技巧，以及莎士比亚的无韵抑扬格五音步诗。通过揭示英雄的感情和混用各种体裁，他试图以这部既仿古又现代的悲剧创造出一种包罗万象的艺术。其内容和文学价值使得吉勒鲁普可与黑贝尔[①]和斯温伯恩相媲美。

我们的远古时期的悲剧恋人，也可以说是北欧的特里斯坦和绮瑟，名字叫哈格巴特和西格娜。关于他们的传说已收在萨克索[②]写的拉丁文《编年史》和中世纪的一首叙事诗中。作为两个敌对皇族的后裔，这两位恋人无法相聚。于是，哈格巴特男扮女装，闯到了西格娜那儿。他在爱人的床上被抓获，要处以绞刑。不过，他先让人家把他的大衣挂在绞架上。姑娘以为他死了，便放火烧了房子。他得知后，就要求马上处死自己。西格娜的父亲竟然反对如此坚贞的爱情，并且悔悟得太晚了。在这部悲剧《哈格巴特与西格娜》中，诗与散文交替变换。吉勒鲁普相当认真地遵循剧本的原始资料进行创作。但是，他把发生于远古的事件移到中世纪，以便说明这对恋

① 黑贝尔（1813—1863），德国戏剧家。
② 萨克索，丹麦历史学家，写作时期为 12 世纪中期至 13 世纪初期，所著《丹麦人的业绩》是丹麦的第一部重要史籍。

人的负疚感。他们屈服于爱情的诱惑，作为罪人死去。按照吉勒鲁普的观点，一个悲剧的主人公就应当是这样。悔恨以及对永恒幸福的向往，伴随着爱和死的欲望交织在一起。

一个杰出人物的悲剧性过失，这就是吉勒鲁普1890年前后写的戏剧作品的主题。值得注意的是从1891年起，这位作家使他的英雄时代的悲剧变成了现代的正剧。吉勒鲁普常批评易卜生及其追随者的观点，可是他的三部现代剧也都提出了具有重大现实意义的问题：一个高尚人物遇到的爱情、婚姻与职业之间的关系问题。《海尔曼·万德尔》（1891）的主人公是个年轻的文科中学教师，爱上了骄傲的西格丽特，但他同时又是一个妖冶性感的女人露易丝的情人。因为露易丝已怀了他的孩子，他必须娶她。一开始他表示拒绝，但最后迫于周围环境的压力还是屈从了。他娶了自己不爱的女人，从而玷污了自己心目中的神圣殿堂——婚姻。因此在教堂举行了婚礼之后，他怀着犯了罪的感觉自杀了。《乌特霍恩》（1893）的故事发生在乌特霍恩山附近。奥斯卡爱上了托马斯的妻子英伽。托马斯是个卑鄙的小人，尽管自己不忠实却又拒绝离婚。一次爬山，奥斯卡利用他的目光具有的催眠能力使情敌摔下了深谷。众人议论纷纷，于是奥斯卡向英伽坦白了自己的行为。英伽因为害怕忆起托马斯而受到折磨，不敢再嫁给奥斯卡。奥斯卡并不后悔自己的罪过，但是，当他公开承认自己有罪时，英伽却挺身而出，要求分担她的一份责任。这样，他们就表明了是一对真诚相爱的恋人。既然不能同生，他们情愿共死。

《大人》（1895）是第三个剧本。主人公赫伯特·罗特是司法部部长。他年轻时渴望成为大人物，因此同意了女友的建议：只当他的情人，以便他能娶个富家小姐，攀上高枝实现他的追求。结果情人给他生了个儿子，妻子则给他生了个女儿。他就这样在两个分别由爱情和关心照亮的不同环境里生活了二十年。在情节的发展过程中，部长的这一秘密被相当多的公众知晓了，因此他不得不放弃了对权力的渴望。他离开了原来的家，心情沉重但同时又是自由无羁地回到了他所爱的女人身边。

吉勒鲁普把他的剧本搬上舞台绝非易事。《海尔曼·万德尔》和《大人》都遭到皇家剧院拒绝，仅在激进社会主义学生联合会的独立舞台上演出过一次。只有《乌特霍恩》可以说是获得了真正的成功。它从 1892 年起在达格马剧院上演。因为《大人》在舞台上效果不佳，并且受到了文学批评界的严厉抨击，吉勒鲁普便让这个剧本跟他的引人注意的文章《关于我的剧本的附言》一起发表了。他在文章中着重阐述了他对悲剧和爱情的看法。悲剧是从个人与社会的冲突产生的。而具体的个人所拥有的真正与深刻的东西，便是他的爱情生活。种性的多种多样是个性发展的最高的基本的前提。性格的进一步发展都与此相连。个性的特点恰恰是借助他在爱情上的抉择表现出来的，借助他的心灵的本能与直接的选择。因此，按照理查德·瓦格纳的榜样，现代悲剧必须表现两个人之间的绝对爱情突破了日常生活框框的情况。

吉勒鲁普在自己的生活中体验到了伟大的爱情。1880 年的一天，他结识了勃兰兑斯的一个表弟、音乐家弗利茨·本迪克斯的妻子尤金妮亚。她是文科中学教师豪宇兴格的女儿，生于德累斯顿。不久，尤金妮亚·本迪克斯成了作家的知心女友，成了给予他灵感的缪斯女神。1887 年，他跟她结了婚。《我的爱情之书》（1889）里面的诗，还有同一年出版的长篇小说《明娜》，都要归功于她。小说中叙述了她的悲惨童年以及第一次不幸婚姻的故事。吉勒鲁普以法国自然主义的方法展示了明娜生长的可怜环境，叙述了她跟一个丹麦画家，一个酒鬼和浪荡鬼结婚后遭受的委屈。按照他的看法，自然主义不能只满足于写现实的丑恶方面，而是应当囊括整个人生。小说一开头就叙述明娜和另一个丹麦青年产生了爱情。当她还是姑娘时就在"萨克森瑞士"的优美景色中遇见了他，一个曾在德累斯顿工艺学院读过书的工程师。他们俩订了婚。明娜过分认真，把订婚的事通知了那个丹麦画家。以前她曾一度希望嫁给画家，但是他却离开了她，只要求跟她保持通信联系。订婚的事使这个画家的反复无常的心产生了嫉妒；他赶到德累斯顿，很快就花言巧语说服了明娜，相信他这个性格柔弱的艺术家缺少不了她。于是，明娜自以为是遵从命运的意志，跟他结了婚，然而后来获得的却是最最苦涩的失望。

在《明娜》发表七年之后，吉勒鲁普于 1896 年发表了他的第二本著名的小说，书名是《磨坊》。很有条理的现实主义在书中与鲜明突出的理想主义结合在一起，效果是感人的。没有哪个自然主义作家比他更善于使故事的框架更适应故事的情节。故事发生在某个丹麦岛屿中央的一座大型风车磨坊里。读者随着书中人物在六层磨坊里上上下下，很快就听惯了磨扇和转轮的响声，甚至能感觉到有面粉屑悄悄地钻进头发和衣裳中。磨坊主家里正在悄悄地酝酿着一场悲剧性事变。主妇病危卧床。女佣已料到女主人将死。她是个出身卑微的能干姑娘，盼望着成为这一家的主妇。她的性魅力很快就征服了磨坊里的男人们；磨坊主、伙计和学徒都想要她。磨坊主在妻子死后摇摆于莉泽的妖媚和汉娜的纯朴美之间，而汉娜有可能给他的儿子做个好妈妈。莉泽让她的哥哥，一个偷猎者，杀死了汉娜宠爱的一只小鹿；这一成功使得莉泽令人倾倒，于是磨坊主向她求婚，并且立即上路去办理有关手续。莉泽心满意足地巡视现已属于她的磨坊院。她登上磨坊。因为她先前答应过让伙计跟她亲热一下，于是，这对年轻人被他们的激情控制了；在磨坊最高一层的屋顶下，莉泽委身于伙计。提早归来的磨坊主寻找莉泽，他一层一层地顺着磨坊的窄梯上去，发现磨坊正在空转。一种朦胧的猜疑，一阵狂烈的妒意，使他做了个有罪的动作。那对紧紧搂在一起的男女被卷进机轴碾得粉碎。并没有证据说明磨坊主有罪。但是，他的内疚却使他不得安宁。他跟虔诚的汉娜订了婚，但是她和她的家却在无意中使磨坊主相信，一桩罪行可以由上帝预先决定，从而指引罪犯走向皈依。磨坊起火烧毁后，磨坊主认为这是上帝发出的一个新信号，决定投案自首。作家以这种方法巧妙地利用了民间对天意的信仰，表述了他的关于普遍正义的理论。

吉勒鲁普的这两部名著按表现手法衡量是自然主义的，按哲理内容衡量则是理想主义的。吉勒鲁普每次都给情节一个玄学的基础，他所采用的毫不显眼的方式令人赞赏。工程师取笑明娜相信宿命论，可是在生活的转折点上，她仍然相信自己是由命运决定跟画家结婚的。明娜和磨坊主都感到受冥冥支配。后来发表的一部小说使我们有可能更确切地了解，吉勒鲁普给天意这个概念赋予了什么意义。《生活成熟》（1913）叙述了一个年轻医生的故事，他颇为自己的医学知识和不信教而感到自豪；他远离首都那些自以为时髦的小圈子，过着一个思想家的生活。他爱上了一个患肺结核的姑娘，曾千方百计地努力挽救她的生命，但没能成功。他的叔叔是个森林技术员，又是个叔本华的狂热信徒；他使医生认识到死亡是一种解脱，并且让他在自己家里暂住。医生在那儿得知了神秘的天命含义是如何证实的，那是一项计划，预先确定了每个人的生命，体现了"叔本华的一项最有洞察力的研究课题"。这里涉及的文章请看1851年的附录和补遗，标题是《关于个人命运中似乎具有故意性的超验推想》。这位哲学家以一种他认为是不可检验的假说的形式，阐述了他对预言和梦幻的价值的深刻认识，以及他对自然法则的目的论本质的深刻认识，对构成世界基础的生命意志与个人通过死亡获得解脱的关系的深刻认识。对于我们的丹麦小说家来说，这位德国哲学家的假说成了一个基本真理。

以小说《明娜》和《磨坊》为一方，以吉勒鲁普大多从印度的原始资料中取得素材的那些传奇为另一方，叔本华的文章宛如两者之间的一个连字符。早在1894年写的短篇小说《莫尔斯牧师》中，作者就讽刺了一位新教神学教授，他死死抱着这一希望：在天国也能像他在人世这样生活。佛祖宣布涅槃后痛苦消除，他的理论让人感到更合乎逻辑、更人道。在佛教内部，圣洁的阶梯一清二楚。在传奇剧本《祭火》（1903）中，道路从崇拜一种宗教习俗通往纯洁圣灵的宗教。《完人之妻》（1907）是一个剧本，描写一个成了佛的男人的妻子。她以为丈夫圆寂便是死了；因为她认为自己是寡妇，便准备自焚；这时她听说他成了佛还活着。她澄清了自己赴死的决心：她自愿放弃婚姻，以便能过圣徒的生活。在《朝圣者卡马尼塔》（1906）和《漫游世界的人》（1910）这两本小说中，叙述了书中人物过去和现在的生活。前一本书写两个恋人，他们在人世分离，死后却得以团圆，并且一起生活下去，直到共同达到涅槃。后一本书写一个年轻的德国姑娘嫁给一位英国上校，他们在印度相识相爱，因为他们在一部古老的手抄本传奇里找到了有关他们的共同生活故事的全部详情细节。据说在印度，所有人都同意这个看法；真正的爱情是破镜重圆的爱情，真正的恋人是那些上一辈子就认识的恋人。

吉勒鲁普肯定不是一个佛教徒，尽管如那个森林技术员所说的，关于轮回的想法是一个了不起的模式，或者是在这些让人糊涂的领域里辨认方向的有益帮助。正如刚才提到的那个虚构的作家思想宣布者——森林技术员一样，他更受神秘的直觉影响。如果一定要给上帝下定义，那么，上帝并不是这个肮脏世界的创造者，而是其解救者，正如一块看不见的磁石把贵重的铁桶从泥沼中吸出来那样。一个好人愿意把他的天性留给后世，而普通人则与之相安无事，能够接受它。吉勒鲁普在小说《上帝的女友》（1916）中说明了这一点，是中世纪的德国神秘主义者爱克哈特[①]促使他写了这本小说。

从 1892 年起，卡尔·吉勒鲁普住在德累斯顿，1919 年 10 月 11

---

① 爱克哈特（约 1260—1327），莱茵兰神秘主义派创建人。

日，他在那儿逝世。德国成了他的第二故乡。他能够像用丹麦文一样用德文写作，一些作品甚至只有德文版。当他 1917 年获得诺贝尔奖时，德国完全有理由认为这也是它的一份光荣。他一直是德国大师们的学生：席勒、瓦格纳和叔本华先后造就了他的思想，叔本华也许还引导了他去探究佛教的源泉。

由于吉勒鲁普抱有英雄式的悲观主义，他看不起大多数不能感受艺术和思想之伟大的人。但是面对他的妻子，这位作家却怀有一种无可比拟的感激之情。他曾说过，他在她身边得到了永久的安宁，这安宁比所有生活体验更深地延伸到时代的怀抱之中。

寓言
［美］威廉·福克纳／著
王国平／译
定价：50.00元

水泽女神之歌
——福克纳早期散文、诗歌与插图
［美］威廉·福克纳／著
王冠 远洋／译
定价：30.00元

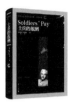

士兵的报酬
［美］威廉·福克纳／著
一熙／译
定价：45.00元

即将上市

押沙龙，押沙龙！
［美］威廉·福克纳／著
李文俊／译

喧哗与骚动
［美］威廉·福克纳／著
李文俊／译
定价：46.00元

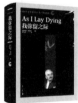

我弥留之际
［美］威廉·福克纳／著
李文俊／译
定价：38.00元

大街
［美］辛克莱·路易斯／著
顾奎／译
定价：55.00元

巴比特
［美］辛克莱·路易斯／著
潘庆舲 姚祖培／译
定价：50.00元

阿罗史密斯
［美］辛克莱·路易斯／著
顾奎／译
定价：78.00元

诺贝尔文学奖作家文集 ⊙ 福克纳卷·路易斯卷

漓江的书，买了再说！

漓江的书，买了再说！

鼠疫
[法] 阿尔贝 · 加缪 / 著
李玉民 / 译
定价：48.00元

局外人
[法] 阿尔贝 · 加缪 / 著
李玉民 / 译
定价：45.00元

第一人
[法] 阿尔贝 · 加缪 / 著
李玉民 / 译
定价：48.00元

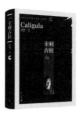

卡利古拉
[法] 阿尔贝 · 加缪 / 著
李玉民 / 译
定价：50.00元

西绪福斯神话——论荒诞
[法] 阿尔贝 · 加缪 / 著
李玉民 / 译
定价：35.00元

纠缠
[印] 泰戈尔 / 著
倪培耕 / 译
定价：48.00元

沉船
[印] 泰戈尔 / 著
杉仁 / 译
定价：53.00元

泡影
——泰戈尔短篇小说选
[印] 泰戈尔 / 著
倪培耕 / 译
定价：58.00元

枉然的柔情
［法］苏利·普吕多姆 / 著
胡小跃 / 译
定价：50.00元

即将上市

邪恶之路
［意］格拉齐娅·黛莱达 / 著
黄文捷 / 译
定价：50.00元

风中芦苇
［意］格拉齐娅·黛莱达 / 著
蔡蓉 吕同六 / 译

柔情
［智］加布列拉·米斯特拉尔 / 著
赵振江 / 译
定价：50.00元

爱情书简
［智］加布列拉·米斯特拉尔 / 著
段若川 / 译
定价：30.00元

漓江的书，买了再说！

诺贝尔文学奖作家文集 ⊙ 普吕多姆卷·黛莱达卷·米斯特拉尔卷

图书在版编目（CIP）数据

明娜 /（丹）吉勒鲁普著；吴裕康译 .-- 桂林：
漓江出版社，2021.5
ISBN 978-7-5407-8917-6

Ⅰ.①明… Ⅱ.①吉… ②吴… Ⅲ.①长篇小说 - 丹
麦 - 现代 Ⅳ.① I534.45

中国版本图书馆 CIP 数据核字 (2020) 第 171037 号

MINGNA
明娜
[丹麦] 吉勒鲁普　著

吴裕康　译

出版人: 刘迪才
策划编辑: 沈东子
责任编辑: 辛丽芳
书籍设计: 石绍康
责任监印: 张璐

出版发行: 漓江出版社有限公司
[广西桂林市南环路 22 号　邮编: 541002]
发行电话: 010-65699511　0773-2583322
传真: 010-85891290　0773-2582200
邮购热线: 0773-2582200
电子信箱: ljcbs@163.com
微信公众号: lijiangpress
印刷: 北京中科印刷有限公司
[北京市通州区宋庄工业区 1 号楼 101 号　邮编: 101118]
开本: 880mm×1230mm　1/32
印张: 10.625　字数: 215 千字
版次: 2021 年 5 月第 1 版
印次: 2021 年 5 月第 1 次印刷
书号: ISBN 978-7-5407-8917-6
定价: 50.00 元